ro
ro
ro

Poppy J. Anderson ist das Pseudonym einer deutschen Autorin mit amerikanischen Wurzeln. Sie studierte Germanistik und Geschichtswissenschaft und arbeitet zurzeit an ihrer Dissertation. Schon seit ihrer Kindheit liebt sie es, sich Geschichten auszudenken. Ihre Romane über eine fiktive amerikanische Football-Mannschaft, die New York Titans, brachte sie ursprünglich im Selbstverlag als E-Books heraus und eroberte damit innerhalb kürzester Zeit die Kindle-Charts.

«Poppy J. Anderson ist derzeit der Star der Branche.» (Focus)

Poppy J. Anderson

Verliebt in der Nachspielzeit

Roman

Rowohlt Taschenbuch Verlag

Veröffentlicht im Rowohlt Taschenbuch Verlag,
Reinbek bei Hamburg, Dezember 2014
Der Roman erschien zuerst in der CreateSpace Independent
Publishing Platform
Copyright © 2013 by Poppy J. Anderson
Copyright dieser Ausgabe © 2014 by Poppy J. Anderson
Umschlaggestaltung Hafen Werbeagentur, Hamburg
Umschlagabbildung Vladimier Godnik/beyond/Corbis
Satz Documenta ST, InDesign
Gesamtherstellung CPI books GmbH, Leck, Germany
ISBN 978 3 499 26931 8

1. Kapitel

An das furchtbare Verkehrschaos in New York City hatte sich Hanna Dubois in den letzten Wochen noch nicht gewöhnen können. Leider wusste sie auch nicht, wie das U-Bahn-System funktionierte, denn bei den unzähligen Staus hätte sie lieber die U-Bahn anstatt eines Taxis genommen, zumal ihr Fahrer gerade sein Lieblingslied entdeckt zu haben schien, da er die Lautstärke bis zum Anschlag aufdrehte und mitsang.

Hanna starrte auf die Papiere vor sich und blickte zwischendurch immer wieder auf ihre Uhr, während Übelkeit in Wellen über sie hinwegschwappte und ihr Kopf von den lauten Bollywood-Liedern dröhnte, die aus dem Autoradio drangen. Nicht ablenken lassen, redete sie sich selbst gut zu. Sie durfte das heutige Gespräch nicht vermasseln und durfte auf keinen Fall zu spät kommen, denn das war die schlimmste Charakterschwäche, die jemand haben konnte – jedenfalls hatte das ihre deutsche Großmutter immer wieder betont. Hannas Vater dagegen hatte auf Pünktlichkeit nie großen Wert gelegt und es lieber mit der typisch französischen Lässigkeit gehalten. Dies bedeutete, dass er grundsätzlich einen Tag *nach* ihrem Geburtstag anrief, sich bei ihren Treffen stets verspätete und auch die Unterhaltszahlungen an ihre Mutter erst mit Verspätung abschickte. Es war kein Wunder, dass ihre Großmutter den Schwiegersohn nicht sonderlich gut hatte leiden können, der nicht nur selten erschienen war und unpünktlich kam, sondern auch die Scheidung eingereicht hatte, als Hanna gerade einmal zwei Jahre alt gewesen war.

«Miss, der Stau scheint sich da vorn aufzulösen.» Der Taxifahrer, der den gleichen Akzent wie der indische Lebensmittelhändler Apu aus den Simpsons hatte, unterbrach ihre Gedankengänge über deutsche Pünktlichkeit und französische Unpünktlichkeit. Er schaute sie im Rückspiegel an und zwinkerte, bevor er erneut voller Inbrunst mitsang.

«Oh... das ist gut. Danke.» Hanna senkte den Kopf und versuchte, den Text noch einmal durchzugehen, doch leider schweiften ihre Gedanken wieder ab. Verärgert über ihre Unfähigkeit, sich zu konzentrieren, blendete sie die nervtötende Musik aus und starrte auf ihr Exposé, das sie eigentlich auswendig können müsste.

Ihr Doktorvater aus England hatte ihr dieses Vorstellungsgespräch in New York verschafft und ihr damit einen großen Gefallen getan. Sie wollte den Job unbedingt haben, es war die perfekte Stelle. Hanna hatte schon seit Jahren davon geträumt, einmal an dem renommierten Institut für amerikanische Außenpolitik der New York University lehren und forschen zu können und mit Professor Stewart zusammenzuarbeiten, der eine Koryphäe auf diesem Gebiet war. Sie war furchtbar aufgeregt und nervös, schließlich hing von diesem Gespräch einfach alles ab. Vielleicht würde Professor Stewart die Betreuung in der Schlussphase ihrer Doktorarbeit übernehmen und sie an seiner aktuellen Forschung beteiligen. Er entschied, wer das Stipendium der Gesellschaft für amerikanische Diplomatieforschung bekam, auf das sie angewiesen war, um hier leben zu können. New York war nicht gerade preiswert. Außerdem wollte Hanna ihrer Mutter und ihrem Stiefvater nicht auf der Tasche liegen, da sie ein Haus abbezahlen mussten und schon genug Sorgen wegen ihrer eigensinnigen Zwillinge Clara und Connor hatten.

Die Musik wurde immer schriller und rief in Hanna das Bild von indischen Schlangenbeschwörern, turbantragenden Tänzern und kitschigen Filmen hervor, auf die ihre Mutter abfuhr und die sie stundenlang sehen konnte.

«Miss? Sind Sie schon lange hier?»

Sie hatte den Fahrer über den Lärm hinweg kaum verstanden und brüllte zurück: «Nein, erst seit ein paar Tagen.»

Lässig reichte er ihr eine Visitenkarte. «Mein Cousin hat ein indisches Lokal. Dort gibt es die besten Steaks von ganz New York.»

Verwirrt runzelte sie die Stirn. «Steaks? Ich dachte, Kühe sind in Ihrer Religion heilig.»

Er zwinkerte ihr verschwörerisch zu. «Was Shiva nicht weiß, macht Shiva nicht heiß.»

Hanna verschluckte sich an einem entsetzten Lachen und senkte schnell wieder den Kopf. Mit ihren neunundzwanzig Jahren hatte sie schon viel gehört, aber das war ihr neu. Sechzehn Jahre hatte sie in England gelebt und kannte daher viele Inder, doch bislang hatte niemand von ihnen einen Burger über Shiva gestellt. Anscheinend gehörte diese Einstellung zu New York wie gelbe Taxis und schwule Musicaldarsteller.

Hanna atmete durch und versuchte wieder, sich voll und ganz auf das kommende Gespräch zu konzentrieren. Ein Blick auf die Uhr sagte ihr, dass sie noch genügend Zeit hatte, doch das verschlimmerte nur ihre Nervosität. Sie wollte es einfach hinter sich haben, in ihre neue Wohnung zurückkehren, in der noch unzählige Kisten standen, auspacken und daheim Familie und Freunde anrufen, um ihnen von ihrem hoffentlich erfolgreichen Gespräch zu berichten.

Das Taxi fuhr an, und Hanna spähte aus dem Fenster, da sie den Stau endlich hinter sich gelassen hatten und nun mit normalem Tempo weiterfahren konnten. In Gedanken wollte sie gerade alles Wissenswerte zum Stichpunkt *Nationale Sicherheitsstrategie* wiederholen, als sie aus dem linken Augenwinkel einen riesigen schwarzen Geländewagen sah, der das Taxi überholte, während sie gleichzeitig Blitzlichter wahrnahm.

Der Taxifahrer fluchte laut, und bevor Hanna etwas sagen konnte, wurde das Taxi von hinten gerammt, schoss quer in Richtung Bürgersteig und wurde von einem stabilen Laternenmast gestoppt. Hanna schlug trotz des Sicherheitsgurtes mit dem Kopf gegen den Vordersitz und schrie auf. Während sie sich benommen wieder aufrichtete und ihre Stirn betastete, hörte sie über die Musik hinweg Autos hupen und Bremsen quietschen und Menschen laut rufen, und sie roch verbranntes Gummi.

«Miss, geht es Ihnen gut?», krächzte der Taxifahrer. Die Bollywood-Musik dröhnte weiterhin aus den Lautsprechern und machte einer rolligen Katze Konkurrenz.

«Mit mir ist alles okay.»

Sofort zeterte der Fahrer los: «Verdammte Scheiße! Das ist mein vierter Unfall in sechs Monaten! Ich komme aus Neu Delhi, wo niemand eine Ampel oder ein Stoppschild kennt, aber da hatte ich noch nie einen Unfall!»

Während er weiter über New York schimpfte, sah sich Hanna zitternd um, öffnete ihren Sicherheitsgurt, berührte die wunde Stelle am Hals, die der Gurt hinterlassen hatte, fuhr mit der Zunge über ihre schmerzenden Zähne und war damit beschäftigt, die verstreuten Notizen vom Boden des Taxis aufzusammeln, als die Tür links von ihr aufgerissen wurde.

«Scheiße! Ist Ihnen etwas passiert?», ertönte eine dunkle und besorgt klingende Stimme neben ihr. Hanna sah nicht auf, da sie in dem Papierstapel das Empfehlungsschreiben ihres Professors nicht finden konnte und überhaupt furchtbar erschrocken war. Noch nie hatte sie einen Autounfall gehabt. Trotzdem hatte sie nur einen

Gedanken. «Ich komme zu spät zu meinem Vorstellungs-gespräch – das ist passiert», seufzte sie verärgert auf.

«Lassen Sie mich Ihnen helfen», erwiderte die Stimme nun beinahe belustigt.

Hanna drehte den Kopf, doch sie konnte das Gesicht des Mannes, der sich in das Taxi beugte, kaum erkennen, da die Sonne sie blendete und hinter ihm ständig Blitz-lichter wie von Fotoapparaten aufleuchteten. Vermut-lich hatte sie jetzt auch noch eine Gehirnerschütterung, überlegte sie frustriert. Weshalb sollte sie sonst ständig diese grellen Lichter wahrnehmen? Zeit für einen Kran-kenhausaufenthalt hatte sie allerdings nicht.

«Sie haben schon genug getan», blaffte sie deshalb laut los, um sich über die schrille Musik hinweg Gehör zu verschaffen. «Können Sie nicht aufpassen, wohin Sie fahren?»

«Miss!» Der Taxifahrer drehte den Kopf nach hinten und sah sie benommen an. «Sagen Sie so etwas nicht!»

«Warum denn nicht?», fragte Hanna verwirrt. Der Mann mit dem eindeutig schlechten Musikgeschmack presste ein Taschentuch gegen eine blutende Schramme an der Stirn, warf dem unbekannten Unfallverursacher jedoch einen Blick zu, als sei dieser der Messias.

«Erkennen Sie ihn nicht? Das ist John Brennan!»

Hannas Verwirrung wurde noch größer. «Wer?»

«John Brennan!» Der Taxifahrer schüttelte fassungslos den Kopf und schaltete endlich die Musik aus. «Er war Quarterback für die New York Titans und später für die

Dallas Cowboys, aber hier in New York ist er ein Held, er hat den Superbowl im Jahre –»

«Guter Mann, ich habe keine Ahnung, wovon Sie reden, ich interessiere mich nicht für Baseball!» Hanna runzelte die Stirn und bereute die Bewegung sofort, denn ein stechender Schmerz fuhr ihr in den Schädel.

«Baseball?» Der Taxifahrer würgte und schien beinahe zu ersticken, während der Unbekannte lauthals lachen musste. Hanna schaute wieder in seine Richtung und erkannte hellblonde Haare, braune Haut und strahlend blaue Augen, die vergnügt funkelten.

«Wunderbar! Erst fahren Sie ein unschuldiges Taxi über den Haufen, und jetzt lachen Sie sich auch noch kaputt!» Sie schnaubte und warf ihm zornige Blicke zu.

«Ich möchte Ihnen die Illusion nicht rauben, aber ich habe das Taxi nicht gerammt. Das war ein anderes Auto.» Er wurde ernst und starrte auf ihre rechte Schläfe. «Sie bluten ja! Kommen Sie, ich fahre Sie ins Krankenhaus.»

«Nein! Das geht nicht...»

«Wenn Sie nicht versichert sind, übernehme ich die Rechnung.»

Hanna schüttelte hektisch den Kopf und bemerkte zum wiederholten Mal das schmerzhafte Pochen in ihrem Schädel. «Nein, ich muss unbedingt zu einem Vorstellungsgespräch! Das darf ich nicht verpassen...»

«Sie sind verletzt und sollten sich untersuchen lassen.» Er ließ nicht locker, sondern klang sowohl besorgt als auch streng.

Hanna schnappte sich die letzten Papiere und stopfte sie in die Mappe, die sie ebenfalls auf dem Boden gefunden hatte. Wenn ihre Mutter gesehen hätte, wie zerknittert die Unterlagen nun waren und dass sie Eselohren aufwiesen, hätte es ein Donnerwetter gegeben, aber Hanna wollte einfach nur schleunigst aus dem Taxi hinaus.

«In Ihrem Zustand ...»

«Mir geht es wunderbar, ehrlich.» Sie krabbelte in seine Richtung und griff nach seiner Hand, die er ihr höflich entgegenstreckte. Kaum stand sie neben dem verbeulten Taxi, knickten ihre Knie ein, und sie wäre vermutlich auf ihrem Hintern gelandet, wenn ihr nicht jemand wortwörtlich unter die Arme gegriffen hätte. Von Schwindel erfasst, lehnte sie sich gegen eine starke Brust, hörte in ihrer Nähe das Klicken von Kameras und roch den angenehmen Geruch von sauberer Haut.

Benommen nahm Hanna wahr, dass der berühmte Baseballspieler im Befehlston Anweisungen wegen eines Krankenwagens in die Runde brüllte und die Umstehenden aufforderte, Platz zu machen.

Hanna spürte, wie sie vorsichtig zurück auf den Sitz gedrückt wurde, und öffnete langsam die Augen. Um sie herum standen unzählige Menschen, die mit ihren Handys Fotos machten, professionelle Kameras mit riesigen Objektiven in den Händen hielten oder einfach nur gafften. In unmittelbarer Nähe stand der schwarze Geländewagen, und ein weißer Kombi parkte hinter ihnen, auf dem vorn Beulen und Schrammen zu sehen waren.

«Hey, John!», rief jemand aus der Menge. «Kann ich ein Autogramm haben?»

«Wie geht's Ihnen?» Der Mann kniete sich vor Hanna und betrachtete sie sorgenvoll, während er die Rufe hinter sich einfach ignorierte. Sie starrte in ein freundliches und gutgeschnittenes Gesicht mit blauen Augen, einer etwas zu kräftigen Nase, einem stark ausgeprägten Kiefer und einem breiten Mund. Eine widerspenstige blonde Strähne fiel ihm in die Stirn, seine Augenbrauen waren etwas dunkler, genau wie der Dreitagebart auf den schmalen Wangen.

«Nur etwas schwindelig», krächzte sie und schluckte die aufsteigende Übelkeit hinunter.

«Wir brauchen Wasser!» Er drehte den Kopf zur Seite, und sofort brachte ihm jemand eine kleine Flasche Wasser, die er dankend annahm und für Hanna aufschraubte.

«Es ist schon gut – ich brauche nichts, wirklich. Nur ein Taxi.»

Er schüttelte den Kopf und stellte die Flasche auf den Boden. «Wie heißen Sie?»

«Hanna. Hanna Dubois.» Sie räusperte sich und hoffte, dass sie sich nicht würde übergeben müssen.

«Also gut, Hanna Dubois» – er starrte sie ein wenig finster an, was sie ihm jedoch keinen Moment abnahm –, «Sie bluten, Ihnen ist schwindelig, und Sie sehen aus, als ob Sie gleich ohnmächtig werden. Was Sie brauchen, ist ein Arzt und kein Taxi.»

Hanna starrte zurück und betrachtete den Mann, der einen hellgrünen Pulli und verwaschene Blue Jeans trug. «Wie heißen Sie?»

«John Brennan.»

«Also gut, John Brennan» – sie ahmte seinen Ton nach, hob das Kinn an und starrte in seine dichtbewimperten, blauen Augen –, «zum Arzt kann ich auch später noch gehen.»

«Sie sehen ziemlich mitgenommen aus.»

«Natürlich sehe ich mitgenommen aus», erwiderte sie scharf. «Sitzen Sie mal in einem Taxi, dessen Fahrer sich auf ein Bollywood-Casting vorbereitet und Ihrem Gehör einen irreparablen Schaden zufügt, bevor sein Wagen Bekanntschaft mit einer Laterne macht!»

Er starrte sie unverwandt an, bis er grinsen musste und zwei Grübchen in seinen Wangen erschienen. Komischerweise verspürte Hanna plötzlich akutes Herzrasen und Schmetterlinge in ihrem Bauch, die ganz sicher nicht vom Unfall kamen.

«Bollywood?»

«In voller Lautstärke.» Hanna schluckte. «Ich habe ein Vorstellungsgespräch und muss unbedingt pünktlich sein.»

«Sie sind ganz schön stur, wissen Sie das?»

«Ja, das weiß ich.» Sie fixierte ihn und erklärte lapidar: «Das macht meinen Charme aus.»

John hob amüsiert eine Augenbraue hoch, bevor er in seiner Hosentasche herumkramte und ihr anschließend ein Taschentuch reichte. Stirnrunzelnd nahm Hanna es und sah ihn fragend an. «Was soll ich damit?»

«Sie sollten sich lieber das Blut von der Wange putzen, bevor Sie zu diesem Vorstellungsgespräch gehen.»

«Oh … danke.» Hanna nahm es entgegen und versuchte, das teilweise schon trockene Blut zu entfernen. Währenddessen starrte sie auf ihre Uhr und seufzte. Sie musste sich tatsächlich beeilen, wenn sie noch rechtzeitig ankommen wollte.

«Können wir los?»

Verwirrt starrte sie ihr Gegenüber an. «Wie bitte?»

«Ich fahre Sie zu Ihrem Vorstellungsgespräch und bringe Sie anschließend zu einem Arzt.»

«Das … das ist doch nicht nötig. Ich kann ein anderes Taxi nehmen», wehrte sie hastig ab und spürte, wie verlegene Röte auf ihre Wangen kroch.

Seine Miene verzog sich ironisch. «Wir sind hier in New York City … da können Sie lange warten, bis Sie ein Taxi bekommen.»

«Aber …»

Er hob beschwörend die Hand. «Kein Bollywood. Darauf haben Sie mein Ehrenwort.»

Als sie immer noch zögerte, seufzte er: «Außerdem bin ich nicht ganz unschuldig an Ihrer Misere und sollte Sie allein deshalb zu Ihrem Termin bringen.»

Während er sich erhob, glitt ihr Blick an seiner hochgewachsenen Gestalt entlang und endete bei seinen dunklen Chucks. «Wie meinen Sie das?»

«Ich bin zwar nicht in Ihr Taxi hineingefahren, aber die Paparazzi, die Sie gerammt haben, wollten mich fotografieren.»

Hanna verzog das Gesicht und erhob sich ebenfalls. Verstohlen glättete sie ihre Kleidung. Erst jetzt bemerkte sie, wie groß er war, und kam sich selbst noch kleiner vor als normalerweise, denn mit ihren 1,68 Meter war sie sicherlich keine Riesin. «Dann stimmt es, dass Sie ein berühmter Baseballspieler sind?»

Er grinste breit. «Football, um genau zu sein, aber ich spiele schon seit einiger Zeit nicht mehr.»

«Ich hab keine Ahnung von Baseball oder ...»

«Football», half er höflich.

«Genau.»

Er lachte und ergriff ihre Tasche, die noch im Taxi gelegen hatte, bevor er dem lädierten Taxifahrer, der neben seinem Auto stand und mit dem schuldigen Fahrer des Geländewagens stritt, seine Visitenkarte gab, um später den Schaden zu begleichen. Vorsichtig führte er Hanna dann zu seinem Auto, während er die herumstehenden Fotografen zu verscheuchen versuchte.

«John! Schauen Sie hierher!»

«Ein kurzes Interview? Können Sie uns sagen, was genau passiert ist?»

Hanna war überwältigt von all den Menschen, die schubsten und drängelten, Fragen riefen oder Kommentare abgaben. Irritiert senkte sie den Kopf und strich sich verlegen das zerzauste Haar hinters Ohr. Sie presste die

Mappe gegen ihre Jacke und war dankbar, als sie sich ins Auto setzen konnte, nachdem John ihr die Tür aufgehalten und hineingeholfen hatte.

«Ich hatte mir schon gedacht, dass Sie nicht aus Amerika kommen.»

Hanna betrachtete ihn von der Seite, während er sich anschnallte und den Motor startete. Dass er sie fuhr, war unglaublich nett. Trotzdem verkrampfte sich Hanna ein wenig, schließlich kannte sie ihn nicht und fühlte sich von seiner überwältigenden Anwesenheit ziemlich eingeschüchtert. Gespielt lässig fragte sie daher: «Wegen meiner Unkenntnis, was amerikanische Sportarten betrifft?»

Lächelnd schüttelte er den Kopf und fuhr an den aufgeregten Fotografen vorbei, die sich fast auf die Motorhaube stürzten und Fotos schossen. «Es liegt an Ihrem englischen Akzent.»

Hanna war zu erschlagen von den aufdringlichen Pressemenschen, um etwas zu antworten. Entsetzt und doch gebannt folgte ihr Blick den aufgeregten Fotografen, die dem schneller werdenden Geländewagen hinterherliefen.

«Also? Sie kommen aus England?» Ihm schien das Spektakel nichts auszumachen.

«Oh ...» Sie faltete die Hände in ihrem Schoß und riss sich von dem Getümmel draußen los. «Genau genommen bin ich keine Engländerin.»

«Nicht?»

Sie konnte sehen, dass seine dunklen Augenbrauen hochzuckten, als sei er tatsächlich überrascht.

«Nein, ich bin deutsch … oder halb deutsch und halb französisch. Meine Mutter ist Deutsche, und mein Vater ist Franzose.» Sie atmete durch. «Aber ich habe seit meinem zwölften Lebensjahr in England gelebt und … entschuldigen Sie, wenn ich so viel rede, aber ich bin furchtbar nervös wegen meines Vorstellungsgesprächs.»

«Unsinn! Sie müssen sich nicht entschuldigen.»

«Ich rede immer viel, wenn ich nervös bin», gestand sie verlegen.

Er grinste und warf ihr einen Blick zu. «Was ich total süß finde.»

Hanna errötete wieder und schluckte, während sie schnell den Blick auf die Mappe richtete.

Er fädelte sich in den Verkehr ein und fuhr rechts in eine Seitenstraße. «Worum geht es in Ihrem Gespräch?»

Hanna atmete tief durch. «Ich möchte bei einem Professor arbeiten und dort meine Dissertation beenden.»

«In welchem Fach?»

«Politikwissenschaft.»

«Ah, welche Richtung denn? Außen- oder Innenpolitik?»

«Außenpolitik.» Sie war erstaunt, dass er so ins Detail ging. Meistens wechselten ihre Gesprächspartner schnell das Thema, wenn es um ihr Fachgebiet ging. Obwohl Hanna es überhaupt nicht nachvollziehen konnte, galt Politik oft als langweilig.

«Erzählen Sie ein bisschen», ermunterte er sie. «Worüber schreiben Sie?»

Hanna lehnte sich zurück. «Über die amerikanische Außenpolitik nach dem Zweiten Weltkrieg.»

«Interessant!» Tatsächlich klang er interessiert. «Ein breites Feld. Sicherlich geht es hauptsächlich um den Kalten Krieg und dessen Auswirkungen auf die amerikanische Realpolitik, oder?»

Sie blinzelte und starrte auf sein gut aussehendes Profil. «Ja, genau.»

Er lächelte ihr zu, was wieder zu Herzrasen und heftigem Erröten führte. «Suchen Sie einen Betreuer für Ihre Doktorarbeit?»

«In erster Linie geht es um ein Stipendium, das ich unbedingt haben möchte. Damit könnte ich hier problemlos arbeiten.»

«Sie werden es sicherlich bekommen.»

«Woher wollen Sie das wissen?»

Er grinste und starrte durch die Windschutzscheibe nach vorn. Wieder erschienen tiefe Grübchen in seinen hageren Wangen. «Wer sich weder von indischen Taxifahrern noch von aufdringlichen Paparazzi oder von ehemaligen Footballspielern einschüchtern lässt, sollte mit Professoren keine Probleme haben.»

«Ach», erwiderte sie und musste trotz allem lächeln.

«Falls es Ihnen hilft: Ich setze zehn Mäuse auf Sie.»

Hanna konnte nichts dagegen tun und prustete los, auch wenn es in ihrem Kopf schmerzhaft dröhnte. «Zehn

Dollar? Ich scheine ja keinen sehr großen Eindruck zu machen!»

«Hey», wehrte er amüsiert ab. «Der einzige Professor, den ich kenne, ist Indiana Jones! Man wird sich doch noch absichern dürfen.»

«Erstens ist Indiana Jones Archäologe, und zweitens hat der Mann eine Peitsche», entgegnete Hanna grinsend. «Mein Professor ist eher Indiana Jones' Vater. Ruhig, besonnen und süchtig nach englischem Tee.»

«Gut. Sagen wir also zwanzig Mäuse.»

2. Kapitel

Hanna ging am nächsten Tag ein wenig spazieren und versuchte nicht daran zu denken, dass vielleicht heute schon der Anruf kam, mit dem ihr mitgeteilt werden würde, ob sie das Stipendium erhielt oder nicht. Eigentlich hatte sie kein schlechtes Gefühl, denn das Gespräch war gut verlaufen. Natürlich hatte sich Professor Stewart besorgt danach erkundigt, weshalb sie Blutflecken auf ihrer Jacke hatte, und nachdem sie es erzählt hatte, war er ziemlich erstaunt darüber gewesen, dass sie überhaupt und dann auch noch pünktlich zu dem Termin erschienen war. Jedenfalls hatte er ihr erst einmal einen Tee gemacht und längere Zeit mit ihr über London geplaudert, bis sie auf ihr eigentliches Thema zu sprechen gekommen waren. Lange Zeit hatten sie sich einfach unterhalten, und er hatte interessiert Fragen gestellt, die sie glücklicherweise alle beantworten konnte. Nach einiger Zeit war das Gespräch beendet gewesen. Zwar hatte Hanna gleich ein ziemlich gutes Gefühl gehabt, doch im Nachhinein dachte sie über jede Kleinigkeit nach und fragte sich, ob alles tatsächlich richtig gelaufen war.

Obwohl sie John Brennan gesagt hatte, dass er weiterfahren könne und sie nach ihrem Termin bei einem Arzt vorbeischauen würde, hatte er dennoch im Flur der Universität auf sie gewartet und sie in ein Krankenhaus gefahren. Es war ihr ein wenig peinlich gewesen, dass er nicht von ihrer Seite wich, aber andererseits war es auch nett gewesen, einige Zeit mit ihm zu verbringen, denn John Brennan hatte sich als humorvoller Gesprächspartner erwiesen, der neben seinem guten Aussehen über eine große Portion Charme verfügte.

Nachdem der Arzt erklärt hatte, dass der Unfall außer einer Beule und einem blauen Fleck wohl keine Folgen haben würde, hatte John sie bis vor die Haustür gefahren. Je länger sie darüber nachdachte, desto merkwürdiger kam es ihr vor, dass jemand, der für einen Unfall eigentlich gar nicht verantwortlich war, nach den Verletzten sah und den Schaden bezahlen wollte.

Jedenfalls war ihr Anfang in New York alles andere als langweilig gewesen.

Hanna kaufte sich ein Sandwich und hielt schließlich an einem Zeitungsstand an, da sie ein vertrautes Gesicht auf dem Titelbild erkannte – nämlich ihr eigenes. Verwirrt kaufte sie eine Zeitung und las den Artikel, der den Titel *Brennan – der Superheld ist zurück* trug. Ein Foto von ihr selbst, die halb ohnmächtig in seinen Armen lag, und ein kleineres Bild, das ihn allein zeigte, wie er mit einem grimmigen Gesichtsausdruck die Schaulustigen vertreiben wollte, waren auf der Titelseite zu sehen. Irritiert setzte sich Hanna auf eine Parkbank, knöpfte wegen des kalten Februarwindes ihre Jacke zu und begann den Artikel zu lesen. Im Hauptteil gab es noch weitere Fotos, auf denen auch sie selbst zu sehen war.

John Brennan – New Yorker Footballheld, amerikanisches Idol und Traum aller Schwiegermütter – hat seit seiner Ernennung zum Chefcoach des hiesigen Footballteams vor wenigen Tagen allerhand zu tun. Verfolgt von einer Meute Paparazzi, wurde er gestern in einen Unfall verwickelt und ließ es sich nicht nehmen, sich selbst um die Unfallopfer, einen Taxifahrer und eine junge Frau, zu kümmern. Wie Augenzeugen berichteten, sank die junge Dame halb ohnmächtig in seine Arme, nachdem sie ihn erkannt hatte ...

Hanna runzelte die Stirn über diesen Unsinn, las jedoch weiter.

Der Taxifahrer Rashid äußerte sich wie folgt über Brennans Einsatz: «Er war sehr besorgt um uns und gab mir seine Visitenkarte, damit der Schaden bezahlt wird, obwohl der Unfall gar nicht seine Schuld war. John Brennan ist wirklich ein cooler Typ!» Was die junge Dame zu Brennans Einsatz sagte, konnten wir leider nicht in Erfahrung bringen, da sie die Gelegenheit beim Schopfe packte und sich vom ehemaligen Star-Quarterback wegbringen ließ.»

Wieder runzelte Hanna die Stirn und schüttelte den Kopf. Die Zeitung stellte es so dar, als hätte sie es darauf angelegt, mit John Brennan wegzufahren. Sie hatte ja nicht einmal gewusst, wer er war! Sie faltete die Zeitung zusammen und warf sie in einen Papierkorb. Ihr einziger Trost war, dass die heutige Ausgabe sowieso bald vergessen sein würde. Morgen krähte kein Hahn mehr nach dem gestrigen Unfall, und niemand würde ihr mehr unterstellen, dass sie es auf John Brennan abgesehen hatte. Natürlich musste sie zugeben, dass dieser ehemalige Football-spieler süß und gut aussehend war, mal abgesehen davon, dass er sich als sehr nett entpuppt hatte, aber trotzdem war sie nicht seine Kragenweite. Hanna war kein langbeiniges Topmodel mit Traummaßen und einer blonden Haarmähne, sondern hatte jahrelang mit überflüssigen Kilos gekämpft, haderte mit ihren durchschnittlichen braunroten Haaren und fand auch ihr Gesicht eher unauffällig. Zwar mochte sie ihre grünen Augen sehr gern, aber sie konnte sich ganz gut einschätzen.

Neben hübschen, gut gebauten und vor allem schlanken Frauen kam sie sich immer etwas benachteiligt vor, auch wenn sie nicht wirklich dick war, sondern eher eine kurvige Figur besaß. Sie wollte einfach nicht den ganzen Tag Sport treiben und sich von einer halben Grapefruit am Tag ernähren, um dann Abführmittel zu nehmen oder sich den Finger in den Hals zu stecken. Dafür genoss sie gutes Essen zu sehr und liebte das Kochen. Ihre deutsche Großmutter hatte ihr viel über Kuchen, Gebäck und andere Leckereien beigebracht, während sie in Frankreich bei der Familie ihres Vaters die französische Küche wertschätzen gelernt hatte. Sie wollte nicht auf all das verzichten müssen und hatte sich daher damit abgefunden, niemals wie Heidi Klum auszusehen.

Als das Handy klingelte, wurde sie aus ihren Gedanken gerissen, und sie fühlte, wie ihr Herz panisch zu klopfen begann, doch ein Blick auf das Display verriet ihr, dass ihre Freundin Andie anrief. Andie lebte schon seit einigen Jahren in New York und hatte ihr geholfen, ihre jetzige Wohnung zu finden. Die beiden kannten sich aus ihrer Studienzeit in England und waren seit einigen Jahren befreundet.

«Hi, Andie.»

«Wie kommt es, dass meine Freundin John Brennan kennenlernt und mir kein Sterbenswörtchen davon verrät?»

Hanna seufzte ärgerlich auf. Sie wartete auf den Anruf von Professor Stewart und wollte jetzt sicher nicht über diesen dummen Artikel plaudern. «Hast du den Artikel in den *Daily News* gesehen?»

«In den *Daily News*?» Andie lachte ungläubig auf. «Süße, in jeder New Yorker Zeitung steht etwas über diesen ominösen Unfall, nicht nur in einer einzigen Zeitung...»

«Scheiße.» Hanna verdrehte die Augen.

«Du wirst noch berühmt!»

«Unsinn, es ist nichts passiert, außer dass das Taxi von einem Auto voller Fotografen gerammt worden ist. Ich bin froh, dass ich noch rechtzeitig zu meinem Termin gekommen bin.»

«Ehrlich?»

Hanna blickte in den Himmel und erklärte fest: «Ganz ehrlich.»

«Na, dann war das ja ein gelungener Einstieg in deine New Yorker Zeit.»

Lachend erwiderte Hanna: «Das kannst du laut sagen.»

«Dir ist bei dem Unfall wirklich nichts passiert?»

«Mir geht es wunderbar.» Sie seufzte leise auf. «Aber ich bin komplett mit den Nerven fertig. Ich warte auf eine Zu- oder Absage.»

«Du wirst das schon packen! Hast du nicht Lust, heute Abend etwas mit mir trinken zu gehen? Pauline würde auch mitkommen.»

«Ich weiß nicht...» Zwar mochte Hanna sowohl Andie als auch deren Mitbewohnerin Pauline sehr gern, aber sie war einfach zu nervös.

«Du kommst mit, und damit basta! Es ist Freitag, und da müssen wir was unternehmen. Du kennst das Nachtleben von New York ja noch gar nicht. Das müssen wir unbedingt ändern und sollten das gute Wetter ausnutzen!»

Die Meteorologen sprachen davon, dass diese Februarwoche die wärmste des ganzen Jahrhunderts war, und schwärmten von den frühlingshaften Temperaturen, doch Hanna fand den Wind immer noch ziemlich kalt. Nichtsdestotrotz stimmte sie Andie zu, was deren Abendplanung anging.

«Okay, von mir aus.» In diesem Moment hörte sie, dass noch jemand sie anrief. «Andie, da ruft noch jemand an! Ich ruf dich gleich zurück!»

Als sie Andie wenige Minuten später wieder am Apparat hatte, gab es wirklich einen Grund zum Feiern. Professor Stewart hatte sie persönlich angerufen und ihr zum Stipendium gratuliert, woraufhin Hanna beinahe dem Obdachlosen um den Hals gefallen wäre, der sich auf die Bank neben sie gesetzt hatte und nun seine Schnapsflasche vor ihr verteidigen wollte. Als Entschädigung gab sie ihm einen Zwanzigdollarschein und schwebte wie auf Wolken zurück zu ihrer neuen Wohnung.

Gut gelaunt saßen die drei Frauen am Abend in einer Bar und genossen einige Drinks. Hanna war so gelöst wie schon lange nicht mehr und wollte sich einfach nur amüsieren. Da endlich die ganze Anspannung der letzten Monate von ihr abgefallen war, hatte sich Hanna Zeit genommen, um sich ein bisschen aufzubrezeln, und freute sich auf den Abend mit Andie und Pauline. Selbst die furchtbar unbequemen Highheels hatte sie angezogen und sich die Fußnägel lackiert.

Nun tranken sie gerade auf Hannas Erfolg. Natürlich musste sie auch die Geschichte ihres Unfalls ständig wiederholen, aber mittlerweile lachte sie darüber, da ihr nichts passiert war und sie trotz des Schrecks das Stipendium bekommen hatte. Neben der ganzen Freude war sie auch etwas aufgeregt, schließlich sollte sie schon in wenigen Wochen vor die Studenten treten und Kurse abhalten.

«So, ihr Süßen», sagte Pauline schließlich, schwenkte ihren Cosmopolitan und machte einen Schmollmund. «Was machen wir nach dieser Bar? Ich bin für Tanzen.»

Hanna dachte an ihre Schuhe, sagte aber kein Wort, um bloß nicht als Spaßbremse zu gelten.

«Du kannst gar nicht tanzen!» Andie lachte lauthals, als sie Paulines Gesichtsausdruck sah. «Dir fehlt das nötige Rhythmusgefühl!»

Pauline hob ironisch eine Augenbraue. «Schätzchen, meine Grandma ist Kubanerin, ich habe Pfeffer im Hintern!»

«Du verwechselst da was», widersprach Andie, und ihre Augen funkelten vor Vergnügen. «Wenn du tanzt, Schätzchen, wirkt es nicht, als hättest du Feuer im Hintern, sondern als hätten dir Feuerameisen in den Hintern gebissen.»

Daraufhin mussten alle drei prusten, bis Andie erklärte: «Im Ernst, wo sollen wir hingehen? Hat in SoHo nicht ein neuer Laden aufgemacht?»

«Dann haben sie bestimmt eine Gästeliste, und wir müssen stundenlang in der Schlange stehen», nörgelte Pauline.

«Zeig etwas mehr Brust, dann wird das schon klappen.»

Hanna beobachtete beide amüsiert. Als ihr Handy plötzlich klingelte, ging sie dran und war dankbar für die relativ leise Musik im Hintergrund der Bar. «Dubois?»

«Hallo, Hanna Dubois. Hier spricht John Brennan.»

«Ähhh ...» Verwirrt starrte sie vor sich hin. «Hallo. Ich ... ähh ... habe ich Ihnen meine Handynummer gegeben?»

«Nein.» Sie konnte sein Grinsen beinahe hören. «Das haben Sie nicht getan.»

«Aber ... woher haben Sie dann meine Nummer?»

«Das ist mein Geheimnis.»

Eigentlich wollte sie ihn weiter ausfragen, aber da fuhr er fort: «Also, Hanna Dubois, haben Sie schon Nachricht wegen Ihres Stipendiums bekommen?»

«Hören Sie, John Brennan», erwiderte sie vergnügt. «Dubois ist mein Nachname.»

Sie konnte sehen, dass sowohl Andie als auch Pauline schockiert in ihre Richtung starrten und wild gestikulierten, nachdem sie begriffen hatten, wer am anderen Ende der Leitung war.

«Ich weiß.» Er lachte ins Telefon. «Aber meine Mom hat mich gut erzogen. Daher würde ich eine Dame niemals mit dem Vornamen ansprechen, ehe sie es mir nicht erlaubt hat.»

«Hiermit erlaube ich es Ihnen, John Brennan.»

«Vielen Dank.» Er räusperte sich amüsiert. «Ihnen ist doch auch klar, dass Brennan mein Nachname ist, oder?»

«Natürlich!» Sie seufzte dramatisch auf. «Wissen Sie, meine Mutter hält ungemein viel von guter Erziehung und ...»

Er lachte. «Bitte sagen Sie einfach nur John, Hanna.»

«Sehr gern, John.»

«Sie haben meine Frage noch nicht beantwortet. Wie sieht es mit dem Stipendium aus? Und geht es Ihnen auch wirklich gut?»

Hanna grinste breit. «Mir geht's gut. Zumal ich eine Zusage für das Stipendium bekommen habe.»

«Das ist doch großartig! Herzlichen Glückwunsch!»

«Danke sehr.» Sie sah, dass Andie ständig irgendwelche Zeichen mit ihren Händen machte, und runzelte die Stirn, bevor sie ihr zu verstehen gab, ruhig zu sein und sie nicht zu stören.

«Ich finde, dass das gefeiert werden muss.» Wieder erklang seine sympathische Stimme durch den Hörer.

«Oh, das tun wir schon.»

«Wir?»

Hanna drehte sich ein wenig beiseite, da zwei neugierige Ohrenpaare lauschen wollten. «Ja, zwei Freundinnen von mir und ich sitzen gerade in einer Bar und trinken Cocktails.»

«Eigentlich hatte ich Sie angerufen, weil ich noch etwas gutzumachen habe.»

Sie lachte unterdrückt. «Sie haben gar nichts gutzumachen, John. Im Gegenteil.»

«Hmm … sagen wir es so, warum feiern wir Ihren Erfolg nicht zusammen? Ich bin gerade im Beau Monde. Das ist ein Club im Village.»

«Beau Monde? Keine Ahnung, ich …» Sie unterbrach

sich, da ihre beiden Begleiterinnen auszurasten schienen. Andie flüsterte ihr zu: «Hanna! Das Beau Monde! Das ist *der* Club der Stadt! Da sind nur Promis, und der Schuppen muss spitze sein! Lass uns hinfahren!»

«Keine Widerrede», vernahm sie durch den Hörer. «Ich würde mich wirklich freuen.»

«Also» – sie sah in die flehenden Augen ihrer Freundinnen und gab sich einen Ruck –, «gut, wir ... wir werden kommen.»

«Wunderbar. Ich setze Sie mit Ihren Begleiterinnen auf die Liste. Wir sehen uns dann.»

«Okay, bis gleich.» Hanna legte auf und starrte fassungslos auf ihr Handy.

«O mein Gott!», kreischte Andie. «Du hast ein Date mit John Brennan!»

«Unsinn! Das ist kein Date.»

Andie und Pauline warfen sich einen wissenden Blick zu, während Hanna verlegen den Rest ihres Cosmopolitans hinunterschluckte.

John Brennan stand zusammen mit seinem Kumpel Gray an der Theke des Beau Monde und nippte an einer Flasche Bier, während er zum wiederholten Male auf seine Uhr starrte. Es war schon eine Weile her, seit er mit Hanna telefoniert hatte, und er hoffte, dass sie es sich nicht anders überlegt hatte.

«John, um Himmels willen!» Gray grinste breit und schlug ihm auf den Rücken. «Was bist du so nervös? Man

könnte meinen, du wärst vierzehn und nicht vierund-
dreißig Jahre alt.»

John warf ihm einen bösen Blick zu. «Halt die Klappe!»

«Schon gut, schon gut.» Beschwichtigend hob Gray
seine Hände. «Ich meine es ja nicht so.»

«Besser für dich.» John stellte seine Flasche auf die Theke und spürte plötzlich eine Hand auf seinem Rücken.
Lächelnd drehte er sich um. «Hanna! Schön, dass ...» Er
verstummte, als er einer Blondine mit tiefem Ausschnitt
ins Gesicht blickte, die ihn anlächelte.

«Hallo. Sind Sie nicht John Brennan?»

John verdrehte beinahe die Augen, während Gray neben ihm in seinen Drink grinste. Er nickte knapp und
überlegte, wie er sie elegant loswerden konnte.

«Ich habe gesehen, dass Sie ganz allein sind. Wie wäre
es mit etwas Gesellschaft? Mein Name ist Tiffany.» Sie
hielt ihm die Hand hin, die er wohl oder übel nehmen
musste. Doch dann gab sie seine Hand nicht sofort frei,
sondern beugte sich vor und flüsterte ihm verführerisch
ins Ohr: «Warum gehen wir nicht ins Séparée? Da sind
wir ungestörter.»

John wusste wirklich nicht, wie oft er diesen Anmach-
spruch schon gehört hatte. Jedenfalls zu oft.

«Nein, danke.»

Tiffany sah im ersten Moment verwirrt aus, doch sie
schien nicht so schnell aufgeben zu wollen. «Es gibt ein
paar Dinge, die ich dir gern zeigen möchte. Ich verspreche dir, dass du nicht enttäuscht sein wirst.»

Er lehnte sich gegen die Theke und schüttelte den Kopf. «Tiffany, ich bin nicht interessiert.»

«Schade», sagte sie, steckte ihm einen Zettel mit ihrer Telefonnummer zu und verschwand. John warf den Zettel in einen Aschenbecher und seufzte genervt auf.

Gray starrte ihn grinsend an.

«Was?»

Gray schüttelte amüsiert den Kopf. «Kein anderer Mann wäre genervt, wenn ihn ständig heiße Bräute angraben würden.»

John kniff die Augen zusammen und signalisierte seinem Freund, dass er ganz anderer Meinung war. Solche Frauen und wilde Groupies waren nicht sein Ding. Er leugnete nicht, dass er mit Anfang zwanzig eine kurze Phase durchgemacht hatte, in der auch er von hemmungslosen Frauen, die ihm ihre Nummern zusteckten, angetan gewesen war und den einen oder anderen One-Night-Stand gehabt hatte, aber der gefühllose Sex hatte ihm bald nicht mehr gefallen. Er war einfach nicht der Typ für unbedeutende Affären und mittlerweile aus dem Alter heraus, in dem man allen leicht bekleideten Mädels hinterherlief, die schneller ihre Unterwäsche loswurden, als dass sie ihren Namen buchstabieren konnten.

«Mal ehrlich, John. Die Kleine war verdammt scharf.»

«Dann hättest du ihr einen Drink ausgeben sollen.»

Gray sah ihn sarkastisch an. «Sie hatte es auf dich abgesehen.»

John hob die Flasche an den Mund und schenkte seinem Kumpel einen bedeutungsvollen Blick. «Wohl eher auf meine Brieftasche.»

«Sei nicht immer so zynisch.»

«Weil die Kleine so ehrlich wirkte?», wollte John mit ironischem Ton wissen.

Gray zuckte mit der Schulter. «Und wenn schon. Sie *war* heiß.»

John fand zwar, dass sie billig gewirkt hatte, sagte jedoch nichts.

«Warum beschwerst du dich eigentlich, Gray?» Er hob eine Augenbraue an. «Bei dir herrscht schließlich nicht gerade Ebbe im Bett.»

«Deshalb kann ich deine Einstellung auch nicht verstehen.»

Gray war ein toller Kumpel und riss oft Barbekanntschaften auf, aber er war Anwalt und hatte keine Ahnung davon, was es bedeutete, ein bekannter Sportler zu sein, dem die Frauen hinterherliefen, weil sie an sein Geld kommen oder von seinem Prominentenstatus profitieren wollten.

«Gray, du weißt, wie nervig ich es finde, wenn Frauen mich fragen, ob ich *der* John Brennan bin, während Dollarzeichen in ihren Augen aufflackern.»

Gray runzelte die Stirn. «Das liegt eben an deinem Image.»

«Mit meinem Image ist alles okay», verteidigte sich John. «Eigentlich dachte ich ja, dass Frauen auf brutale

Sportler stehen, die sich prügeln, saufen und Bars zertrümmern.»

Lachend schüttelte sein Kumpel den Kopf. «Bestimmt, aber du bist der Traum einer jeden Schwiegermutter.» Dafür bekam er einen nicht allzu sanften Faustschlag gegen seinen Oberarm verpasst. Doch Gray musste noch heftiger lachen. «Mal ehrlich, John, du bist sympathisch, reich, es gibt keine schmutzigen Gerüchte oder Eskapaden, du warst der fairste Spieler der NFL und –»

«Mein Gott, ich bin doch kein Muttersöhnchen!»

«Nun ja, die Kampagne mit den Babys war vielleicht etwas zu viel.»

«Das war für einen guten Zweck», verteidigte sich John und seufzte frustriert auf. Nachdem er vor drei Jahren eine Kampagne gegen Kinderarmut unterstützt hatte, kursierten für einige Zeit Gerüchte, dass er schwul sei, aber niemand hatte sie wirklich ernst genommen. Sein Problem war einfach, dass ihm heldenhafte Verehrung entgegenschlug, weil er als Quarterback mehrmals den Super Bowl gewonnen hatte. Damals war er überall hoch gelobt worden, hatte Werbeverträge bekommen und lancierte zum beliebtesten Spieler der USA. Selbst Anhänger der Gegnermannschaften akzeptierten und lobten ihn, wenn er Punkte machte. Er wusste nicht, woran es gelegen hatte, aber seine Mutter hatte vermutet, dass er so beliebt war, weil er typisch amerikanisch wirkte – wie der junge Paul Newman, hatte sie grinsend bemerkt.

Als er sich im vorletzten Jahr verletzt hatte und als Spieler zurückgetreten war, trugen viele seiner Anhänger Trauer. Für John war es nicht weiter tragisch gewesen, auch wenn erwachsene Männer deshalb in Tränen ausgebrochen waren.

«Meiner Meinung nach hast du ein Problem mit dem Ruhm», sagte Gray jetzt und zuckte mit der Schulter. «Den ich gar nicht schlimm finde. Du solltest es ausnutzen, anstatt herumzujammern.»

«Ich jammere überhaupt nicht herum», widersprach John. «Ich habe es nur satt, dass ständig die falschen Frauen um mich herumscharwenzeln. Ein Mann will schließlich einmal Ruhe haben.»

«Unsinn.» Gray trank einen Schluck und erklärte dann: «Vielleicht hättest du den Trainerposten ablehnen sollen, denn du siehst ja, dass du seitdem andauernd in der Presse bist.»

«Ich werde von Paparazzi verfolgt», beschwerte sich John. «Aber dadurch lasse ich mir ganz sicher nicht mein Leben diktieren.»

«Es wird bestimmt bald ruhiger werden. Momentan sind alle aus dem Häuschen, aber in wenigen Wochen wird das abgeklungen sein.»

John hatte vor kurzem den Cheftrainerposten der New York Titans angenommen und war gerade dabei, das Team aufzustellen, bevor in wenigen Monaten die neue Saison beginnen würde. Zwar war er in der Öffentlichkeit schon immer erkannt und angesprochen worden, doch seit der Vertragsunterzeichnung machten die Paparazzi ihn wahnsinnig, und auch Goldgräberinnen gaben sich die Klinke in die Hand, nachdem in einer Boulevardsendung im landesweiten Fernsehen sein geschätztes Vermögen bekanntgegeben worden war. Dass man gleichzeitig seinen Single-Status erwähnt hatte, machte die ganze Sache nicht leichter.

«Hoffentlich ...» John schaute nach rechts und sah im gedämpften Licht, dass Hanna gerade mit zwei Freundinnen den Raum betreten hatte. Lächelnd lehnte er sich zurück und betrachtete sie für einen Augenblick. Gestern hatte er sie entzückend gefunden mit dem zerzausten Haar, das einmal eine Frisur gewesen sein musste, einer zerknautschten weißen Bluse und einfachen Jeans. Sie war richtig süß gewesen und hatte jung und frisch gewirkt. Ihr Gesicht war ein wenig mädchenhaft mit ihren großen grünen Augen, einer kleinen Stupsnase, einem vollen Mund und gebogenen Augenbrauen. Heute trug sie ihr rötliches Haar offen, das in Wellen bis zu ihrer Schulter fiel. Sie steckte in einer engen schwarzen Hose und einem grauen Oberteil, das teilweise durchsichtig zu sein schien. Als sein Blick auf die Stilettos fiel, musste er grinsen. Männer mochten nun einmal hohe Schuhe an Frauen.

«Wer ist es?»

John grinste weiterhin. «Hanna steht in der Mitte.»

«Oh.» Gray runzelte die Stirn. «Etwas pummelig, oder?»

«Was?» John starrte ihn vorwurfsvoll an. «Du hast zu lange Umgang mit magersüchtigen Models gepflegt, mein Guter.»

«Wenn du meinst.»

John verstand seinen Kumpel einfach nicht. Da stand eine bildhübsche Frau vor ihm, die Grips und Humor hatte, aber Gray fand sie pummelig. John konnte das nicht nachvollziehen. Er wusste nur, dass sie so aussah, wie eine richtige Frau halt aussehen sollte. Kurz betrachtete er die schönen Hüften und die schmale Taille, bevor er sich von der Theke losmachte und auf sie zuging. Als sie ihn bemerkte, lächelte sie und errötete ein wenig, was er absolut bezaubernd fand.

«Hallo, Hanna, schön, dass Sie gekommen sind.»

«Hallo …» Sie biss sich verlegen auf die Unterlippe. John hielt den beiden Begleiterinnen die Hand hin und begrüßte sie freundlich. Sie schienen etwas eingeschüchtert zu sein, aber als John begann, mit allen zu plaudern, verloren sie ihre Scheu. Gray gesellte sich zu ihnen und nahm direkt Pauline in Beschlag. Sie ließen sich bald in einer Sitzecke nieder, die am Rande im dämmrigen Licht lag und aus bequemen Sofas und Sesseln bestand. John reichte Hanna ein Glas Weißwein und setzte sich anschließend neben sie. Währenddessen unterhielten sich Andie, Pauline und Gray miteinander, sodass die beiden fast ungestört waren.

«Wie geht es Ihrem Kopf?»

Hanna stellte ihr Glas beiseite und wandte sich John

zu, der locker einen Arm auf der Sofakante liegen hatte. «Dem geht's sehr gut. Danke der Nachfrage.»

«Gern geschehen. Ich habe mir schon Sorgen gemacht, dass Ihr brillantes Gehirn Schaden genommen hat – das wäre unverzeihlich gewesen.»

Hanna legte den Kopf schief und musterte ihn fragend. «Brillant?»

Grinsend zuckte er mit den Schultern und nahm einen Schluck Bier.

«Mal ehrlich, woher haben Sie meine Nummer?»

«Wie bereits gesagt – das bleibt geheim.»

«Kommen Sie schon» – sie sah ihn flehentlich an –, «hat das FBI seine Finger im Spiel?»

John schüttelte prustend den Kopf. «Das FBI nicht, viel eher die CIA.»

«Na, da bin ich ja erleichtert! Dann werde ich mir doch keine neue Identität zulegen müssen.»

«Eine neue Identität?» Neugierig sah er sie an «Lassen Sie hören! Woran denken Sie?»

Sie runzelte angestrengt die Stirn und verkündete dann mit einem breiten Lächeln: «Ich wäre gern die verschrobene Nachbarin, die mit einem leeren Kinderwagen durch die Straßen spaziert und die Nachbarskinder zu Tode erschreckt.»

«Das hört sich lustig an.» Er stellte sein Glas beiseite.

Flehend sah sie ihn an. «Bitte! Woher haben Sie meine Nummer?»

«Vielleicht sage ich es Ihnen irgendwann einmal.»

Hanna verdrehte die Augen. «Das beruhigt mich jetzt ungemein!»

Er lachte amüsiert. «Jedenfalls bin ich froh, dass Sie mir wegen des Unfalls nicht böse sind.»

«Warum sollte ich?» Ratlos legte sie den Kopf schief. «Sie haben doch gar nichts getan.»

John war fasziniert von ihren großen Augen, die im schummrigen Licht des Clubs dunkel schimmerten. «Na ja, mir sind die Reporter schließlich gefolgt.»

Nachdenklich verzog sie den Mund. «Sie müssen entschuldigen, dass ich keine Ahnung hatte, dass Sie Sportler sind.»

«Ich war Sportler, und Sie müssen sich überhaupt nicht entschuldigen.»

«So, wie Sie verfolgt worden sind ...»

Erklärend hob er eine Hand. «Vor wenigen Tagen habe ich hier in New York einen Trainervertrag für ein Footballteam unterschrieben. Bei diesem Team war ich selbst vor einigen Jahren Spieler. Daher ist es momentan ziemlich schlimm mit den Journalisten.»

«Das kann ich mir denken.»

«In England ist Fußball viel populärer als Football, oder?»

Hanna nickte. «Fußball ist in ganz Europa der mit Abstand beliebteste Sport. Ich weiß gar nicht, ob wir auch Footballteams haben – Rugby schon, aber American Football?» Sie hob die Schultern und schüttelte den Kopf. «Das kann ich Ihnen leider gar nicht beantworten.»

John sah sie gespielt erstaunt an. «Heißt das, Sie waren noch nie bei einem Footballspiel?»

«Schuldig im Sinne der Anklage.» Sie sah ihn gespielt reumütig an.

«Das müssen wir unbedingt ändern.»

«Ach ja?» Ihre Augen funkelten amüsiert. «Und wie?»

«Ganz einfach, Sie müssen zu einem Spiel mitkommen.» Er hielt ihr eine Hand hin. «Abgemacht?»

Lachend schlug sie ein. «Abgemacht.»

Anschließend erklärte er ihr die Regeln des Spiels und benutzte Gläser, die auf dem kleinen Beistelltisch standen, um Spielzüge nachzumachen. Hanna amüsierte sich königlich und erklärte ihm anschließend, wie die Regeln beim Fußball lauteten, während John aufmerksam zuhörte und mit Gläsern die Abseitsstellung nachspielte.

«Hanna?» Andie stand irgendwann vor ihr und zwinkerte ihr zu. «Pauline und ich gehen uns frisch machen. Kommst du mit?»

Hanna sah sie verwirrt an und nickte dann. «Natürlich.» An John gewandt, sagte sie: «Ich bin gleich zurück.»

«Sehr gut. Ich bestelle neue Getränke – irgendein Wunsch?»

Hanna schüttelte lächelnd den Kopf und folgte den beiden Freundinnen zu den Toiletten. Kaum waren sie dort angelangt, wollte Andie, während sie Rouge auftrug, wissen: «Was läuft da zwischen euch?»

«Nichts!» Hanna sah perplex aus. «Was sollte da laufen?»

Andie blickte ihr grinsend in die Augen. «Ihr flirtet schon den ganzen Abend.»

«Unsinn, wir unterhalten uns bloß und –»

«Findet ihr, dass John schwul wirkt?»

«Was?» Hanna sah zu Pauline, die ihren Lippenstift nachzog. «Wie kommst du denn darauf?»

Pauline zuckte mit der Schulter, während sie präzise den Gloss auftrug. «Es gab mal das Gerücht, dass John Brennan schwul sein soll. Ich finde gar nicht, dass er so wirkt. Mein Cousin ist Stewardess –»

«Der politisch korrekte Begriff ist Flugbegleiter», wies Andie sie zurecht.

Pauline funkelte sie an. «Er trägt eine Uniform, er zeigt, wie man eine Schwimmweste anzieht, und verteilt in der Luft Getränke: Er *ist* eine Stewardess!» Sie blickte wieder in den Spiegel. «Jedenfalls ist mein Cousin absolut schwul und hat auch nur schwule Freunde. Deshalb kann ich euch zu neunundneunzig Prozent sagen, ob ein Mann schwul ist oder nicht. John ist es nicht.»

«Neunundneunzig Prozent?» Andie verdrehte die Augen. «Das ist eine Gabe, Pauline! Du solltest damit im Fernsehen auftreten.»

«Haha! Du musst dich nicht gleich über mich lustig machen.»

«Das mit dem Schwulsein ist sowieso absoluter Quatsch!» Andie schüttelte den Kopf. «Er war für längere Zeit mit Christine Shaw zusammen. Der ist bestimmt nicht schwul.»

Hanna schwirrte der Kopf. «Wer ist Christine Shaw?»

«Kennst du sie etwa nicht?» Andie sah sie von der Seite aus an. «Sie ist die Tochter von Greta und Simon Shaw, dem Hollywoodpaar schlechthin.» Als sie bemerkte, dass Hanna keine Ahnung hatte, wovon sie sprach, verdrehte sie abermals die Augen. «Greta und Simon Shaw sind wohl die einflussreichsten Menschen in Hollywood. Ihnen gehört ein riesiges Filmstudio.»

«Wirklich?»

Andie nickte. «John und Christine sind aber schon seit einigen Jahren getrennt.» Sie grinste Hanna an. «Also ran an den Mann.»

«Andie, du hast ja einen Knall!» Hanna schüttelte abwehrend den Kopf.

«Warum nicht?»

Sie seufzte auf und starrte Andie im Spiegel an. «Ich bin nun einmal kein Model oder Hollywoodsternchen ...»

«Und?»

«Und ich bin sicherlich nicht sein Typ. Mal ehrlich, Andie, er ist ein bekannter Ex-Footballprofi, und ich bin nicht gerade die Art von Frau, die sich solche Männer aussucht.» Hanna zog verlegen eine Grimasse, als müsse sie sich dafür entschuldigen, dass sie keine gigantischen Brüste und für Kindergrößen geeignete Hüften besaß.

Andie schnaubte frustriert. «Vor allem bist du ziemlich dämlich. So wie er dich die ganze Zeit anstarrt, scheint er anderer Meinung zu sein.»

Hanna sagte lieber nichts mehr dazu, denn sie glaubte

nicht, dass jemand wie John Brennan Frauen wie sie attraktiv fand. Sie war schon immer eher der Kumpeltyp gewesen. John Brennan spielte buchstäblich in einer anderen Liga.

Als sie wieder zu den Männern gingen, versuchte Hanna diese Gedanken zu verbannen, aber als sie sah, dass eine blonde Schönheit mit einem roten Minikleid neben John saß und eindeutig mit ihm flirtete, überkam sie doch ein trostloses Gefühl, auch wenn sie gerade noch behauptet hatte, dass nichts zwischen ihnen lief. Nun ja, sie wollte wenigstens so viel Stolz zeigen, sich von ihm zu verabschieden, also trat sie zu John und seiner umwerfenden Begleiterin, setzte ein falsches Lächeln auf, konnte jedoch nicht einmal den Mund öffnen, weil John sofort aufsprang, als er sie sah. «Ah, da bist du ja!» Er schenkte ihr ein breites Lächeln, schaute die andere nicht einmal mehr an, sondern sagte nur auf Wiedersehen und führte Hanna zur Bar.

«Ähh, ich wollte nicht stören.» Hanna blickte der Frau nach, die frustriert von dannen zog. John schien amüsiert zu sein und schüttelte lächelnd den Kopf. «Das war keine Störung – ganz im Gegenteil.»

«Nun ja» – sie hob das Gesicht ein wenig höher –, «*sie* scheint das anders zu sehen.»

«*Sie* war aufdringlich und nervig.»

Hanna schwieg, musterte ihn und erklärte dann: «Eigentlich wollte ich mich verabschieden, aber ...»

«Nein, bloß nicht», sagte er inbrünstig und lehnte sich

gegen die Theke. «Ich bin echt froh gewesen, dass du gekommen bist – warum sollte ich dann wollen, dass du so früh gehst?»

John stellte ihr ein Glas Weißwein hin, und bald darauf schnappten sie sich zwei Barhocker, setzten sich – was himmlisch für Hannas Füße war – und plauderten über dies und das. Hanna erzählte ihm Witze, die ihn so zum Lachen brachten, dass er beinahe vom Hocker gefallen wäre, oder Einzelheiten zu ihrem Forschungsprojekt, zu dem er interessierte Fragen stellte. Langsam bekam sie einen kleinen Schwips und hatte keine Skrupel, ihm zu verraten, dass sie es im ersten Semester an der Universität ständig hatte krachen lassen und nur selten nüchtern gewesen war. Nie hatte sie dies einem fast Fremden erzählt, schließlich machte es einen nicht gerade guten Eindruck, sondern erweckte eher den Anschein, als wäre sie eine Alkoholikerin. John dagegen fand es anscheinend nur sympathisch und beichtete seinerseits, dass er fast von der Highschool geflogen wäre, weil er mit zwei Kumpels während der Pause einen Joint geraucht hatte.

«Warum durftest du dann bleiben?»

John lächelte ein wenig beschämt. «Nun ja, erstens war ich der Quarterback, und das wichtigste Spiel der Saison stand bevor, und ...» Er errötete beinahe. «Mein Dad war damals Bürgermeister unserer Stadt.»

«Aha.» Hanna nickte amüsiert. «So geht das also.»

«Mein Dad war fuchsteufelswild. Zu Hause war die Hölle los, und meine Mom ...»

«Hat sie dich mit einem Kochlöffel versohlt?» Hanna grinste diabolisch.

John schnaubte. «Meine Mom?» Er schüttelte den Kopf. «Sie hat einfach nicht mehr mit mir geredet. Glaube mir, ich hätte lieber den Kochlöffel gespürt.»

«Irgendwie glaube ich nicht, dass du danach noch viele Joints geraucht hast.»

John schüttelte den Kopf und lächelte. «Nein ... wenn du meine Eltern kennen würdest, könntest du es verstehen. Zwar war ich kein wirklich schlimmer Schüler, aber ab und zu wollte ich rebellieren, doch mein Schuldgefühl holte mich ein, sobald ich an meine Eltern dachte.»

«Wie süß.»

«Ach ja?» Er hob fragend eine Augenbraue. «Das findest du süß?»

Hanna errötete leicht und zuckte unbeholfen mit der Schulter. «Ja ... du scheinst ein gutes Verhältnis zu deiner Familie zu haben. Das ist irgendwie süß.»

Amüsiert strich er über ihren Handrücken und fragte: «Wie sieht es mit deiner Familie aus?»

Ein wenig verwirrt von seiner Berührung, musste Hanna erst einmal ihre Gedanken ordnen. «Ähh, zu meiner Mutter habe ich ein extrem gutes Verhältnis, und meinen Stiefvater Gordon mag ich auch sehr. Genauso wie meine Geschwister ...» Sie brach ab und korrigierte sich: «Halbgeschwister. Zwillinge.»

«Wie alt sind sie?»

«Dreizehn.» Sie musste lachen. «Ein furchtbares Alter.»

«Ehrlich? Finde ich nicht.»

«Ich schon!» Hanna verdrehte die Augen. «Das letzte Mal haben sich beide am Esszimmertisch angeschrien, und es endete damit, dass die Wand dahinter neu gestrichen werden musste, weil Clara mit der Spaghettisauce um sich geworfen hatte.»

John lächelte, und seine Grübchen erschienen. «Es hört sich jedenfalls lebhaft an.»

«Beinahe zu lebhaft.»

«Wie warst du denn in dem Alter?»

«Ziemlich schüchtern …»

«Ach Quatsch!»

«Doch», beharrte sie. «Ich war gerade erst nach England gezogen, hatte einen neuen Stiefvater, besuchte eine neue Schule, musste die Sprache erst richtig lernen und neue Freunde finden. Das war alles ziemlich viel.»

«Kann ich verstehen.» Er räusperte sich. «Und dein leiblicher Vater?»

«Na ja …» Sie verzog das Gesicht. «Mein Vater ist ganz okay, aber er war nicht besonders verantwortungsbewusst. Meine Eltern ließen sich scheiden, als ich zwei Jahre alt war. Manchmal habe ich ihn monatelang nicht gesehen, aber mittlerweile haben wir ein gutes Verhältnis zueinander. Außerdem mag ich meine französische Verwandtschaft sehr gern.»

«Du bist eine wahre Kosmopolitin.»

«Findest du?»

«Natürlich.» John legte den Kopf ein wenig schief

und betrachtete sie so lange, dass Hanna wieder errötete. Vielleicht lag es auch an dem leichten Schwips, aber
irgendwie war die ganze Situation reichlich seltsam –
schließlich saß sie hier mit einem gut aussehenden und
unglaublich netten Mann, der ihr den ganzen Abend seine Aufmerksamkeit schenkte und sie auch noch lustig zu
finden schien. Noch immer war sie nicht dahintergekom-
men, was er eigentlich im Sinn hatte.

Jemand räusperte sich hinter ihnen. Als sie sich um-
drehten, stand Gray dort und betrachtete sie eingehend.
«Hey, John, die Mädels sind zum Tanzen nach unten gegangen, und ich wollte mich anschließen. Wie sieht's mit
euch aus?»

John starrte Hanna an, die wenig begeistert zu sein
schien, und schüttelte den Kopf. «Vielleicht später.»

«Okay.» Gray grinste und zog von dannen.

«Kannst du etwa meine Gedanken lesen?» Hanna lachte auf. «Oder liegt dir das Tanzen einfach nicht?»

John schnaubte. «Ha, ich bin ein exzellenter Tänzer...»

«Schon gut.» Hanna hob amüsiert eine Hand. «Ich werde es nicht bezweifeln. Trotzdem danke. Meine Schuhe
bringen mich fast um, und zu tanzen wäre jetzt Folter.»

Sein Blick glitt natürlich sofort zu ihren Füßen und den
rot lackierten Zehen. «Ich kann dir eine Fußmassage anbieten.»

«Hier?» Sie musste lachen und schüttelte den Kopf.
«Danke, aber lieber nicht. Sonst steht morgen noch in der
Zeitung, dass du einen Fußfetisch hast.»

«Vielleicht hab ich den auch.»

«O Mann, das sind aber viele schlimme Informationen über dich. Für die Presse wären diese Geschichten wie Weihnachten und Ostern zusammen.»

«Welche Geschichten?», wollte er verwundert wissen.

Hanna beugte sich grinsend vor und flüsterte: «Ich sehe die Schlagzeilen schon vor mir: *John Brennan – gefeierter Footballheld und Frauentraum – gesteht Fußfetisch ein und sehnt sich nach Schlägen mit einem Kochlöffel, während er einen Joint raucht. Mehr dazu im Exklusivinterview mit Mitgliedern seiner Tanzgruppe!*»

John starrte sie überrumpelt an und musste anschließend so heftig lachen, dass er beinahe vom Hocker gefallen wäre.

3. Kapitel

Hanna war gerade wach geworden und aufgestanden, als ihr Telefon klingelte. In Gedanken war sie immer noch bei dem gestrigen Abend und musste lächeln, als sie daran dachte, dass sie ziemlich spät nach Hause gekommen war. Zusammen mit Andie und Pauline hatte sie sich ein Taxi geteilt, nachdem sich John und Gray vor dem Club von ihnen verabschiedet hatten. Im Gegensatz zu Hanna schienen John die aufdringlichen Fotografen draußen nicht einmal aufgefallen zu sein. Jedenfalls hatte er sie ignoriert und allen drei Frauen einen freundschaftlichen Wangenkuss gegeben, während die Blitzlichter ständig aufgeflammt waren.

Ein Blick auf die Uhr sagte ihr, dass es gerade erst kurz nach acht war, und sie vermutete, dass es ihre Mom war, die anrief, weil sie gestern kaum Zeit gefunden hatten, miteinander zu reden. Also griff sie nach dem Hörer und machte sich auf den Weg in die Küche, um Tee zu kochen.

«Hallo?»

«Guten Morgen», sagte Johns Stimme gut gelaunt. «Ich hoffe, ich habe dich nicht geweckt.»

«Selbst einen guten Morgen. Nein, ich war schon wach. Keine Sorge.»

«Na ja, es war ziemlich spät, deswegen wusste ich nicht, ob ich dich schon stören darf.»

Lächelnd stellte Hanna den Wasserkocher an und war überrascht, dass John sie so bald nach dem gestrigen Abend anrief. Unvermittelt flatterte es in ihrem Magen.

«Ich kann nie besonders lange schlafen – auch nicht nach einer langen Nacht.»

«Geht mir genauso.» Er lachte kurz auf. «Hast du schon gefrühstückt?»

«*So* lange bin ich auch noch nicht wach», erwiderte sie. «Gerade mache ich mir einen Tee.»

Sie konnte sein Lächeln beinahe sehen. «Das ist doch wunderbar. Hast du Lust, mit mir zu frühstücken? In Belle Haven gibt es ein unglaubliches Café, das etwas abseits gelegen ist und ein grandioses Frühstück anbietet.»

Hanna war ziemlich überrumpelt und wusste nicht, was sie sagen sollte.

«Bist du noch dran?»

«Ja, natürlich.» Sie war nicht besonders gut in solchen Dingen. «Wo liegt Belle Haven?»

«Wir brauchen ungefähr eine Stunde dorthin. Es liegt direkt an der Küste.»

«Hmm … okay.»

Sie hörte sein Lachen. «Das nenne ich mal pure Begeisterung!»

«Entschuldige.» Ihre Wangen brannten. «Ich bin einfach noch nicht richtig wach.»

«Dann beeile dich lieber, in zwanzig Minuten stehe ich vor deiner Tür.»

Erschrocken starrte sie auf den Kühlschrank. Bis dahin würde sie niemals repräsentabel aussehen. «Was?»

«Und zieh dir keinen Rock an. Wir nehmen mein Motorrad.»

Zwanzig Minuten später stand Hanna vor ihrem Haus und hielt nervös Ausschau nach John. Wenn sie etwas mehr Zeit gehabt hätte, hätte sie Andie angerufen und gefragt, wie sie sich verhalten sollte. Sie wusste ja nicht einmal, ob das hier ein Date war! Sie konnte sich einfach nicht vorstellen, dass ein berühmter und gut aussehender Mann wie John an ihr interessiert war. Sie war schließlich eher unscheinbar, nicht zu vergleichen mit langbeinigen Models oder umwerfenden Schauspielerinnen. Kaum hatte sie den Satz in Gedanken beendet, hielt ein Motorrad direkt neben dem Bürgersteig an.

Unsicher betrachtete Hanna das riesige Ungetüm und biss sich zaghaft auf die Lippen. Sie war noch nie Motorrad gefahren – Motorroller im Italienurlaub zählten schließlich nicht. Sobald er jedoch vor ihr stand, dachte sie nicht mehr darüber nach. Bereits gestern war er ihr riesig vorgekommen, doch ohne ihre hohen Absätze wirkte er noch größer. Ihr entschlüpfte ein Seufzer, als sie die breiten Schultern betrachtete, die die Helligkeit der Februarsonne verdeckten. John schenkte ihr ein fröhliches Grinsen. Neben ihm kam sie sich beinahe zierlich vor.

«Hallo.»

«Hi!» Sie blickte zu ihm hoch und betrachtete verstohlen seine Motorradjacke, die eng an seinem muskulösen Oberkörper lag. Die verschlissenen Jeans und die schwarzen Chucks vervollständigten seinen lässigen Look.

Glücklicherweise war Hanna so ähnlich gekleidet, nur trug sie anstatt einer modischen Motorradjacke einen gefütterten Parka, der ihr bis zur Hüfte reichte.

Sein taxierender Blick machte sie nervös. «Stimmt etwas nicht?»

«Ich habe mich nur gefragt, wie jemand nach einer langen Nacht so frisch aussehen kann.»

Errötend senkte sie den Blick.

«Bist du schon einmal auf einem Motorrad gefahren?»

Hanna blickte wieder auf und schüttelte den Kopf. «Als Kleinkind bin ich auf einem Motorradkarussell gefahren, aber das zählt vermutlich nicht.»

«Keine Sorge, ich fahre nicht sehr schnell, dann können wir den Ausblick genießen.» Er öffnete den Kragen seiner Jacke und knotete das blaue Halstuch auf, das er getragen hatte.

Bevor Hanna wusste, was er vorhatte, schlang er es ihr um den Hals und knotete es zu, wobei seine Fingerknöchel die weiche Haut unter ihrem Kinn berührten. Atemlos stand sie da und starrte geradeaus auf seine Brust.

«Der Fahrtwind kann etwas kühl sein. Ich will nicht, dass du dich erkältest.»

«Oh.» Sie begegnete seinen blauen Augen. «Und was ist mit dir?»

«Ich brauche das Tuch nicht – war nur ein Modeaccessoire, aber verrate es nicht weiter.»

Wieder erschienen seine Grübchen und brachten ihren Magen durcheinander.

Kurz darauf half er ihr mit dem Helm und schloss ihn unter ihrem Kinn, bevor er sich auf die Maschine setzte. Hanna versuchte, sich nicht allzu dämlich anzustellen, und kletterte hinter ihn auf das überraschend bequeme Polster. Eher zögerlich hielt sie sich an seiner Taille fest, während er den Motor startete, aber gleich darauf umfasste er ihre Hand mit seiner und zog sie entschlossen vor seinen Bauch, bevor er das Gleiche mit ihrer anderen Hand machte. So schmiegte sie sich an seinen breiten Rücken, kämpfte gegen das Wohlbehagen und verlor, denn es fühlte sich einfach zu gut an. Gedämpft hörte sie durch den Helm seine Stimme. «Halt dich gut fest!»

John fuhr erst los, als sich eine große Lücke im Verkehr auftat. Hanna war erstaunt darüber, wie sicher sie sich auf dem Motorrad fühlte. Es gab kein Rütteln, keine unkontrollierten Bewegungen und kein heftiges Bremsen. Tatsächlich konnte sie sich entspannen und war froh, dass John nicht ihr heimliches Lächeln sah.

Sobald sie New York hinter sich gelassen hatten, fuhr er schneller. Manchmal zerrte der Fahrtwind an ihr, aber

Hanna fühlte sich wohl und genoss den Ausblick auf die Küstenlandschaft, der sich hin und wieder auftat. Vor allem auf dem letzten Streckenteil konnte sie oft das Meer sehen.

Irgendwann verließ John die Hauptstraße und bog rechts ab in eine kleine Straße, die direkt zur Küste führte. Trotz des Helmes schmeckte Hanna das salzige Aroma des Meeres auf ihren Lippen. Als er vor einem entlegenen Strandhaus in den Dünen hielt und direkt am Steg parkte, der zum Strand hinunterführte, seufzte Hanna auf. Es war so schön und so ruhig hier, lediglich das Geräusch der Brandung und die Möwen waren zu hören. Dass der Himmel strahlend blau und kaum eine Wolke am Himmel zu sehen war, machte das Gesamtbild der Landschaft noch schöner.

Vorsichtig erhob sie sich vom Motorrad und hielt sich an Johns Arm fest. Sobald sie festen Boden unter den Füßen hatte, streckte sie sich ein wenig und fummelte anschließend am Verschluss des Helmes herum. John schlüpfte problemlos aus seinem schwarzen Helm und sah lächelnd zu, wie Hanna sich mit ihrem abmühte.

«Warte, ich mach das schon.» Er hängte seinen Helm an den Lenker und stellte sich dicht vor sie, um den Verschluss zu öffnen.

Kurz darauf schlüpfte auch sie aus ihrem Helm und betrachtete verstohlen sein Gesicht, das eine frische Röte angenommen hatte. Sein blondes Haar stand an der linken Seite ab und wurde durch den starken Wind noch mehr zerzaust. Automatisch tastete sie nach ihrem Zopf.

John nahm ihr den Helm ab und stellte ihn auf die Sitz-fläche. «Alles okay? Oder bin ich zu schnell gefahren?»

«Es war toll.» Sie öffnete den Zopf, um etwas Ordnung in ihr Haar zu bekommen, doch der Wind blies ihre röt-lichen Strähnen in alle Himmelsrichtungen. Bevor sie ihr Haar bändigen konnte, griff John mit funkelnden Augen nach den Strähnen.

«Lass es so.»

«Ich sehe bestimmt schrecklich aus», murmelte sie und trat von einem Fuß auf den anderen. Dass er so dicht vor ihr stand und ihr Haar berührte, machte sie schrecklich nervös. Wieder überlegte sie, was dieser Ausflug zu be-deuten hatte, und hätte am liebsten den Blick gesenkt, doch seine funkelnden Augen waren zu hypnotisierend.

«Du siehst nicht schrecklich aus.» Seine Mundwinkel kräuselten sich, während er halbwegs Ordnung in ihr Haar brachte. Hanna nahm ihm die Haarmasse ab und schlang alles zu einem lässigen Knoten zusammen.

«Im Kindergarten wurde ich wegen meiner Haare stän-dig aufgezogen.»

«Warum das denn?»

Sie strich sich eine widerspenstige Strähne beiseite und zuckte mit der Schulter. «Es war furchtbar rot, wes-halb mich die Jungen immer Hexe Hanna nannten. Nicht sehr originell, aber es wirkte.»

«Oje.» John grinste mitleidig und öffnete seinen Mund

ein wenig, um auf seinen Schneidezahn zu deuten. «Als ich in die Schule kam, hatte ich noch alle Milchzähne – bis auf die Eckzähne, die viel größer und länger als die Vorderzähne waren.»

«Und?»

Er rümpfte seine Nase. «Ich lief heulend nach Hause, weil man mich Graf Dracula genannt hatte. Tatsächlich sah ich ein bisschen aus wie ein Vampir.»

Irgendwie glaubte Hanna ihm das nicht, denn sein weißes Gebiss war perfekt.

Als hätte er ihre Gedanken erahnt, erklärte er amüsiert: «Mein Kieferorthopäde hat sich selbst übertroffen.»

«Tatsächlich?» Sie verschränkte die Arme vor der Brust und musterte ihn misstrauisch.

«Irgendwann zeige ich dir mal ein Foto, damit du mir glaubst.» Er nahm beide Helme an sich. «Ich hoffe, du hast Hunger. Der Brunch ist hier unglaublich gut.»

Da ihr Magen knurrte, war sie mehr als froh darüber. Zusammen schlenderten sie zu dem einsamen Strandhaus, das sehr einladend und heimelig wirkte. Trotz des rustikalen Äußeren war es innen überraschend modern eingerichtet und weitläufig. Die hintere Front bestand aus Fenstern, die einen wundervollen Blick auf den Strand und das Meer erlaubten, der Raum war mit Holztischen und Sesseln möbliert. Auf einer langen Theke war das große Buffet aufgestellt worden, das einen köstlichen Duft verströmte.

Man gab ihnen einen Tisch direkt am Fenster. John half

Hanna zuvorkommend aus ihrer Jacke und legte sie zusammen mit seiner und den Helmen auf einen Stuhl, der am Tischende stand. Sie setzten sich einander gegenüber und bestellten Getränke. Kurz darauf standen sie zusammen am Buffet und beluden ihre Teller mit kalten und warmen Speisen und trugen sie an ihren Tisch.

Als Hanna irgendwann auf die Uhr blickte, die am anderen Ende des Raumes hing, erschrak sie ein wenig, weil sie bereits seit zwei Stunden hier saßen und sich unterhielten. Die Zeit schien nur so zu verfliegen. John bemerkte ihr Erstaunen und lächelte.

«Hatte ich zu viel versprochen?»

«Überhaupt nicht. Es war unglaublich lecker.»

«Das freut mich zu hören.» Lässig legte er einen Arm über die Lehne des Sessels. «Ich war schon länger nicht hier, deshalb war ich mir nicht sicher, ob der Brunch immer noch so klasse ist wie früher.»

Hanna hob eine Hand. «Von meiner Seite kommen keine Klagen.»

Unten am Strand spielten zwei Jungen mit ihrem Hund. Sie warfen einen Ball, den der braune Labrador fing und prompt zurückbrachte. Hanna sah lächelnd zu.

«Sie scheinen großen Spaß zu haben», kommentierte John und hob das Glas Wasser an seine Lippen. Hanna sah, dass sein Adamsapfel hochhüpfte, während er trank. John war wirklich eine Augenweide, absolut männlich und furchtbar nett. Obwohl sie ein wenig nervös gewesen war, vermittelte er ihr ein so gutes Gefühl, dass sie sich problemlos entspannen konnte. Es machte ihr auch nichts aus, dass sie weder frisiert noch geschminkt war und einfache Jeans sowie einen gelben Cardigan trug.

«Ich wollte immer einen Hund haben», gestand sie.

«Woran lag es, dass du keinen hattest?»

Sie zuckte mit der Schulter und schob die Serviette hin und her. «Meine Mutter hat eine Tierhaarallergie. Leider hatten wir deshalb nie ein Haustier.» Fragend sah sie ihn an. «Und du?»

Er lehnte sich zurück. «Wir hatten einen Collie, der starb, als ich zwanzig Jahre alt war. Meine Eltern haben sich keinen neuen Hund mehr angeschafft, und ich konnte unmöglich einen zu mir nehmen, weil ich wegen meines Jobs ständig unterwegs war.»

«Das kann ich verstehen. Leider habe ich auch zu wenig Zeit für einen Hund und könnte ihn nicht einmal jemandem aufschwatzen, wenn ich unterwegs wäre.»

Grinsend sah er über den Tisch. «Das macht mein Bruder ständig.»

«Was?»

«Meinen Eltern seinen Hund aufschwatzen, wenn er weg ist.»

«Du hast einen Bruder?»

«Sogar zwei, Josh und Jake.» Er fuhr sich unbewusst mit dem Finger über die Unterlippe. «Jake ist 29, und Josh ist gerade 25 geworden, er ist derjenige mit dem Hund. Beide wohnen in unserer Heimatstadt und werden vermutlich niemals wegziehen.»

Hanna war ihre nächste Frage etwas peinlich. «Äh ...
John?»

«Ja?» Er sah auf.

«Das ist eine blöde Frage, aber ... ich habe überhaupt
keine Ahnung, wie alt du bist.»

Er zeigte seine Grübchen und grinste. «Ich bin 34 Jahre
alt.»

«Oh.» Sie hatte ihn für jünger gehalten.

Er legte die Handflächen auf den Tisch und beugte sich
interessiert vor. «Schockiert?»

«Nein!» Schnell schüttelte sie den Kopf. «Warum auch?
Ich habe dich nur viel jünger eingeschätzt.»

«Wegen meiner faltenfreien Haut?»

Sie musste lachen. «Eher wegen deiner jugendlichen
Klappe!»

«Haha.» Er schnitt eine Grimasse. «Endlich mal eine
ehrliche Antwort.»

«Na ja, für 34 hast du dich ganz gut gehalten», witzelte
sie.

Als ihr Handy klingelte, entschuldigte sie sich und
sah seufzend, dass ihre Schwester anrief. Normalerweise hätte sie das Klingeln einfach ignoriert, aber sie kannte
Clara und wusste, dass das kleine Biest nicht eher Ruhe
geben würde, bis Hanna den Anruf angenommen hatte.

John legte ihr die Hand auf den Arm. «Geh ruhig dran.»

«Es ist meine Schwester ...»

«Deshalb das Augenverdrehen.»

Als Antwort verdrehte Hanna ein weiteres Mal die

Augen und nahm endlich ab. Clara kreischte sofort in den Hörer: «Hanna! Du kannst dir nicht vorstellen, was Connor getan hat!»

«Dir auch einen schönen Tag», erwiderte Hanna. «Mir geht es gut. Danke der Nachfrage.»

Clara jammerte los: «Ich vermisse dich! Warum hast du mich allein mit Connor in London gelassen? Das ist so unfair!»

«Schätzchen...»

Natürlich ließ die pubertierende Clara ihre ältere Schwester nicht zu Wort kommen, sondern fuhr fort: «Connor hat mich zu Tode blamiert! Er hat auf Marks Party behauptet, ich würde meine Periode kriegen und sei deshalb zickig!»

Da Claras Stimme eine Tonlage erreicht hatte, bei der ein Hund vermutlich taub geworden wäre, konnte John jedes Wort verstehen und grinste breit in seine Tasse. Hanna warf ihm einen kurzen Blick zu und musste sich ein Lachen verkneifen.

«Clara...»

«Er ist ein Arschloch!» Clara schluchzte in den Hörer. «Für die Party hatte ich mir ein neues Paar Jeans und ein extrem cooles Shirt gekauft, aber ... aber Connor demütigt mich vor allen ... vor allem vor Mark!»

«Er hat es bestimmt nicht so gemeint», versuchte Hanna sie zu beschwichtigen, doch Clara ließ sich nicht besänftigen.

Trotzig erklärte sie: «Wenn er Krieg haben will, kann er

ihn haben! Ich weiß, dass er auf Gemma steht, die mich für nächstes Wochenende auf eine Pyjama-Party eingeladen hat. Dort werde ich ihr anvertrauen, dass Mom ihn beim Wichsen erwischt hat...»

«Clarissa!» Entsetzt starrte Hanna ihr Gegenüber an. John hatte Schwierigkeiten, einen Lachkrampf zu unterdrücken.

«Ja, ja, ja!» Clara seufzte hörbar in das Telefon. «Ich soll *masturbieren* sagen – schon klar. Warum bestehst du immer darauf, dass ich weder wichsen noch –»

«Clara», unterbrach Hanna sie scharf und versuchte vergeblich, John zu ignorieren. «Schluss mit dem Gerede übers Wichsen...» Sie brach feuerrot ab, weil nun auch das ältere Ehepaar am Nachbartisch nach Luft schnappte.

«Übers Wichsen?» Ihre kleine Schwester lachte frech in den Hörer und brüllte fröhlich los: «Hanna hat wichsen gesagt, Mom! Streich den Tag rot im Kalender an!»

«Clara», zischte Hanna peinlich berührt. «Das ist überhaupt nicht komisch!»

«Aber wie komisch es sein wird, wenn ich meinen Freundinnen erzähle, dass Connor zur Musik von Gossip wichst!»

Innerlich sammelte Hanna Kraft. Es lag ein großer Ozean zwischen ihr und ihrer biestigen Schwester, trotzdem wurde sie immer noch in das heimatliche Chaos hineingezogen. «Schluss jetzt! Du wirst Gemma *nicht* erzählen, dass Mom Connor beim...beim...»

«Masturbieren», schlug John ihr fröhlich vor.

Ihre Wangen brannten, als sie sich räusperte: «Also ...
du wirst nichts dergleichen erzählen, Clara!»

«Du bist so eine Spießerin!»

Hanna knirschte mit den Zähnen. «Ich will nur nicht,
dass ihr beiden euch gegenseitig umbringt, wenn ich
nicht da bin! Schließlich habe ich für das Spektakel schon
Plätze reserviert.»

«Ich will dich besuchen kommen», nörgelte das Mädchen jetzt und ignorierte den Einwurf ihrer Schwester.

«Du hast Schule. Außerdem bin ich nicht einmal mit
dem Auspacken fertig.» Hanna würde den Teufel tun und
Clara zu sich einladen. Zwar war New York voll von Verrückten, aber Chaos-Clara würde dem Ganzen die Krone
aufsetzen und zur Königin aller Freaks ernannt werden.

«Von mir aus ...» Ihre Schwester schwieg für einen Au-
genblick und rief dann schnell in den Hörer: «Ich werde
Gemma trotzdem erzählen, dass Connor zur Musik von
Gossip wichst. Bye!»

«Clara!»

Frustriert legte Hanna das Handy weg, da Clara einfach aufgelegt hatte, und schüttelte seufzend den Kopf.

«Süß, deine Schwester.» John grunzte vor Lachen.

«Sie ist die Ausgeburt des Teufels.» Hanna kniff die
Augen zusammen. «Mein Stiefvater ist Archäologe und
hat ein Jahr in Südamerika verbracht. Wir wissen nicht,
welche verbotenen Substanzen er dort zu sich genommen hat, aber sie müssen ganz sicher Schuld an Claras
gespaltener Persönlichkeit sein.»

«Jetzt verstehe ich auch, was du meintest, als du sie als lebhaft beschrieben hast.» John wischte sich eine imaginäre Träne aus dem Augenwinkel. «Großer Gott, mir tut dein Bruder leid!»

«Die beiden stehen sich in nichts nach», schnaubte Hanna. «Im letzten Sommer kam Connor auf die glorreiche Idee, mit seinen Freunden eine Runde Laser-Attack zu spielen, als es draußen dunkel war. Sie schlichen in der Nachbarschaft herum und lauerten sich gegenseitig auf. Aber Connor verwechselte den alten Mr. Murphy mit einem seiner Freunde, sprang aus dem Gebüsch und zielte mit seiner Plastik-Kalaschnikow auf den armen Mann, während er ‹Du bist tot› schrie.»

«O Gott.» John schlug sich die Hand vor den prustenden Mund. «Und was passierte dann?»

Trocken erwiderte Hanna: «Mr. Murphy ist Kriegsveteran, er fiel vor lauter Schreck in einen Busch, gegen den sein Mops gerade pinkelte. Der dicke Hund wollte sein Herrchen beschützen, kläffte los und biss Connor ins Bein. Mr. Murphy ist glücklicherweise nichts passiert, aber Connor bekam eine Tetanusspritze in den Hintern und zwei Monate Hausarrest.»

Schallend lachte John los und zog nun seinerseits die Aufmerksamkeit des älteren Ehepaares auf sich, das indigniert zu ihnen herübersah.

Hanna zuckte mit der Schulter und trank ihren Kaffee aus. «Warte ab, was ich dir über unsere Weihnachtsfeiertage erzählen kann. Es ist eine absolute Freak-Show!»

Als die Kellnerin kam und die Rechnung brachte, griff John nach seiner Geldbörse, doch Hanna legte sofort Einspruch ein. Sie wollte ihren Anteil selbst zahlen.

John warf ihr einen ironischen Blick zu und nahm ein paar Geldscheine aus dem Portemonnaie. «Du glaubst doch nicht, dass ich dich bei unserem Date bezahlen lasse!»

«Oh.»

Die ältere Kellnerin kicherte über Hannas Erröten.

4. Kapitel

Für John gestaltete es sich ziemlich schwierig, sich mit Hanna zu treffen. Er hatte viel zu tun, er musste ein Footballteam zusammenstellen, das aus alternden Spielern und jungen Heißspornen bestand. Leider hatte er ein ziemlich großes Quarterbackproblem, denn sowohl der aktuelle Quarterback Mitch Cahill, der in der nächsten Saison aufhören wollte, als auch die große Nachwuchshoffnung seines Chefs George MacLachlan waren momentan noch verletzungsbedingt auf Schonung angewiesen. John hatte den jetzigen Ersatzquarterback Brian Palmer bereits vor Jahren beobachtet, als dieser noch in der Collegemannschaft spielte. Sicherlich war der großmäulige Spieler ein Talent, doch sein verletztes Knie würde über den Verlauf seiner Karriere entscheiden. Sollte er sich nicht erholen, sah John nicht nur für Palmers Karriere, sondern auch für die Zukunft der Titans schwarz.

Täglich studierte John alte Spielmitschnitte, traf sich mit seinen Co-Trainern und besprach sich mit den Verantwortlichen über potenzielle Nachwuchsspieler. Erst in einigen Wochen würde das offizielle Training beginnen, und bis dahin musste seine Taktik stehen.

Eigentlich hätte er sich hochkonzentriert seinem neuen Job widmen müssen, aber Hanna ging ihm einfach nicht aus dem Kopf. Er führte sich wie ein verliebter Teenager auf, schickte ihr ständig Nachrichten, telefonierte täglich mit ihr und traf sich mit ihr, wenn beide Zeit fanden, denn auch Hanna war sehr beschäftigt. Sie hatte ihren neuen Job begonnen und heute die erste Vorlesung gehalten. Daher waren ihre Treffen in den vergangenen drei Wochen eher sporadisch ausgefallen. In dieser Woche hatte er sie erst einmal gesehen, als er in die Uni ging, um ihr neues Büro zu besichtigen. Der einzige Vorteil dieser seltenen Treffen war, dass die Presse noch keinen Wind davon bekommen hatte, wie John auf dem besten Weg war, sich zu verlieben.

Lächelnd lehnte er sich in seinem Sessel zurück und schaltete seinen Laptop aus, da er für heute Schluss machen wollte, denn er traf sich gleich mit Hanna. Sie hatten gestern zwei Stunden miteinander telefoniert und waren zusammen das Skript für ihren heutigen Vortrag durchgegangen. Hanna war schrecklich nervös gewesen und hatte ein wenig Ablenkung gebrauchen können, was John nur recht gewesen war, denn er verbrachte gern seine Zeit mit ihr – auch wenn es nur am Telefon war. Während er mit dem Hörer am Ohr auf seiner Couch lümmelte, hatte sie in ihrer Wohnung auf ihrem Bett gesessen und ihm vorgelesen, wie der Kalte Krieg entstanden war. Unsicher hatte sie ihn anschließend nach seiner Meinung gefragt, woraufhin sie fast eine halbe Stunde über Russland, Kuba und Vietnam gesprochen hatten, bevor sie abschweiften und sich über ihre Lieblingsfilme unterhielten. Erst als beide kaum mehr die Augen offen halten konnten, hatten sie aufgelegt.

Zwar zog Gray ihn seit drei Wochen damit auf, dass sich John mit einer Frau traf und es so langsam wie ein Viertklässler angehen ließ, aber er ignorierte die Sticheleien, weil er mittlerweile wusste, dass Hanna nicht der Typ war, der sich auf jemanden einließ, ohne ihn besser zu kennen. Verdammt, er mochte Hanna, hörte ihr gern zu und sah sie liebend gern lachen. Wenn sie sich verlegen durch die rötlichen Haare fuhr und ihre Augen vor Vergnügen aufblitzten, setzte sein Herz kurz aus, und er verspürte den Drang, sie an sich zu ziehen.

Ein Blick auf die Uhr sagte ihm, dass er spät dran war. Er lief zu seinem Auto, stopfte die Trainingstasche in den Kofferraum und manövrierte den leistungsstarken BMW in Richtung Central Park. Als er endlich einen Parkplatz gefunden hatte und vor dem Gebäude ankam, wo er sich mit Hanna treffen wollte, stand sie schon da und lächelte ihn verschmitzt an.

«Hi!» Entschuldigend beugte er sich hinab und gab ihr einen Kuss auf die Wange. «Tut mir leid, dass ich zu spät komme.»

«Kein Problem.» Sie wedelte mit zwei Tickets vor seiner Nase herum. «Ich habe die Karten besorgt, deshalb müssen wir uns nicht beeilen.»

Vorwurfsvoll runzelte er die Stirn. «Du sollst die doch nicht bezahlen, Hanna.»

Sie stieß einen gespielt genervten Seufzer aus. «Die paar Dollar werden mich sicher nicht ins Armenhaus bringen. Außerdem hast du beim letzten Mal bezahlt.»

Für den späten März war es recht kühl, weshalb sie über der gefütterten Jeansjacke einen Schal trug, den sie sich locker um den Hals geschlungen hatte. Das Haar war zu einem hohen Pferdeschwanz gebunden, und sie hatte zu der engen schwarzen Jeans halbhohe, flache Stiefel aus hellbraunem Leder angezogen.

«Du siehst toll aus.»

Wie erwartet errötete sie schwach und murmelte: «Ich hatte nicht einmal Zeit, mir die Haare zu kämmen. Nach der Vorlesung hatte ich noch eine Besprechung mit meinem Professor.»

John trat neben sie und legte seinen linken Arm um ihre Schultern, während er sie langsam in Richtung Gebäude führte. «Mach es nicht so spannend! Wie ist es gelaufen? Hast du den Witz über Kennedy und Chruschtschow als Einleitung gebracht?»

Sie schnitt eine Grimasse und sah zu ihm auf. «Ja, das habe ich. Glücklicherweise fanden ihn alle witzig. Tatsächlich lief die Vorlesung sehr gut. Keiner hat vorzeitig den Raum verlassen, kein Getuschel und keine gelangweilten Gesichter.»

«Das ist doch großartig!» Stolz drückte er sie für einen Moment eng an sich. «Was wollte dein Professor mit dir besprechen?»

«Oh …» Sie strahlte vor Glück. «Er hat meinen theoretischen Unterbau abgesegnet und für gut befunden. Außerdem hat er mir angeboten, auf einer Konferenz in ein paar Monaten einen Vortrag zu halten. Das ist eine wundervolle Möglichkeit, Kontakte zu knüpfen.»

«Herzlichen Glückwunsch!» John musste sie kurz loslassen, weil sie durch eine Drehtür ins Innere gelangten und dort ihre Tickets vorzeigten. John kaufte für beide Getränke, bevor sie in den Saal gelassen wurden. Währenddessen erzählte sie ihm ausführlich von ihrem Gespräch mit dem Professor und lachte über Versprecher, die sie sich während ihrer Vorlesung geleistet hatte.

Bevor Hanna zu den vorderen Reihen gehen konnte, ergriff John ihre Hand und zog sie nach hinten in die letzte Reihe, die erfahrungsgemäß leer blieb. Aufgeregt setzte sie sich in einen Sessel und befreite sich von ihrer Umhängetasche, die sie auf dem Boden abstellte, während es sich John neben ihr in seinem Sessel gemütlich machte und an seiner Coke nippte. Die anderen Besucher strömten nach vorn und verteilten sich in den ersten Reihen, um von dort die beste Aussicht auf die Show zu haben.

John beugte sich zu Hanna, die von ihrer Limo trank und die Lichter beobachtete, die über ihnen schienen. Er war ihrem Gesicht so nah, dass er ihren verführerischen Duft riechen konnte, und er flüsterte: «Du solltest während der Show gut aufpassen.»

«Wieso?» Sie drehte den Kopf leicht in seine Richtung. «Willst du mich etwa testen?»

«Der Fragebogen wartet in meinem Wagen.»

«Du bist ein echter Scherzkeks!»

Sie stellte ihren Becher beiseite und lehnte sich zurück, sodass ihr Sessel weit nach hinten gebogen wurde. John tat es ihr nach und starrte ebenfalls an die Decke, an der nun unzählige Sterne erschienen. Ansonsten herrschte im Planetarium absolute Finsternis.

Leise Musik ertönte, bevor eine Frau über das Universum zu sprechen begann. John konnte aus dem Augenwinkel sehen, wie sich Hanna in ihren Sessel kuschelte und gebannt nach oben starrte, um die Sternenkonstruktionen und kosmischen Darstellungen zu betrachten. Er dagegen war viel faszinierter von ihrem Profil und der Begeisterung auf ihrem Gesicht.

«Ist das nicht wunderschön?», hauchte sie seufzend und sah weiterhin nach oben. «Kannst du dir vorstellen, dass es so viele Sterne gibt? Oder dass im All solche Farben existieren?»

«Hmm», murmelte er und warf erneut einen flüchtigen Blick an die Decke, an der ein Stern mit einem farbigen Nebel zu sehen war. Passend zur Show lief im Hintergrund Julie Londons Song *Fly me to the moon*. John ließ die Textpassagen auf sich wirken, starrte nun ebenfalls auf die Sternenbilder und fühlte sich in seine Teenagerzeit zurückversetzt, als er mit seiner Flamme im Kino saß und es nicht über sich brachte, sie zu küssen. Beinahe hätte er gequält aufgelacht. Wann immer er Hanna traf und ihr zur Begrüßung einen freundschaftlichen Kuss auf die Wange gab, fragte er sich, ob er sie nicht lieber richtig küssen sollte, anstatt sich wie ihr schwuler Freund zu verhalten. Himmel, diese Schüchternheit passte gar nicht zu ihm, denn bisher hatte er niemals gezögert, sein Date zu küssen. Er war ein Mann und keine Memme!

Also drehte er den Kopf wieder in ihre Richtung und stellte fest, dass sie ihn ebenfalls musterte. Plötzlich war es ganz leicht. Er beugte sich zu ihr, umfasste mit beiden Händen ihr Gesicht und legte seine Lippen auf ihren Mund. Ihr kleiner Seufzer verursachte ihm eine Gänsehaut – genau wie ihre weichen Lippen, die sich ihm einladend öffneten. Voller Vergnügen registrierte er ihren süßen Geschmack und ihre Hand, die sich zärtlich um seinen Nacken schloss. Sie schmiegte sich an ihn und kam seinem Kuss entgegen. Ihre Münder verschmolzen. John stieß ein tiefes Stöhnen aus, zog Hanna eng an sich und hielt sie fest in seinen Armen.

Als beide Atem schöpfen mussten, lösten sie kurz ihre Lippen voneinander, blieben jedoch dicht aneinandergeschmiegt sitzen. Hanna legte den Kopf zur Seite und sah ihn aus verhangenen Augen an, bevor ihre Fingerspitzen sein Kinn nachzeichneten und ihre andere Hand seinen Nacken streichelte. John küsste die Fingerspitzen zärtlich, die an seinem Mund angekommen waren, bevor er wieder den Kopf senkte und Hanna behutsam auf die leicht geschwollenen Lippen küsste. Sie erwiderte den Kuss und seufzte behaglich.

John hob den Kopf einige Zentimeter und fragte murmelnd: «Was ist?»

Sie lächelte und fuhr sich kurz mit der Zunge über die Lippen. Diese Geste machte ihn fast wahnsinnig, aber er beherrschte sich und blickte sie weiterhin fragend an.

«Hmm . . .» Ihr Lächeln ging ihm durch Mark und Bein. Anstatt seine Frage zu beantworten, hob sie den Kopf, knabberte an seinem Kinn und wanderte bis zu seinem Mund, den sie neckend berührte.

«Soll das heißen, dass du gern geküsst werden willst?»

Sie antwortete mit einem leisen Kichern und zog seinen Kopf wieder zu sich.

Von der fesselnden Show bekamen sie nichts mehr mit, viel zu sehr waren sie mit fesselnden Küssen beschäftigt, die beiden den Atem nahmen. Lediglich das Ende der Show sahen sie sich noch an und betrachteten herrliche Sonnenstürme, während Hanna sich an John schmiegte und er ihre rechte Hand an seine Brust gezogen hatte.

Nachdem Hanna eine Stunde vergeblich versucht hatte, sich auf ihr Thesenpapier zu konzentrieren, gab sie auf und langte nach ihrem Handy, um Andie anzurufen und sich Rat einzuholen. Sie war mit der derzeitigen Situation überfordert und wusste nicht, wie sie damit umgehen sollte. Hanna hatte keine Ahnung, wie man sich verhalten sollte, wenn man das eigene Gesicht ständig in der Zeitung, einer Illustrierten oder sogar im Frühstücksfernsehen sah.

Seit ihrem Date im Planetarium vor fast drei Wochen, bei dem Fotos entstanden waren, auf denen Hanna und

John knutschend in seinem Auto zu sehen waren, war die Hölle los.

Irgendwie hatten einige spitzfindige Journalisten sogar ihre Privatnummer erfahren und terrorisierten sie nun mit Anrufen. Besonders peinlich war es, dass Pressevertreter in der Universität beim Lehrstuhl anriefen und sie zu sprechen wünschten. Die bärbeißige Sekretärin wies zwar alle Anfragen ab, schimpfte jedoch genauso mit Hanna wegen der vielen Störungen. Es war Hanna unglaublich unangenehm, wie alle Kollegen und Vorgesetzten mitbekamen, dass sie sich mit einem Prominenten traf und bei diesen Gelegenheiten fotografiert wurde. Fotos von ihren Dates wurden ständig irgendwo abgedruckt. Ihr Privatleben war auf einmal öffentlich – und jede Menschenseele konnte alles darüber erfahren, wer Hanna war, was sie beruflich tat, wie sie sich anzog und ob sie gerade einen Pickel bekam.

Man hielt Hanna für Johns neue Freundin und fand diese Entdeckung anscheinend sensationell. John hatte ihr zwar geraten, alle Artikel, Fotos und Bemerkungen zu ignorieren, aber das fiel Hanna nicht leicht. Erstens war sie sowieso ziemlich durcheinander, was die Entwicklung ihrer Beziehung zu John anging, und zweitens konnte sie sich nicht daran gewöhnen, dass in der Öffentlichkeit über sie gesprochen wurde. Besonders schlimm fand sie einen Artikel, über den sie heute im Internet gestolpert war, als sie eigentlich ein Buch hatte bestellen wollen.

Gestern hatte sie John in ihrer Mittagspause getroffen und sich von ihm ein kleines Bistro zeigen lassen, in dem sie sich eigentlich geschützt gefühlt hatte. Doch weit gefehlt. Zwar hatten ihn einige Gäste um Autogramme gebeten, die er auch freundlich verteilte, aber irgendjemand musste sie fotografiert und diese Aufnahmen der Presse verkauft haben. Jedenfalls konnten die Leser einiger Klatschmagazine heute sehen, wie John und Hanna zusammen an einem kleinen Bistrotisch saßen und sich küssten, während ein Teller mit einem Sandwich vor Hanna und ein Teller Suppe vor John standen.

Gedankenverloren starrte Hanna auf ihren Bildschirm und fuhr sich automatisch über ihr Kinn, weil sie auf dem Foto den Ansatz eines kleinen Doppelkinns sah. Schamesröte stieg ihr in die Wangen, als sie den Titel las:

John Brennans Freundin und ihr Gewichtsproblem

Rote Pfeile zeigten auf Hannas vermeintliche Problemzonen. Neben ihrem Kinn wurden ihre Hüftengegend und ihre Oberschenkel mit diesen Pfeilen betont, während eine kleine Tabelle anführte, wie viel Kalorien sie angeblich täglich zu sich nahm. Kleinere Fotos waren danebengesetzt worden, die zeigten, wie sie in einen Apfel biss, ein Eis aß, mit einer Tüte aus dem Supermarkt kam oder vor einer Bäckerei stand. Alle Aufnahmen waren an verschiedenen Tagen gemacht worden, sollten jedoch beweisen, dass Hanna unkontrolliert Nahrung zu sich nahm und daher nicht den üblichen Modelmaßen entsprach.

Ein kurzes Interview mit einer Ernährungsberaterin war ebenfalls in den Artikel eingeflochten worden. Die gute Frau beschrieb Hanna als essgestört und erklärte, dass die Kohlenhydratzufuhr durch das mittägliche Sandwich viel zu hoch für jemanden sei, der bereits mit seinem Gewicht zu kämpfen hatte.

Hanna schluckte hart und scrollte ein wenig hinunter, um sich die stetig steigende Kommentarliste der Leser anzusehen.

TitansFan86: Soooo fett ist sie auch wieder nicht!

CinderellaNY: John hat was Besseres verdient. Die ist nicht mal hübsch ... vielleicht sollte er sich mal eine Brille besorgen

MikeXOXO: @CinderellaNY Er sollte ihr lieber ein Magenband besorgen!

CinderellaNY: @MikeXOXO ;-) lol!

Jim007: Brennan scheint an geschmacksverwihrung zu leiden – oder er ist wirklich schwuhl und brauchte eine allibifreunndin

TitansFan86: @Jim007 das glaubst du doch selbst nicht! Bist wahrscheinlich selbst schwul!

Suesse87: Wenn die so weiter futtert, ist er bald Pleite

Nicht nur die katastrophalen Rechtschreibfehler schockierten Hanna, sondern auch die gehässigen Bemerkungen. Himmel, war sie wirklich so fett, dass sich die Menschen das Maul über sie zerrissen? Sie wollte nicht als fette Freundin von John gelten, vor der keine Pizza sicher war!

Als Andie endlich an ihr Handy ging, war Hanna zwischen Panik, Scham und einem Heulkrampf hin- und hergerissen.

«Sie nennen mich fett», jammerte sie in den Hörer.

Andie seufzte, da sie Hanna in den letzten Tagen bereits einige Male hatte beruhigen müssen. Auch jetzt klang ihre Freundin furchtbar aufgelöst, weshalb sie ruhig entgegnete: «Die sind nur neidisch, Hanna ...»

«Neidisch auf mein Doppelkinn, oder was?»

«Du hast kein Doppelkinn», widersprach Andie zornig. «Lass dir doch nicht so einen Scheiß einreden!»

Hanna biss sich auf die Unterlippe und unterdrückte die aufsteigenden Tränen. «Andie ... ich bin es nicht gewohnt, dass ich in aller Öffentlichkeit beleidigt werde.»

«Hanna, mir tut das so leid! Was sagt denn John dazu?»

«Der ist seit heute Morgen im Trainingslager. Ich habe nicht mit ihm darüber gesprochen ...»

«Warum denn nicht?»

Zögernd zog Hanna die Beine an und legte den Kopf auf ihre Knie, während sie murmelte: «Ich weiß nicht ... ich will ihn nicht damit belasten und nerven, er hat gerade so viel zu tun ... und ...»

«Und?»

Sie seufzte dumpf. «Ich will ihn nicht unbedingt mit der Nase darauf stoßen, dass diese Schreiberlinge recht haben.»

«Du bist nicht fett!»

«Das meine ich nicht.» Hanna räusperte sich kurz. «Alle sind der einhelligen Meinung, dass ich nicht die Richtige für ihn bin. Er könnte sehr viel attraktivere Frauen haben als mich.»

«Geht das jetzt schon wieder los?»

«Mal ehrlich, Andie. Was findet er an mir?»

Ihre Freundin stöhnte vernehmlich in den Hörer. «Ist dir vielleicht schon einmal der Gedanke gekommen, dass John keinen Bock hat, sich das hohle Geplapper von noch hohleren Models anzuhören? Ich weiß nur, dass er über jeden Mist lacht, der aus deinem Mund kommt und auch nur ansatzweise lustig ist, dass er dich anschaut, als wärst du der klügste Mensch auf der Welt, und dass er die Augen nicht von dir lassen kann. Letzten Mittwoch hätte ich mich aus deiner Wohnung beamen oder mich in ein Alien verwandeln können, es wäre ihm nicht einmal aufgefallen, weil er ausschließlich jede Bewegung von *dir* beobachtet hat, als du in der Küche warst und Snacks zubereitet hast.»

Eine kleine Flamme entzündete sich in Hanna, und sie konnte ein Lächeln nicht unterdrücken.

«Euer Sex muss der Wahnsinn sein, wenn er dich so ansieht!»

Hanna schluckte und schwieg für einen Moment, in dem sie überlegte, was sie ihrer Freundin antworten sollte. Doch das Schweigen verriet Andie viel mehr, als Hanna lieb war.

Sie holte tief Luft. «Jetzt sag nicht, dass ihr noch nicht miteinander geschlafen habt?»

«Andie …»

«O mein Gott! Ihr kennt euch jetzt – wie lange schon? Sieben Wochen?»

«Ja, aber …»

Entrüstet schnaubte Andie in den Hörer. «So lange habe ich nicht einmal mit fünfzehn gewartet, Hanna! Wie prüde bist du denn?»

Gereizt kniff Hanna die Lippen zusammen und fauchte: «Kannst du dir überhaupt vorstellen, was es heißt, mit jemandem wie John Brennan auszugehen?»

«Na und?» Andie stöhnte. «Der arme Mann wird es bald wirklich nötig haben …»

«Hör auf, okay?» Hanna schluckte die wachsende Panik hinunter. Niemand verstand, wie es sich anfühlte, in jemanden verliebt zu sein, der in der Öffentlichkeit stand und so beliebt war wie John. Zwar war sie weder mit seiner Karriere noch mit seinen Erfolgen besonders vertraut, aber sie erlebte den Hype um seine Person hautnah mit und fühlte sich selbst wie eine unbedeutende Fliege, die nicht gegen den Rummel ankämpfen konnte, der sich um sie aufbaute. Wo immer sie waren, wurde John von fremden Menschen umringt, die sich mit ihm fotografieren lassen wollten, die ihm Fragen zuriefen und ihn geradezu anbeteten. Niemals hatten sie ein wenig Ruhe, sondern wurden ständig beobachtet.

Trotzdem war sie gern mit ihm zusammen. Sie sehnte sich danach, bei ihm zu sein, und hätte nur allzu gern endlich mit ihm geschlafen. Natürlich kam sie sich mittlerweile selbst wie ein prüder Teenager vor, wenn sie bei ihr oder in seiner Wohnung knutschend auf dem Sofa lagen, sie dann jedoch immer zurückzuckte, sobald es leidenschaftlicher wurde. Dabei hätte sie ihm bei diesen Gelegenheiten selbst am liebsten die Klamotten heruntergerissen und sich auf ihn gestürzt. Aber sie fühlte sich unwohl – sie kam sich fett, ungelenk und hässlich vor und wollte ihm diese Makel nicht zeigen.

Kurzum: Sie war der Meinung, nicht gut genug für John Brennan zu sein.

Nachdem sie das Gespräch mit Andie beendet hatte, setzte sie sich wieder an ihren Computer und begann nach wirksamen Diäten zu suchen.

5. Kapitel

Mit der Defense können wir zufrieden sein, John.»
«Ja, aber mir macht die Offense Sorgen», seufzte
John und warf den Spielern, die ihre Taschen im Reisebus der Titans verstauten, nachdenkliche Blicke zu. Er stand mit seinem Assistenten Roy Baxter einige Meter entfernt und traf die letzten Vorbereitungen, um das Trainingslager in Connecticut nach zehn Tagen endlich zu verlassen.

«Palmer macht sich gut.»

John nickte und beäugte den jungen Quarterback, der einem Teamkollegen scherzend einen Boxschlag auf den Arm gab. «Ich will sein Knie schonen. Wenn er sich zu früh verausgabt, kann er seine Karriere an den Nagel hängen.»

«Mag sein.» Roy war zwar fünfzehn Jahre älter als John, aber sein Cheftrainer hatte sich verletzungsbedingt aus dem aktiven Footballgeschäft zurückziehen müssen, daher gab er viel auf dessen Meinung und traute seiner Spürnase. «Mitch ist fit.»

«Nicht fit genug.» John sah auf seine Armbanduhr und blinzelte anschließend in die helle Nachmittagssonne.

«Wir müssen abwarten, aber ich bin nicht wirklich zufrieden mit der Situation.»

«Du kannst ja George darauf ansprechen, wenn wir nächste Woche zu seiner Eröffnungsgala gehen.»

John warf dem kleineren und leicht korpulenten Mann einen ironischen Blick zu. «Als gäbe es eine Möglichkeit, gerade dort mit ihm über unser Quarterbackproblem zu sprechen, Roy.»

Ihr beider Chef, George MacLachlan, veranstaltete jedes Jahr eine Eröffnungsgala mit seinen Freunden, Geschäftspartnern und den Sponsoren der Titans, bei der das komplette Team vorgestellt wurde. Als junger Spieler hatte John diese Gala aufregend gefunden, aber mittlerweile wusste er, dass es dabei nur darum ging, möglichst viele Hände zu schütteln und sich von der besten Seite zu präsentieren, damit die Gelder flossen. Momentan raubte ihm diese Gala wertvolle Zeit, die er lieber mit Taktikplanung oder mit Hanna verbracht hätte. Wobei ihm einfiel ...

«Coach», der Busfahrer blieb schnaufend vor ihm stehen. «Wir wären so weit.»

«Wunderbar», murmelte er zerstreut und gab Roy ein Zeichen, das Team zusammenzutrommeln und in den Bus zu verfrachten.

Er versuchte sich auf seine Papiere zu konzentrieren und bestieg als Letzter den Bus, in dem es sich die Spieler bereits gemütlich gemacht hatten, ihre Kissen oder Decken hinter den Köpfen zurechtgerückt hatten und dabei waren, sich die jeweiligen Kopfhörer über die Ohren zu stülpen.

Nach nicht einmal zwei Stunden Fahrt waren sie wieder auf dem Titans-Gelände in New York, wo John noch ein paar Ansagen machen wollte, bevor das Team ins Wochenende geschickt wurde.

Anfangs hatte er ernsthaft überlegt, ob er für den Job geeignet war, schließlich hatte er vor zwei Jahren gegen die meisten seiner jetzigen Spieler noch selbst auf dem Feld gestanden und war nicht viel älter. Doch Respekt war von Anfang an kein Problem gewesen. Er war der Coach, und er hatte das Sagen. Niemand im Team bezweifelte dies.

Er stellte sich neben den Busfahrer in den Gang und ignorierte das Mikrophon, da seine Stimme nicht gerade leise war. Ein Blick auf den massigen Strong Safety, Eddie Goldberg, der relativ weit vorn saß und einen Lippenpflegestift auftrug, ließ seine Augenbrauen nach oben zucken. Der Footballspieler ließ sofort peinlich berührt den Drogerieartikel sinken und errötete unter seinem dunkelbraunen Gesicht.

John zog eine Grimasse und hüstelte: «*Ladys*, Roy wird draußen die aktuellen Taktikbücher verteilen, die ihr bitte auswendig lernt.»

In den hinteren Reihen stöhnten einige seiner Spieler vernehmlich, doch er ignorierte dies und erklärte weiter: «Außerdem will ich, dass ihr in den nächsten Wochen die Fitness- und Ernährungspläne befolgt. Einige von

euch liegen bedenklich über der angemessenen Körper-
fettgrenze und sollten dringend etwas dagegen tun.»

«Das gilt wohl dir, Al!», brüllte einer der Spieler dem
kräftigen Center entgegen, der einen todbringenden Blick
nach hinten warf.

«Ich habe gesehen, dass Al seine Burritos sogar mit
unter die Dusche nimmt!», rief ein anderer, was John ein
müdes Augenverdrehen abrang.

«Ladys…»

«Schnauze, Blake.» Al bleckte die Zähne. «Mit deiner
Wampe könntest du einem schwangeren Nilpferd Konkurrenz machen…»

John seufzte und erhob die Stimme. «Jungs, das mit
dem Ernährungsplan gilt für alle. Ich will nicht die Lach-
nummer der Liga sein, weil meine Spieler Werbung für
Cellulite-Mittel oder Übergrößenunterwäsche machen
könnten.»

Als die Jungs endlich den Bus verließen und sich draußen die individuellen Ernährungspläne geben ließen,
schulterte John seine Tasche und wurde von seinem aktuellen Quarterback, dem dreiunddreißigjährigen Mitch
Cahill, aufgehalten, der ihm brüderlich auf die Schulter
klopfte.

«Hey, Coach.»

«Hey, Mitch. Alles okay?»

Mit seinem braunen Wuschelkopf wirkte Mitch immer noch ziemlich jungenhaft, was wohl auch an seiner
stets unbeschwerten Art lag. Dass ein Footballspieler in

seinem Alter noch aktiv war, war mittlerweile eine Seltenheit. «Das Knie zwickt manchmal, aber ich fühle mich fit. Keine Sorge.»

«Kann ich was für dich tun?», fragte John und legte seinen Kopf schief.

«Nee.» Mitch grinste breit. «Wollte dir nur ein angenehmes Wochenende wünschen und dir zu deiner neuen Freundin gratulieren. Nach Chrissy wurde es langsam mal Zeit, was?»

«Wer im Glashaus sitzt, sollte nicht mit Steinen werfen, mein Freund.»

Mitch zuckte mit der Schulter. «Kelly kommt irgendwann wieder zurück. Ihren letzten Freund hat sie in den Wind geschossen und ruft mich ziemlich oft an.» Er spielte auf seine Exfrau Kelly an, die ihn vor einem Jahr verlassen hatte, weil sie die ständigen Gerüchte um Mitch und irgendwelche Groupies nicht mehr ertragen hatte. John kannte Kelly flüchtig und konnte verstehen, dass es hart für Spielerfrauen war, mit den Kindern daheim zu bleiben, während ihre Männer im Land herumreisten und von willigen Groupies umzingelt wurden. Den meisten Spielern gelang es nicht, der Versuchung zu widerstehen. Mitch hatte dazugehört, war nun jedoch geläutert und blieb seiner Exfrau treu, weil der arme Tropf sie immer noch liebte. John und Chrissy waren vor ewigen Zeiten ein Paar gewesen, doch die Beziehung hatte nicht lange gehalten, weil es einfach nicht gepasst hatte. Trotzdem waren sie immer noch befreundet. Dass John danach keine ernsthafte Beziehung mehr geführt hatte, lag einerseits an der vielen Zeit, die er für seinen Job hatte aufbringen müssen, und andererseits daran, dass er nun einmal in der Öffentlichkeit stand.

Endlich konnte er sich loseisen, nachdem Mitch einige Minuten über seine verkorkste Ehe lamentiert hatte. John fuhr jedoch nicht zu sich nach Hause, sondern parkte vor Hannas Wohnhaus. In den letzten zehn Tagen hatte er sich die Nächte um die Ohren geschlagen, um mit seinen Assistenten und dem ganzen Trainerstab über die kommende Saison zu diskutieren, und hatte tagsüber seine Mannschaft gedrillt, dennoch hatte er mindestens einmal täglich mit Hanna telefoniert. Eigentlich hätte er hundemüde sein müssen, aber er verdrängte dies, weil er unbedingt Hanna sehen wollte.

Als sie ihm die Tür öffnete, blickte sie ihm erstaunt entgegen und begann urplötzlich zu strahlen. «John! Du bist wieder da!»

«Ich bin wieder da.»

Lachend betrat er die Wohnung, schloss die Tür und ließ seine Tasche zu Boden fallen, bevor er sie an sich zog und ihr einen heißen Kuss gab.

Sie schien erfreut zu sein, ihn zu sehen, da sie ihm die Arme um den Nacken schlang und sich innig an ihn schmiegte. Als John merkte, dass er in seinem Übermut ihre Frisur zerstörte und das Kopftuch zu Boden flatterte, das sie um ihren geflochtenen Zopf geschlungen hatte, löste er sich langsam von ihr.

«Hi», flüsterte er schließlich und betrachtete sie amüsiert, da sie sich verlegen über ihre Arbeitskleidung fuhr.

«Ich streiche gerade die Küche.» Entschuldigend fuhr sie über die Farbklekse auf ihrem ausgeblichenen Hemd und zupfte an der weiten Jogginghose herum, die locker um ihre Hüften saß.

«Darf ich dir helfen?» Er wartete ihre Antwort gar nicht erst ab, sondern schlenderte in die offene Küche. Ihre winzige Wohnung hatte sie in den vergangenen Wochen renoviert und zu einem wahren Schmuckstück gemacht, dessen Herz die gemütliche Küche war. Die Wände strahlten nun in einem zarten Taubenblau. Zu den weißen Küchenschränken passte die Farbe hervorragend.

«Ich bin gerade fertig geworden.»

«Dann gibt es wohl nicht mehr viel zu helfen.»

«Gefällt es dir?»

Er drehte sich wieder zu ihr und nickte. «Sollte es mit der Uni nicht klappen, kannst du immer noch professionelle Küchengestalterin werden.»

Hanna lachte auf und sammelte das Zeitungspapier ein, das auf dem Boden lag. John wollte ihr dabei helfen, aber sie legte ihm fürsorglich eine Hand auf den Arm und strich über das dunkelblaue Sweatshirt. «Du siehst müde aus. Mach es dir bequem, okay?»

Unversehens wurde sein Blick weich, und er drückte ihr einen zarten Kuss auf die Stirn. «Das ist lieb, aber mir geht es gut.»

Sie lächelte und strich ihm eine zerzauste Strähne aus der Stirn. «Aber ich will dich etwas umsorgen.»

Dankbar setzte er sich auf einen Küchenstuhl, während sie das Zeitungspapier und den leeren Farbeimer samt der Farbrolle in eine große Abfalltüte stopfte. Sie war ein Ordnungsfreak und hatte beim Streichen keinerlei Chaos verursacht, sodass die Küche nach wenigen Minuten wieder betriebsbereit war. In ihrer Malkleidung machte sie ihm einen Tee und stellte diesen mit einigen Keksen vor ihm auf den Küchentisch.

«Danke.»

«Gern geschehen. Möchtest du etwas Richtiges essen?» Bevor er antworten konnte, war sie beim Kühlschrank angelangt und starrte gedankenverloren hinein. John nutzte die Gelegenheit und stellte sich hinter sie, um die Arme um ihre Taille zu schlingen und ihr einen Kuss auf den Hals zu drücken.

Prustend wehrte sie ihn ab. «John!»

Er gab nicht nach, sondern presste sie eng an sich. Als er den Kopf ein wenig hob, fiel sein Blick auf eine Tabelle, die neben dem Kühlschrank hing. Stirnrunzelnd verengte er die Augen.

Hanna hatte davon nichts gemerkt, sondern lachte immer noch. «Wenn du so weitermachst, kann ich dir kein Sandwich zubereiten!»

«Machst du etwa eine Diät?»

Erschrocken zuckte sie zurück und schob seine Hände von ihren Hüften. Verlegen wich sie seinem Blick aus.

«Hm ... ich habe nur angefangen, auf mein Gewicht zu achten.»

«Hanna ...» Er schüttelte den Kopf und betrachtete ihre steife Körperhaltung. «Wie kommst du denn auf die Idee, eine Diät machen zu müssen?»

Sie schluckte und verschränkte die Hände hinter dem Rücken. Dabei wich sie noch immer seinem Blick aus. «Es war sowieso nötig ...»

«Unsinn», schnaubte er und deutete auf die Tabelle. Jahrelange Ernährungspläne hatten ihn zum Experten gemacht. «Das ist keine Diät, sondern eine Qual. Drei kleine Mahlzeiten am Tag reichen lange nicht aus, um jemanden satt zu bekommen.»

Ihre grünen Augen blitzten ihn nun verärgert an. «Du musst hier nicht den Experten herauskehren.»

«Entschuldige, Hanna», seufzte er. «Das wollte ich nicht. Aber du tust dir damit keinen Gefallen.»

«Ich tue mir auch keinen Gefallen, wenn ich nicht auf meinen Körper achte.»

John verdrehte die Augen. «Du hast es überhaupt nicht nötig, Gewicht zu verlieren. Du siehst toll aus.»

Hanna schnaubte und schüttelte den Kopf. «Ich weiß sehr genau, dass ich ein Gewichtsproblem habe.»

«Gewichtsproblem?» Er verschluckte sich fast an dem Wort und begann gleich darauf zu lachen, was er jedoch nach einem Blick in ihr Gesicht rasch wieder unterließ.

Als ihre Unterlippe zu zittern begann, erschrak er

merklich. «Ich möchte nicht mehr fett sein … mir ist es peinlich!»

Johns Miene fiel in sich zusammen. «Fett? Woher hast du denn diesen Schwachsinn?»

Sie schluchzte auf. «Es stand überall in der Zeitung und im Internet.»

«Verdammte Scheiße», fauchte er wütend, beruhigte sich jedoch wieder und nahm sie seufzend in die Arme. «Du bist doch nicht fett!»

Während sie ihr Gesicht an seiner Brust vergrub und dabei hilflos weinte, bekam er ein beklemmendes Gefühl in der Brust. Seine Hand fuhr über ihren unordentlichen Zopf. «Hanna … bitte, weine doch nicht.»

«Mir ist das wegen dir so peinlich», erklärte sie flüsternd und weinte immer noch.

«Wieso das denn?»

Nun drehte sie sich von ihm fort und wischte sich mit beiden Händen über das tränenüberströmte Gesicht. «Man hält mich für essgestört …» Sie holte schluchzend Luft und verriet ihm, dass seit seiner Abreise in der Presse über ihr Gewicht und über seine Gründe, sich mit ihr zu treffen, debattiert wurde.

«Die Presse schreibt nur Mist! Das darf man sich einfach nicht zu Herzen nehmen. Ich weiß, es ist schwer, aber sie brauchen eine gute Quote und –»

«Es war nicht nur die Presse», unterbrach Hanna ihn bekümmert. «Auch die Leser und deine Fans haben sich über mich lustig gemacht.»

John seufzte tief, während sie in ihr Taschentuch schnäuzte. «Ach, Hanna...»

«Mal ehrlich, John.» Ihr verwirrter Gesichtsausdruck wäre komisch gewesen, wenn sie nicht wie ein Häufchen Elend vor ihm gestanden hätte. «Was findest du an mir?»

«So eine Frage beantworte ich nicht.» Entschlossen riss er ihren albernen Diätplan von der Wand und warf ihn in den Müll.

«John!»

«Ich will dich genau so, wie du bist.»

Sie sah ihn überrascht an.

Plötzlich verstand er auch, weshalb sie ständig zurückzuckte, wenn er sie intimer berühren wollte, obwohl er immer das Gefühl hatte, dass sie ihm am liebsten die Klamotten vom Leib reißen würde. Vielleicht war auch er Schuld an ihren Zweifeln, weil er ihr lediglich hatte Zeit geben wollen. Der Footballer in ihm gewann das Zwiegespräch, denn er war noch niemals vor einer Herausforderung zurückgeschreckt.

Auch dieses Mal wich sie zurück, als er entschlossen auf sie zutrat, doch sie war zwischen ihm und dem Kühlschrank gefangen, weshalb er leichtes Spiel hatte. Sie war überrumpelt, als er sie an sich zog, leidenschaftlich küsste und mit seinen Händen ihren Hintern umfasste. Sein Mund verschlang ihren, er überfiel sie regelrecht und ließ nicht zu, dass sie sich ihm entzog. Keuchend presste er sie gegen den Kühlschrank, bedrängte ihre Lippen mit seinen und sog ihr Stöhnen voller Befriedigung in sich auf. Schwer atmend entließ sein Mund ihre Lippen, bevor er sie leicht in die Stelle zwischen Ohr und Hals biss. Hanna stieß ein atemloses Keuchen aus und zitterte in seinen Armen. Um sie endgültig zu überzeugen, ließ er ihren Hintern los und ergriff ihre rechte Hand, die er entschlossen gegen seinen steinharten Penis presste.

«Reicht dir das als Antwort?» Er keuchte selbst wie ein Blasebalg, beobachtete ihre verschleierten Augen und legte seine freie Hand an den hektischen Puls an ihrem Hals.

John nutzte ihre Schwäche aus, um sein Gesicht an ihrem Hals zu vergraben und sich mit beiden Händen an ihrem Hemd zu schaffen zu machen, das kurz darauf über ihre Schultern glitt und zu Boden segelte. Seine Hände fuhren über seidenweiche Haut und fanden zwei feste Brüste, die in einem Sport-BH steckten und sich ihm entgegenreckten.

Ihr leises Stöhnen und ihre Hände, die über seinen Rücken fuhren, brachten ihn wieder zur Besinnung. Er hatte ihr beweisen wollen, wie scharf sie ihn machte, was aber nicht hieß, dass er in ihrer Küche, die nach frischer Farbe roch, über sie herfallen wollte. Also beugte sich John hinab, schob einen Arm unter ihre Knie und hob sie hoch. Mit einem erschrockenen Laut schlang Hanna ihm die Arme um den Nacken, während er sie in ihr Schlafzimmer trug und dabei die Augen nicht von ihr lassen konnte.

«John …»

«Pst.» Er ließ sie vorsichtig auf ihrem Bett nieder und machte keine Anstalten, das Licht zu löschen, sondern stellte sich vor sie, umfasste ihr Gesicht und gab ihr einen tiefen Kuss, den sie ebenso leidenschaftlich erwiderte. Währenddessen strichen seine Hände über die glatte Haut ihres Rückens und öffneten nach einer Weile den Verschluss des BHs. Er konnte spüren, wie sie unsicher wurde, doch er zog den weißen Stoff hinunter und murmelte: «Du bist wunderschön …»

Er küsste eine Spur von ihrem Mund über ihre Wange und ihr Ohr bis zu ihrem Hals, während seine Hände sanft ihre Brüste bedeckten und streichelten. Als sie endlich stöhnte und sich an ihn schmiegte, erlaubte er sich ein kleines Lächeln. Vorsichtig knetete er ihre Brüste und suchte mit seinen Lippen ihre Brustwarzen. Bevor er sein Ziel erreicht hatte, protestierte sie flehend.

«Ich habe noch nicht geduscht …»

«Wir duschen später zusammen.»

«Oh …»

John stieß ein unterdrücktes Lachen aus und ignorierte ihren Protest, um jeweils abwechselnd eine Brustwarze in den Mund zu nehmen und daran zu saugen. Augenblicklich fuhr sie mit ihren Fingern in seine blonde Mähne und stöhnte auf.

Sinnlich wanderten seine Hände über ihre Hüften zum Bund der abgetragenen Jogginghose, die er ihr einfach hinunterzog, während sein Mund weiterhin mit ihren Brüsten beschäftigt war. Bevor er sich ihrem Höschen widmen konnte, griff sie nach seinem schweren Sweatshirt und zog mit einem frustrierten Laut daran.

John verstand, richtete sich auf und zog es samt T-Shirt über seinen Kopf. Hanna schleuderte die Jogginghose, die sich unter ihren Knien verdreht hatte, beiseite und zog John wieder zu sich.

Er stöhnte auf, als ihre Hände über seine behaarte Brust fuhren, sie sich an ihn presste und ihr heißer Mund den seinen verschlang. Es war pure Folter, als sich ihre harten Brustwarzen an seiner Brust rieben und sie dabei elektrisierende Stöhnlaute von sich gab. John drückte Hanna sanft nach hinten und war erst zufrieden, als sie auf dem Rücken unter ihm lag – einige Haarsträhnen aus ihrer Frisur gelöst und die Wangen rot vor Erregung. Endlich konnte er sie ausgiebig betrachten und merkte, dass ihm sehr gefiel, was er sah. Sie war eine Frau mit vollendeten Kurven, einer samtweichen Haut, wunderschönen Brüsten, einer schmalen Taille und perfekt gerundeten Hüften. Lächelnd verzog er seinen Mund, als sein Blick über ihr Höschen wanderte, auf das kleine Herzchen gedruckt waren. Mit seinem Zeigefinger fuhr er die Herzchen nach und hörte, wie ihr Atem stockte.

Hanna leckte sich nervös über die Lippen und sah ihn unschlüssig an.

John legte den Kopf schief, griff nach ihrer Hand und drückte ihr einen Kuss in die Handinnenfläche.

«Soll ich dir sagen, was ich sehe?»

Sie konnte nicht einmal antworten, da er sich noch tiefer über sie beugte, ihre Hand losließ und sehr behutsam an ihrem Höschen zog, um es über ihre Hüften zu schieben.

«Ich kann sehen, wie dein Puls rast...» Quälend langsam zog er den Stoff noch etwas tiefer.

«John...bitte...»

«Bitte was?»

Hanna schluckte hart und bat ihn mit verlegener Röte: «Ich will nicht völlig nackt vor dir liegen, während du sogar noch Schuhe trägst.»

Er grinste breit. «Das lässt sich ändern.»

Während er seine Schuhe abstreifte, bedeckte sie schamhaft beide Brüste, doch John ließ sich davon nicht irritieren und entledigte sich seiner Jeans und Boxershorts, bevor er sich neben sie legte und sie an seinen nackten Körper zog. Seine Hände fuhren über ihren nackten Rücken und erkundeten die zarte Haut. Er senkte den Kopf und küsste sie. Küsste sie abermals. Küsste sie, damit sie begriff, dass er sie unwiderstehlich fand.

Endlich schmiegte sie sich selbstvergessen an seinen nackten Körper, streichelte ein wenig scheu über seine Bauchmuskeln und hauchte schüchtern: «Ich bin nicht sehr gut...in so etwas.»

«In so etwas?» Er blickte auf ihren gesenkten Scheitel, umfasste anschließend sanft ihr Kinn und hob es, um sie anschauen zu können.

Im dunklen Licht schimmerten ihre grünen Augen wie tiefe Seen, in denen er zu versinken drohte.

«Ach …» Ihr entschlüpfte ein frustrierter Seufzer, als sie gestand: «Ich möchte wirklich gern mit dir schlafen, aber ich fühle mich unwohl in meiner Haut.»

«Hanna» – er schluckte und war sichtlich bemüht, den Teil seines Körpers zu ignorieren, der seit Minuten mit quälender Härte sein Recht einfordern wollte –, «siehst du nicht, was du mit mir machst? Ich bin ein erwachsener Mann und fürchte, mich wie ein unreifer Teenager zu benehmen. Wegen dir.»

«Wegen mir?» Sie vergrub den Kopf an seinem Hals.

«Natürlich wegen dir», ächzte er und streichelte über ihre Wirbelsäule.

John spürte, wie sie einen zärtlichen Kuss auf sein Schlüsselbein drückte, und flüsterte gequält: «Warum machen wir nicht Folgendes? Du schließt einfach die Augen und lässt mich machen.»

Ihr Lachen war wie Ambrosia. «Das hättest du wohl gern!»

«Oder von mir aus auch andersherum», seufzte er willig. «Ich schließe die Augen und lasse dich machen.»

Als sie wieder kicherte, wurde er ernst. «Liebling, was kann ich tun, damit du dich bei mir wohl fühlst?»

«Ich fühle mich wohl bei dir, John», hauchte sie schüchtern. «An dir liegt es nicht, sondern an mir.»

Vorsichtig öffnete er ihren Zopf und verteilte die freigelegten Strähnen auf ihrem Kopfkissen. «Du liegst fast völlig nackt in meinen Armen, und ich genieße diesen Anblick sehr, Hanna.»

«John ...»

Ohne auf ihre Worte zu achten, senkte er den Mund und drückte feuchte Küsse auf ihre Schultern, die Arme, auf ihr Dekolleté und auf ihren Hals. Behutsam zog er die Hände, mit denen sie ihre Brüste bedeckt hatte, fort und beugte sich über sie, um seine knabbernden Küsse auf ihrem Bauch fortzusetzen.

John liebkoste ihren Nabel, drückte warme Küsse auf ihre Hüften, wobei er ihr Höschen ein wenig nach unten ziehen musste, und setzte seine Spur auf ihren Oberschenkeln fort. Als er die Innenseiten ihrer Schenkel küsste, konnte er spüren, wie sie sich verkrampfte und sich kurz darauf wieder entspannte.

Mit einem heiseren Lachen drückte er seinen Mund gegen das Baumwollmaterial ihres Höschens und erntete dadurch ein unterdrücktes Stöhnen. Seine Finger schlüpften nur einen Zentimeter unter den Bund, während er seine Lippen erneut dagegenpresste.

Verführerisch flüsterte er: «Warte erst, wie gut es sich ohne Höschen anfühlt.»

Langsam schob er den Stoff hinunter und befreite sie von den kleinen Herzen, die er achtlos hinter sich warf. Er wollte sein Gesicht wieder senken, aber sie zog ihn zu sich und schenkte ihm einen tiefen Kuss, den er innig erwiderte. Vorsichtig berührte sie seine Brust und streichelte darüber.

Es war pure Erleichterung, als ihre Hand endlich über seinen Bauch glitt und seinen Penis umfasste. John gab ein unterdrücktes Stöhnen von sich und vergrub das Gesicht zwischen ihren Brüsten, während sie ihn durch ihre Hand gleiten ließ und prüfend drückte.

Die Bewegung machte ihn beinahe wahnsinnig, und er musste die Zähne zusammenbeißen.

«Hanna...»

«Gefällt dir das?»

Er hätte sich nur allzu gern revanchiert, war aber wie versteinert und fürchtete, sich in der nächsten Sekunde höllisch zu blamieren. Also ließ er seinen Kopf zwischen ihren Brüsten und griff nach ihrer Hand, um sie davon abzuhalten, ihm den Rest seiner Selbstkontrolle zu nehmen.

«Hanna, ich halte das nicht länger aus.»

«Oh, du Armer...» Sie fuhr durch sein verschwitztes Nackenhaar und stieß ein amüsiertes Lachen aus.

John schluckte und hob den Kopf, um sie anzusehen. Ihr Gesicht war vor lauter Erregung gerötet, und ihre vollen Lippen waren von seinen Küssen geschwollen. «Wenn du aufhören willst...»

Sie schien noch mehr zu erröten und umfasste seine Wangen, um ihn zu küssen.

Er umfing ihre Taille mit seinem rechten Arm und zog sie an seinen erregten Körper, wobei sich seine Erektion pochend gegen ihren Bauch drückte.

Federleicht küsste er Hannas Wangen und fragte leise: «Möchtest du, dass ich ein Kondom benutze?» Er wusste, dass sie die Pille nahm, da er die Packung auf dem Nachttisch entdeckt hatte. «Ich weiß, dass ich kerngesund bin, aber wenn du dich wohler fühlst, benutzen wir Kondome.»

Sie schüttelte den Kopf, verbarg das Gesicht an seinem Hals und küsste ihn dort zärtlich. John rollte sich vorsichtig auf sie und glitt mit seiner rechten Hand zwischen ihre Beine, um sie an ihrer Klitoris zu streicheln und zu erregen. Ihr Stöhnen und die kleinen Zuckungen erregten ihn maßlos.

Als Hanna beide Arme um seinen Nacken schlang und ihn zu einem weiteren Kuss an sich zog, drängte sich John vorsichtig zwischen ihre Beine und hob ihren Po ein wenig an, um in sie eindringen zu können. Selbstvergessen stöhnte er auf und hörte nur verschwommen, dass auch sie einen heiseren Laut ausstieß. Er war dermaßen erregt, dass er am liebsten hart zugestoßen hätte, bis er einen Orgasmus hatte, aber Hannas kleine Seufzer und ihr wundervoller Körper, der sich weich an ihn schmiegte, lösten plötzlich eine Reihe von zärtlichen Gefühlen in ihm aus. Also küsste er sie, während er sich langsam in ihr bewegte und seine linke Hand mit ihrer verschränkte.

Er hätte nicht gedacht, dass er über eine solch große Selbstkontrolle verfügte. Hanna schlang ihm die Beine um die Hüften und sah mit verklärten Augen zu ihm auf.

«Bitte, John…»

«Hmm…» Er schnaufte und ließ ihren Po los, um seine Hand zwischen sie beide zu schieben. «Ich wollte es sanft machen…»

«Oh!» Sie stieß ein scharfes Keuchen aus und drängte sich ihm entgegen. Ihre freie Hand krallte sich in seine Schulter, als er nun schneller und härter zustieß. «John...»

«Aber wenn du mich so ansiehst, kann ich mich nicht beherrschen», stöhnte er und ließ ihre Hand los, um ihre Hüfte zu umklammern.

Als sie zum Orgasmus kam, beobachtete er fasziniert ihr Gesicht und wurde von seinem eigenen Höhepunkt überrascht, bevor er erschöpft auf ihr liegen blieb.

Hanna lehnte gegen ihr Bettgestell und lächelte selig, als John in nackter Pracht mit einem Tablett ihr kleines Schlafzimmer betrat und sich zu ihr aufs Bett gesellte, um sich an sie zu schmiegen. Der Mann war schon mit Kleidung eine Augenweide, aber im Adamskostüm raubte er ihr den Atem. Herrliche Muskeln, breite Schultern und goldene Haare auf seiner Brust vervollständigten das Bild eines attraktiven Adonis, der ihr den besten Sex ihres Lebens beschert hatte – dreimal hintereinander.

Lächelnd hob sie die Bettdecke an, damit er darunterschlüpfen konnte. Nachdem er das Tablett auf ihrem Schoß platziert hatte, machte er es sich neben ihr gemütlich und streichelte über ihren nackten Oberschenkel, was in Hanna eine Reihe von Empfindungen auslöste, von denen die hektischen Schmetterlinge in ihrem Bauch wohl am deutlichsten waren.

«Bekommen wir noch Besuch?» Scherzhaft deutete sie

auf den Essensberg auf dem Tablett und stibitzte sich eine Traube, um sie ihm zwischen die Lippen zu schieben.

Er kaute die süße Frucht und erwiderte dann: «Das müssen wir wohl oder übel allein auffuttern. Ich brauche dich schließlich kraftvoll, mein Schatz.»

Sie errötete über die Worte und ließ sich von seinem Lächeln verzaubern, ehe sie ihren Rücken gegen seine Brust lehnte und selbst von den Trauben naschte.

«Ich liebe dein Haar», murmelte er plötzlich und schob ihr hoffnungslos zerzaustes Haar beiseite, um sie in den Nacken zu küssen. «Hoffentlich bekommen unsere Kinder auch diese Haarfarbe.»

Vor Schreck verschluckte sich Hanna beinahe und drehte den Kopf zu ihm. «Was?»

Amüsiert küsste er sie auf die Nasenspitze. «Das ist doch eine tolle Geschichte, wenn ich unseren Söhnen erzähle, dass ich ihre Mom aus einem Taxi retten musste und sie mich für einen Baseballspieler hielt», scherzte er.

«Söhne?»

«Mindestens sechs!» Er grinste und schlang einen Arm um ihre Taille, wobei das Tablett bedenklich wackelte. Mit gespielter Ernsthaftigkeit führte er dann aus: «Von mir aus können wir auch ein paar Töchter bekommen, aber ich bestehe auf sechs Söhnen.»

Lachend fragte sie nach: «Sechs?»

«Hmm», murmelte er und zog sie eng an sich. «Wir können uns eventuell auf fünf einigen, aber dann bestimme ich die Namen.»

«Wirklich?»

Er nickte. «Und die andere Bedingung lautet, dass sie deine Haarfarbe haben müssen. Außerdem könnte es nicht schaden, wenn sie deinen Verstand und deine Zähne bekommen. Wenn du dich erinnerst, sah ich als Kind wie ein Vampir aus.»

Hanna prustete los. «Vielen Dank für das Kompliment. Und was sollen sie von dir erben?»

«Lass mich nachdenken. Mein sportliches Talent wäre nicht schlecht oder mein Ehrgeiz, ganz sicher meine Größe und nicht zu vergessen mein Charme...»

Gespielt skeptisch runzelte sie die Stirn. «Sonst noch etwas, Prince Charming?»

«Meine gute Laune und meine Begabung, rothaarige Frauen ins Bett zu bekommen.»

Sie kniff ihm in den Bauch und antwortete belustigt: «Okay, du bekommst deine fünf Söhne, aber dann will ich vier Mädchen, deren Namen *ich* aussuchen darf.»

Sie spürte, wie er an ihrem Ohrläppchen knabberte. «Diese ganzen Überlegungen zu gemeinsamen Kindern machen mich schon wieder richtig scharf.»

«John», protestierte sie fiepend und schmolz dahin, als er ihren Kopf zu sich drehte, um ihr einen heißen Kuss zu geben.

Da sie das Tablett retten mussten, unterbrachen sie ihren Kuss und versuchten, etwas Ordnung zu schaffen. Dabei fiel Hanna eine Tätowierung auf Johns Rücken auf, nach der sie ihn gern gefragt hätte, aber John ließ sich zufrieden neben sie fallen und schmiegte sich an sie, um ernsthaft zu fragen: «Magst du Babys?»

Unsicher leckte sie sich über die Lippen. «Mag nicht jeder Babys?»

Heiser lachte er und streichelte über eine rote Stelle an ihrem Schlüsselbein, die er dort hinterlassen hatte.

«Das stimmt, aber möchtest du eigene Kinder haben?»

Sie presste ihre Nase gegen seinen Hals, der einen wundervollen Duft verströmte, und murmelte: «Eigentlich schon. Wenn alles passt. Und du?»

«Ich finde Kinder toll und hätte nichts gegen ein oder zwei eigene einzuwenden.»

«Ach?» Ironisch hob sie eine Augenbraue. «Und was ist mit deinen sechs Söhnen?»

«Abwarten.» Er schnaubte. «Wie gesagt: Fünf wären auch okay.»

Sie erwiderte nichts und wäre vor Erschöpfung beinahe eingeschlafen, als seine heisere Stimme sie wieder weckte. «Hanna?»

«Hmm?»

«Ich möchte mehr Zeit mit dir verbringen.»

Lächelnd kuschelte sie sich an ihn und ließ ihre Hand über seinem Herzen liegen. Gähnend entgegnete sie: «Wir sprechen uns doch jeden Tag.»

Sie hörte ihn seufzen. «Ich weiß, aber damit meinte ich eigentlich, dass ich dich als meine offizielle Freundin vorstellen will.»

«Oh.» Fragend hob sie den Kopf und sah ihm in die Augen.

Seine Hand streichelte beruhigend über ihren nackten Rücken. «Nächstes Wochenende findet eine Abendgala statt, die mein Boss jedes Jahr veranstaltet. Es ist eine ziemlich große Sache, mit Dinner, rotem Teppich, Musikern und Live-Auftritten. Ich wünsche mir, dass du mich begleitest.»

Ihr Mund war schlagartig trocken. «John...»

«Bitte!» Er legte den Kopf schief und sah sie weich an. «Mir würde es viel bedeuten, wenn du dabei wärst.»

Hanna hatte sich ein wenig aufgerichtet und presste die Bettdecke gegen ihre Brüste. «Ich ... ich weiß nicht. Diese Zeitungsartikel ...»

«Liebling ...» Er setzte sich ebenfalls auf und nahm ihre Hand. «Du bist eine wunderschöne Frau, die mich völlig aus der Bahn geworfen hat. Mit dir bin ich glücklich, und das möchte ich auch zeigen. Mir tut es entsetzlich leid, dass irgendwelche Idioten so gemeine und dumme Dinge über dich geschrieben haben ...»

«Das ist ja nicht deine Schuld», nuschelte sie und spielte mit seinen Fingern, während sie innerlich über seine Komplimente strahlte.

Als sie den Kopf wieder hob und sein aufmunterndes Lächeln sah, seufzte sie dramatisch. «Okay! Ich komme mit, aber nur unter der Bedingung, dass ich ein Mitspracherecht habe, wenn du für unsere fünf Söhne Namen aussuchst.»

6. Kapitel

Als John sie abholte und fassungslos anstarrte, errötete Hanna vor Freude und strahlte ihn an.

«Hanna ... mein Gott, du siehst zum Niederknien aus!» Ganz Gentleman, nahm er ihre Hand und drückte ihr einen bewundernden Kuss darauf.

«Danke.» Sie legte den Kopf in den Nacken, um ihm ins Gesicht sehen zu können, und schloss mit einem Seufzer die Augen, als er ihr einen zärtlichen Begrüßungskuss auf die Lippen drückte. Es war zwar nicht so, als hätten sie sich tagelang nicht gesehen, aber sie vermisste ihn bereits nach wenigen Stunden. Erst heute Morgen war sie nach dem Frühstück in seiner Wohnung zur Universität aufgebrochen und hatte bis zum frühen Nachmittag gearbeitet, um dann eilig nach Hause zu fahren und Andie zu treffen, die ihr bei Frisur und Make-Up für die Gala geholfen hatte. Dank ihrer modebewussten Freundin hatte Hanna vor drei Tagen ein neues Abendkleid erstanden, das sie nun trug und das bewirkte, dass John die Augen nicht von ihr wenden konnte.

Sie selbst hätte niemals vierhundert Dollar für ein Kleid ausgegeben, aber die hinterhältige Andie hatte Hannas

Mom angerufen, als Hanna sich gerade aus dem traumhaften schulterfreien Kleid kämpfte. Sobald sie die Umkleidekabine verlassen hatte, hatte Andie ihr mit einem zufriedenen Grinsen das Handy überreicht und danebengestanden, als Hannas Mom ihr die Hölle heißmachte, weil sie bisher kein Sterbenswort über John verraten hatte. Sie bestand darauf, das Kleid zu bezahlen, und gab ihrer Tochter gleich noch einen Haufen mütterlicher Ratschläge.

In Anbetracht von Johns Blicken war sie Andie jedoch dankbar für deren Einmischung und das Talent, jemanden ausgehfertig machen zu können. Das Kleid besaß eine herzförmige Korsage, von der aus der lange Rock nach unten floss, und das spektakuläre Smaragdgrün passte perfekt zu Hannas rötlichen Haaren, die Andie zu einer tollen Frisur geflochten hatte. Von Pauline stammten die schwarzen Ohrringe und die passende schwarze Clutch, die Hannas Outfit vollendeten.

Johns Blick wurde etwas heißer, als er ihre Brüste angaffte, die durch die Korsage nach oben gepresst wurden. «O Mann, das wird die Hölle auf Erden.»

«Was?» Entsetzt wirbelte sie zu ihrem Spiegel herum und forschte nach, was ihn gestört haben könnte, doch gleich darauf trat er hinter sie und legte beide Hände auf ihren Bauch, der dank der figurformenden Unterwäsche flacher wirkte. John küsste ihre glatte Schulter.

«Deine Brüste werden mich den ganzen Abend quälen – und ich werde nichts dagegen tun können.»

«Hmpf!» Sie verengte die Augen und betrachtete den erregten Mann im Smoking hinter sich, der ihr gerade einen gehörigen Schrecken versetzt hatte. «Das ist überhaupt nicht lustig.»

«Finde ich auch», jammerte er und schielte in ihren Ausschnitt.

«John!» Sie war zwischen Tadel und Freude hin- und hergerissen.

«Gut, ich werde mich beherrschen», versprach er mit Märtyrerstimme. «Dafür darf ich anschließend alles machen, was ich will.»

Ihr perlendes Gelächter ging in einem Kuss unter. Es dauerte noch einige Minuten, bis sie endlich zur Gala fahren konnten, die wie jedes Jahr im altehrwürdigen Plaza Hotel stattfand.

Dort angekommen, hielt sich Hanna an John fest. Sie hatte zwar gewusst, dass ein Medienrummel auf sie warten würde, aber als sie nun mit der Wirklichkeit konfrontiert wurde, ahnte sie, dass sie keine Ahnung hatte, worauf sie sich eingelassen hatte. Bevor sie ausstiegen, erklärte John mit ruhiger und gelassener Stimme: «Wir laufen einmal über den roten Teppich, posieren für ein paar Fotos und lächeln in die Kameras. Danach sind wir die Presse los.»

Formvollendet half er ihr aus der Limousine, und er hielt ihre Hand, während sie inmitten von anderen anscheinend ebenfalls prominenten Gästen an den aufgereihten Journalisten entlangliefen, die immerzu Johns Namen riefen.

Hanna kämpfte gegen den Drang an, eine Ohnmacht vorzuspielen, blieb dicht bei John und hätte nicht einmal bei einem Erdbeben seine Hand losgelassen. Da von ihm eine beruhigende Gelassenheit ausging, atmete sie innerlich einige Male durch und versuchte sich ein wenig zu entspannen.

Mehrmals blieb er stehen und blickte lächelnd in Richtung Fotografen, die ständig Anweisungen riefen, wohin sie doch bitte schauen sollten. Hanna merkte, dass vor Aufregung ihr Kinn zitterte, als sie lächelte, woraufhin sie seine Hand drückte. John beugte sich zu ihr hinab, um ihr ins Ohr zu flüstern: «Schau ruhig mich an, Baby. Gleich ist es vorbei.»

Also hob sie das Kinn und musste den Kopf weit zurücklegen, um ihrem Freund ins Gesicht blicken zu können, weil er wie ein Riese neben ihr aufragte. Seine blauen Augen blitzten vor Vergnügen, und seine Grübchen vertieften sich, als sie sich anblickten und die aufgeregten Journalisten ignorierten.

Urplötzlich verschwand die übelkeiterregende Nervosität und machte einem klopfenden Herzen Platz, weil sie eigentlich zum ersten Mal am heutigen Abend wahrnahm, wie gut er in diesem Smoking und mit den leicht nach hinten gekämmten blonden Haaren aussah. Der Schnitt der schwarzen Jacke betonte seine breiten Schultern und seinen muskulösen Oberkörper, während sich das gestärkte weiße Hemd von seinem gebräunten und kräftigen Hals absetzte. Sie konnte kaum glauben, dass jemand wie John ihr Freund war, und kam sich wie Cinderella im Märchen vor.

Händchenhaltend liefen sie weiter über den roten Teppich und blieben kurz vor dem Eingang bei einem Reporter stehen, der John ein Mikrophon unter die Nase hielt und ihn über die kommende Saison ausfragte.

«Möchten Sie uns Ihre Begleiterin nicht vorstellen, John?», wollte der Mann zum Schluss wissen.

Lachend sah John auf Hanna hinab. «Eigentlich wollte ich sie noch ein wenig für mich allein haben, aber Ihre Kollegen waren leider schneller. Das ist meine Freundin Hanna.»

Der grauhaarige Journalist betrachtete sie neugierig, blieb dabei jedoch freundlich und lächelte Hanna ermutigend zu. «*Eine* Freundin oder Ihre feste Freundin?»

«Dass ihr immer so neugierig sein müsst», tadelte John amüsiert. «Reicht es nicht, dass ich mit meiner bezaubernden Freundin hier bin und Händchen halte?»

«Touché.» Der Journalist verbeugte sich kurz. «Hanna, darf ich Ihnen ein paar Fragen stellen?»

«Heute nicht, Zach», widersprach John an ihrer Stelle und winkte gutmütig ab, bevor er Hanna ins Innere des Gebäudes führte, wo die Presse keinen Zutritt hatte.

Erleichtert ließ sie sich gegen ihn sinken.

«Du hast das großartig gemacht.»

«Ich?» Hanna sah ihn verwundert an und nahm ein Glas Champagner entgegen, das ein livrierter Kellner ihr reichte. «Ich habe doch gar nichts getan!»

«Du hast dich tapfer geschlagen.»

Einen Moment lang war sie von der opulenten Einrichtung, der Weitläufigkeit des Saals und den gutgekleideten Menschen wie geblendet. «Jetzt verstehe ich, was du meintest, als du von einer *großen Sache* gesprochen hast.»

Er drückte ihren Arm und nahm einen Scotch entgegen. «In spätestens einer Stunde wird dir der Kopf von den vielen Namen schwirren, die man sich sowieso nicht merken kann.»

«Ich kann's kaum erwarten», murmelte sie und nippte an ihrem Glas.

Bald darauf saß sie mit ihr unbekannten Menschen an einem großen Tisch und schaute der Vorstellungsrunde auf der Bühne zu, wo der Teambesitzer George MacLachlan stolz seinen neuen Cheftrainer und das aktuelle Team für die kommende Saison präsentierte. Leider musste Hanna gestehen, dass sie nicht viel verstand, denn sie wusste weder, was ein Quarterback, noch, was ein Tackle oder Center war. Sie wusste nur, dass auf der breiten Bühne mehr furchteinflößende Muskelberge standen als bei einem Bodybuilding-Wettbewerb. Sie wirkten wie eine Armee, da alle Spieler Smoking trugen, auch wenn einige von ihnen leicht exzentrisch aussahen. Da gab es beispielsweise einen bulligen Spieler, dessen Ohren vor lauter Diamanten glitzerten, und seinen halslosen Teamkollegen, der kein weißes, sondern ein pinkfarbenes Hemd und dazu auch pinkfarbene Sportschuhe trug.

Nach einer halben Ewigkeit und einigen Ansprachen war die Vorstellungsrunde beendet, und die Spieler trotteten zurück zu ihren Tischen, die im prächtig geschmückten Saal verteilt standen. John kam zusammen mit George MacLachlan, der ihm jovial die Hand auf den Rücken gelegt hatte, zurück zum Tisch und setzte sich wieder neben Hanna. Sie verstand vielleicht nichts von Football, aber sie verstand, dass sie am wichtigsten Tisch der gesamten Veranstaltung saß, da neben dem Teambesitzer und seiner Frau der Bürgermeister, ein Vorstandsmitglied eines Energiekonzerns, ein Senator und ein Medienmogul saßen.

John hatte sie bereits zu Anfang seinem Boss und dessen Ehefrau vorgestellt, die beide sehr höflich und freundlich gewesen waren. Vor allem der ältere Mann strahlte geradezu vor Gutmütigkeit und schien in John so etwas wie einen Ziehsohn zu sehen. Daher richtete er sein Wort beinahe ausschließlich an John, an dem alle Augen zu kleben schienen, als er über das Trainingsprogramm und mystische Taktiken sprach, die in Aliensprache verfasst worden waren. Hanna saß neben ihm und versuchte, sich ihre Bewunderung für ihn nicht allzu sehr ansehen zu lassen, doch es fiel ihr schwer – schließlich gab er eine fabelhafte Figur ab, untermauerte seine Worte mit leichten Gesten und hatte ein ansteckendes Lachen, bei dem jedes Mal ihr Herz einen Satz machte.

Als der erste Gang serviert wurde, verebbte das Gespräch ein wenig, da alle mit ihren pochierten Wachteleiern auf getrüffeltem Brot zu tun hatten. John warf Hanna einen leicht gequälten Blick zu, anscheinend darauf zurückzuführen, dass die Vorspeise sehr überschaubar war. Ruck, zuck hatte er die beiden kleinen Brotscheiben verputzt und spülte sie mit einem Schluck Weißwein hinunter. Hanna grinste in ihre Serviette und konnte Johns Reaktion verstehen. Mehrgängige Dinner zogen sich endlos hin und beinhalteten dabei winzige Portionen. Sie konnte sich gut vorstellen, dass es den zahllosen Footballspielern im Saal nicht anders ging als ihrem Freund.

«John hat mir erzählt, dass Sie Politikwissenschaftlerin sind, Hanna?»

Ein wenig verblüfft sah sie in das gutmütige Gesicht von George MacLachlan, der ihr gegenübersaß und sie aufmunternd betrachtete. Sie nickte und überlegte, wann John die Zeit gefunden haben mochte, mit seinem Chef über sie zu sprechen. «Das stimmt. Ich arbeite momentan am Lehrstuhl für internationale Beziehungen der Universität.»

«Und Sie schreiben Ihre Dissertation über die amerikanische Außenpolitik nach dem Zweiten Weltkrieg? Das ist ein sehr breites Feld. Worauf möchten Sie sich spezialisieren?»

Hanna legte beide Hände in den Schoß und erklärte: «Ich möchte herausarbeiten, inwieweit sich die antikommunistische Strömung innerhalb der jeweiligen Regierung auf die gesamte Außenpolitik der USA ausgewirkt hat.»

«Das klingt sehr spannend. Wie weit sind Sie denn, wenn ich fragen darf?»

«Ich hoffe, dass ich im nächsten Jahr veröffentlichen kann, jedoch halte ich in diesem Semester eine Vorlesung und zwei Kurse, die ziemlich viel Zeit kosten.»

John legte seinen Arm um ihre Schulter und zwinkerte seinem Chef zu. «Sie ist außerordentlich beliebt bei ihren Studenten, George. Du würdest nicht glauben, wie viele Komplimente sie bekommt.»

Verwirrt blickte sie John an und fragte zur allgemeinen Belustigung: «Woher willst du das denn wissen?»

«Internet.» Er grinste. «Es gibt ein großes Online-Portal, in dem ich spioniert habe.»

«So, so …» Sie räusperte sich verlegen und blickte seinen Chef an. «Mir scheint, Ihr Cheftrainer hat zu viel Freizeit, Mr. MacLachlan. Können Sie ihm keine Überstunden aufbrummen?»

Unter dem allgemeinen Lachen wurden die Vorspeisenteller abgeräumt und Getränke nachgeschenkt.

«Dabei wollte ich Sie eigentlich bitten, ihn ein bisschen von der Arbeit abzulenken, Hanna, damit sich die Spieler nicht ständig bei mir über seine strengen Methoden beschweren.»

«Hey!» John grinste. «Ohne Fleiß kein Preis. Das hast du mir gepredigt, als ich Rookie war, George. Ich gebe es nur weiter.»

«Rookie?» Fragend blickte Hanna ihn an. «Was ist denn ein Rookie? Ich dachte, du wärst Quarterback gewesen.»

113

Als selbst die anwesenden Damen amüsiert zu lachen begannen, erkannte Hanna, dass sie anscheinend etwas Dummes gesagt hatte, und errötete schuldbewusst, doch niemand schien sich ernsthaft über sie lustig zu machen.

John schenkte ihr einen verschmitzten Blick und streichelte ihren Nacken. «Ich glaube, ich werde dir wohl Nachhilfe in Footballwissen geben müssen.»

«Lassen Sie sich bloß nicht von ihm hochnehmen», tröstete George MacLachlans Ehefrau mit einem Seufzer. «Ich weiß bis heute nicht, worum es bei dem Spiel eigentlich geht.»

George MacLachlan erklärte kichernd: «Rookies werden die blutigen Anfänger genannt, die ihre erste Saison in der NFL spielen. Das gilt für alle Spieler, also auch für Quarterbacks.»

«Aha», murmelte Hanna verlegen und sah John, der immer noch breit grinste, verstohlen von der Seite an.

Der zurückhaltende Mann zu ihrer Linken, der ihr als Vorstandsmitglied eines Energiekonzerns vorgestellt worden war, wandte sich ihr leicht zu und sagte zuvorkommend: «Sie sind wegen Ihres englischen Akzents entschuldigt. Woher soll eine Engländerin auch wissen, wie Football gespielt wird? Es reicht, wenn Sie sich mit Fußball auskennen.»

«Danke.» Sie schenkte ihm ein breites Lächeln.

George MacLachlan seufzte auf. «Tyron, du hast zu viel Zeit in Europa verbracht und zu viel Gefallen an Fußball gefunden. Football ist der einzig wahre Sport.»

Sein Freund schüttelte den Kopf. «1998 war ich während der Fußballweltmeisterschaft in Frankreich. Glaub mir, George, daran kommt noch nicht einmal das Superbowl-Finale heran.»

Hanna räusperte sich. «Mr. MacLachlan, da scheint er eventuell sogar recht zu haben.»

Gespielt streng sah er sie an. «Sie auch, Hanna? Stellen Sie sich etwa auf seine Seite?»

«O nein», erwiderte sie rasch. «Aber ich war damals auch in Frankreich und weiß daher, wie die Stimmung war. Zumal Frankreich Weltmeister wurde.»

«John!», sprach George den Trainer seines Teams in tadelndem Ton an. «Wo hast du dieses Mädchen bloß aufgegabelt?»

Lachend rückte John seinen Stuhl näher an Hanna heran und legte seinen Arm noch fester um ihren Rücken. «In einem Taxi, George. Aber nimm es nicht persönlich, denn Hanna ist zur Hälfte Französin.»

Entschuldigend hob sie beide Hände und witzelte in einem näselnden Oxford-Akzent: «Nobody's perfect.»

Gleich darauf wurde das Thema gewechselt, und man sprach über die ersten Spiele der anstehenden Saison, wobei John vor Begeisterung zu sprühen schien, als er mit den Anwesenden darüber diskutierte. Hanna hielt sich währenddessen an Tyron Fitzgerald, der viele Jahre im diplomatischen Dienst tätig gewesen war und fünf Jahre in Paris gelebt hatte, weshalb er ein phantastisches Französisch sprach, wie sie herausfand. Es war wunderbar, mit jemand anderem als mit ihrem Vater Französisch zu sprechen. Netterweise gab er ihr seine Karte und bot ihr an, sich bei seinen ehemaligen Kollegen umzuhören, falls sie Unterstützung bei ihrer Recherche zu den diplomatischen Tätigkeiten während des Kalten Krieges benötigte.

Nach dem Dessert nahm John Hanna mit zu den Tischen seiner Spieler und stellte sie ihnen vor. Unbehaglich betrachtete Hanna die aufgedonnerten Begleiterinnen einiger Spieler, deren Gesichter sie zu kennen schien. Tatsächlich hatte sie die schlanke Brünette, die gelangweilt vor ihrem noch vollen Dessertteller saß und ihre Nägel begutachtete, erst vor wenigen Tagen halbnackt in einem Modemagazin gesehen.

Hanna war ziemlich erleichtert, dass die superschlanken Modelfreundinnen anscheinend Besseres zu tun hatten und ihre Aufmerksamkeit lediglich ihren Nägeln, Spiegelbildern oder Handys widmeten, während sie von ihren Begleitern ignoriert wurden, die es vorzogen, mit John zu plaudern. Anfangs stand Hanna den großgewachsenen Männern etwas zurückhaltend gegenüber, merkte dann jedoch sehr schnell, dass sie durchweg harmlos zu sein schienen – oder sie hatten einfach zu großen Respekt vor John, der besitzergreifend einen Arm um Hannas Taille geschlungen hatte.

An einem etwas abgelegenen Tisch saßen lediglich fünf Spieler, während die anderen Stühle frei waren. Vermutlich hatten die Footballer ihre Begleitungen bereits vergrault.

John schien den gleichen Gedanken zu haben, da er mit einem breiten Grinsen fragte: «Rabbit, habt ihr keine Mädels gefunden, die euch begleiten wollten, oder sind eure Cousinen bereits abgeholt worden?»

Ein schwarzhaariger Mann hatte gerade noch auf seinem Stuhl gelümmelt, verdrehte nun jedoch seine hellblauen Augen und stöhnte genervt: «Weiber! Warum müssen die immer zusammen aufs Klo – wenn nicht wegen lesbischer Nummern?»

Gerade als sein Sitznachbar ihm in die Rippen stieß, um ihn auf Hanna aufmerksam zu machen, musste sie lachen. Erschrocken sah der Übeltäter nun auf und errötete, als ihm klarwurde, was er in Anwesenheit einer Frau – und dann noch vor der Freundin seines Coachs – von sich gegeben hatte.

«Das ist Rabbit, unser Pausenclown und Ersatzquarterback», erklärte John und seufzte vernehmlich auf, bevor er ihr auch die anderen Spieler vorstellte.

Ein sympathisch wirkender Mann mit Lachfältchen und dunkelbraunem Haar fragte sie forsch: «Sie sind also der Grund, dass John wie ein verliebter Teenager ständig auf sein Handy starrt?»

«Mitch», kam es warnend von John, es verfehlte jedoch jegliche Wirkung, da er dabei errötete.

Hanna konnte ein breites Grinsen nicht unterdrücken und zuckte beiläufig mit der Schulter. «Darüber würde ich gern mehr erfahren, wenn ich darf.»

«Oh, ich würde es ja erzählen», sagte Mitch. «Aber

dann hätte ich vermutlich zu großen Stress mit meinem alten Freund hier.» Er deutete auf John.

«Mitch ist unser Quarterback.»

«Außerdem kenne ich John seit über zehn Jahren», informierte der sie.

«Ach!» Hanna sah zwischen beiden hin und her. «Dann habt ihr früher zusammen in einem Team gespielt?»

Die übrigen vier Spieler unterbrachen ihr Gespräch und sahen sie leicht fassungslos an. Mitch dagegen zeigte seine Belustigung durch ein prustendes Lachen, während John sich räusperte.

«Liebling, ich habe dir doch erklärt, dass ich früher Quarterback war.»

Verwirrt blickte sie umher. «Ja ... und?»

«Mitch ist ebenfalls Quarterback», sagte er geduldig. «Es gibt immer nur einen Quarterback in einem Team, der für die Offense spielt. Auch wenn Mitch oder ich als Ersatzquarterback engagiert gewesen wären, hätten wir nie zusammen gespielt.»

«Oh ... okay.» Sie runzelte die Stirn und nahm sich vor, einmal nachzulesen, was es mit diesem Quarterbackdingsbums auf sich hatte. Warum mussten Männer diesen Sport eigentlich so ernst nehmen?

Der eindeutig größte Riese unter den Spielern fragte mit einem trottligen Ton: «Als Sie sich kennenlernten, wussten Sie nicht, wer der Coach ist?» Sein Gesicht sprach Bände.

Hanna schüttelte den Kopf. «Leider nein.»

«Aber wie kann das sein?» Er kratzte sich am rasierten Kopf. «Selbst meine Grandma kennt den Coach, und die kommt aus einem Kaff in Iowa und hat keine Glotze!»

«Kommen Sie aus Kanada?» Ein stiernackiger Spieler verengte seine schwarzen Augen und musterte sie nachdenklich. «Sie haben einen komischen Akzent und wissen nicht, was ein Quarterback ist. Dann sind Sie bestimmt Kanadierin.»

«Eddie, bleib cool», warnte ihn Mitch amüsiert.

«Ja, Eddie, bleib mal locker.» Auch der schwarzhaarige Mann namens Rabbit winkte lässig ab und erklärte Hanna: «Er denkt, die Kanadier hätten mit Krieg und einem Footballverbot gedroht. Nehmen Sie es nicht persönlich.»

John strich Hanna über den nackten Arm und sagte an seine Spieler gewandt: «Ihr seid eine Plage und einzige Peinlichkeit. Nur fürs Protokoll: Hanna kommt aus England.»

Nun konnte Hanna miterleben, wie vier Spieler ein Gesicht machten, als hätte ihnen jemand mit einem Ball in die Weichteile geschossen. Sie wusste nicht, ob sie belustigt oder beleidigt sein sollte.

Fragend blickte sie zu John, der eine Grimasse schnitt, bevor Mitch lapidar sagte: «Die Jungs denken an den englischen Volkssport.»

«Fußball?»

«Das ist kein Sport», widersprach der Stiernacken schnaubend.

«Jedenfalls kein Männersport.» Rabbit schüttelte angewidert den Kopf. «Kleine Mädchen können Fußball spielen ...»

«Oder Weicheier», ergänzte ein anderer Spieler.

Mitch blickte Hanna entschuldigend an. «Das war's dann wohl für heute.»

Zu gern hätte Hanna miterlebt, wie das Gespräch weiterging, aber John kannte sich aus und zog sie mit der Erklärung «Ich glaube, bei denen ist mal wieder ein Anabolikatest nötig» weiter.

Hanna kuschelte ihr Gesicht in das weiche Kissen und spürte einen hauchzarten Kuss auf ihrer Wange. Mühsam öffnete sie die Augen und sah Johns Gesicht über sich schweben.

«Guten Morgen.»

«Guten Morgen!» Er seufzte bedauernd. «Bleib noch liegen und schlaf weiter. Ich muss leider los.»

«Warum?» Protestierend drehte sie sich auf den Rücken und gähnte leise. «Es ist Sonntag, John, und du hast doch frei.»

Er drückte ihr einen Kuss aufs zerzauste Haar. «Es tut mir leid, aber ich muss dringend ins Büro. Anscheinend gab es Probleme bei einer ärztlichen Untersuchung.»

«Hoffentlich nichts Schlimmes.» Sie streichelte leicht benommen über sein Knie und schloss wieder die Augen.

«Es wird schon alles okay sein», erwiderte er und zog

die Bettdecke hoch, um sie wieder zuzudecken. «Ruh dich aus. Ich bin gegen Mittag wieder da.»

«Hmm.»

Sobald er weg war, fielen Hanna die Augen zu, jedoch wurde sie nach einer halben Stunde wieder wach und konnte dann nicht mehr weiterschlafen.

Ihr Blick fiel auf ihr schönes Abendkleid, das ordentlich über einen Sessel in Johns Schlafzimmer gelegt worden war. Anscheinend hatte er sich die Mühe gemacht, das Kleid vom Boden zu retten. Es war gestern dort gelandet, als sie sich hektisch die Kleidung ausgezogen hatten, um möglichst schnell ins Bett zu kommen. Bei dem Gedanken an den stundenlangen Sex erschauerte sie und fragte sich, wie John in der Lage sein konnte, so früh zur Arbeit zu fahren.

Sie hatten ihren Berechnungen zufolge gerade einmal vier Stunden geschlafen. Der Schlafmangel, ein Champagnerschwips und ausdauernder Sex führten anscheinend dazu, dass man sich am nächsten Tag wie ein erfolgreicher Mount-Everest-Bezwinger fühlte: voller Adrenalin und doch ein körperliches Wrack.

Hanna zwang sich zu duschen und trottete anschließend mit Johns Bademantel bekleidet in seine Luxusküche, um sich dort einen Tee zu machen. Sein nagelneues Apartment mit den großen Räumen und der modernen Ausstattung war ein großer Kontrast zu ihrer kleinen und etwas altmodischen Wohnung. Jedoch stand es ihrer Wohnung in puncto Gemütlichkeit ins nichts nach, da

John es selbst eingerichtet und mit persönlichen Gegenständen wie Fotos, Büchern und einer Menge Accessoires ausgestattet hatte. Sie fühlte sich hier unglaublich wohl und verbrachte gern ihre Zeit in seiner Wohnung – am liebsten, wenn auch John da war.

Mit der vollen Tasse und einem extrem leckeren Cookie bewaffnet, setzte sich Hanna auf seine Couch, kuschelte sich in die wild gemusterte Decke und stellte den Fernseher an, der – wie sollte es auch anders sein, schließlich war John ein Mann – auf dem neuesten technischen Stand war und die Ausmaße einer Plakatwand hatte. Da sonntagmorgens überwiegend Kinderfilme oder Gottesdienste liefen, blieb Hanna bei einem lokalen Frühstücksmagazin hängen, das gerade über die neuesten Kinofilme berichtete.

Während Hanna überlegte, ob sie John nicht dazu überreden sollte, mit ihr ins Kino zu gehen und einen dreistündigen Film über die Russische Revolution zu sehen, wechselte der Moderator der Show das Thema und übergab an seine Kollegin, die sich um die Modetrends kümmerte.

Hanna nippte an ihrem Tee und knabberte an ihrem Cookie, der ihr jedoch im Halse steckenblieb, als sie plötzlich ihr Konterfei im Fernsehen zu sehen bekam.

«Guten Morgen, ihr Süßen. Heute wollen wir in unserem wöchentlichen Style-Check zwei Frauen miteinander vergleichen, die eigentlich keine Gemeinsamkeiten haben,

außer dass sie denselben Mann gedatet haben. Rechts sehen wir ein Foto von Christine Shaw, der langjährigen Exfreundin von John Brennan, und links sehen wir seine derzeitige Begleiterin, mit der er sich gestern auf der all-jährlichen Titans-Gala hat blicken lassen. Wie wir erfah-ren haben, heißt die rothaarige Begleiterin Hanna und ist Studentin hier in New York. Um die beiden Styles mitein-ander zu vergleichen, haben wir unseren Stylingexperten Rupert gebeten, sich beide Frauen einmal anzusehen.»

Ein geschniegelter und schwul wirkender Mann mit Haartolle und pastellgrünem Hemd wurde im unteren Bereich des Bildschirms eingeblendet und begann sofort, über das Foto einer langbeinigen Blondine zu reden.

Hanna musste schlucken, als sie die hochgewachsene Blonde musterte, deren Haar zu einem hohen Pferde-schwanz gebunden war, während sie mit einem strahlen-den Lächeln in die Kamera sah. Ihr schlanker Körper war mit einem schwarzen Minikleid mit Fransen bekleidet, über dem sie eine cremefarbene kurze Lederjacke trug. Ihre braunen Beine waren athletisch, extrem lang und steckten in schwarzen Halbstiefeln mit mörderisch hohen Absät-zen. Sie war von den Zehen bis in die Haarspitzen elegant und dennoch absolut modern gestylt. Die breiten Ringe, die auf die Jacke abgestimmte Tasche sowie das dezente Make-up vervollständigten dieses perfekte Outfit.

Der Stylingexperte Rupert schien der gleichen Mei-nung zu sein, denn er schwärmte:

«Chrissy Shaw hat wieder einmal Stil bewiesen, wie wir hier sehen können. Sie wirkt frisch und extrem cool, indem sie preiswerte Kleidung mit teurer Luxusware kombiniert und sich auch nicht scheut, Vintage zu tragen. Das Kleid, das sie anhat, war schon für vierzig Dollar zu haben, während die Lederjacke von Valentino ist und ein Vermögen kostet. Ich liebe ihr Aussehen und würde für ihre Beine glatt einen Mord begehen!»

Am liebsten hätte Hanna den Fernseher ausgeschaltet, als nun ihr gestriges Outfit unter die Lupe genommen wurde, doch irgendein selbstzerstörerischer Trieb zwang sie dazu, sich anzuhören, wie nun über sie geurteilt wurde.

«John Brennans aktuelle Flamme scheint sich im Rampenlicht nicht besonders wohl zu fühlen, was man an ihrer steifen Körperhaltung sehen konnte, dennoch hat sie meiner Meinung nach einen ganz guten Job gemacht. Trotzdem habe ich einige Kritikpunkte: Das Kleid hätte an einer größeren und schlankeren Person viel besser gewirkt. Zwar kann Hanna mit einer beeindruckenden Oberweite aufwarten, doch neben John wirkte sie gedrungen und noch kleiner, was auch an dem Korsagenschnitt des Kleides lag. Die Farbe des Kleides passte sehr gut zu ihrem Haar, das ich mir jedoch lieber offen gewünscht hätte. Diese Frisur wirkte leider etwas altbacken. Und obwohl ich ihre helle Hautfarbe sehr anziehend finde, wäre ein

*Kleid, das weniger ihre kräftigen Oberarme betont hätte,
geeigneter gewesen.»*

Die Moderatorin wurde wieder eingeblendet und zeigte
ein falsches Lächeln, das Hanna Magenschmerzen verursachte.

*«Danke, Rupert! Wir werden deine Bewertung an die
Verliererin des heutigen Style-Checks weitergeben und
hoffen, dass sie von jetzt an Oberarmtraining macht und
sich Modetipps von ihrer Vorgängerin holt. Bis zur nächsten Woche!»*

Hanna schaltete den Fernseher aus und legte den ange-
gessenen Cookie beiseite, weil ihr der Appetit vergangen
war. Gestern hatte sie sich trotz des enormen Rummels
wohl gefühlt und hatte Johns bewundernde Blicke voller
Freude registriert – sie hatte sich schön gefühlt, nur um
jetzt eine kalte Dusche verpasst zu bekommen. Im Ver-
gleich zu Christine Shaw, die auf dem Foto nicht nur unglaublich hübsch, sondern auch sympathisch erschienen
war, schnitt Hanna schlecht ab und wirkte tatsächlich altbacken.

Die Erinnerung an den herrlichen Abend und die spät-
abendlichen Tänze mit John, die von seinen Spielern
ständig unterbrochen worden waren, weil sie ihn abklat-
schen wollten, verblassten angesichts der Kommentare
zu ihren Oberarmen.

Als John wenige Stunden später nach Hause kam und Hanna abends ins Kino ausführte, gelang es ihm zwar, sie aufzumuntern und zum Lachen zu bringen, aber der Anblick der Paparazzi, die vor dem Kino Stellung bezogen hatten und sie bis zu Johns Wohnung verfolgten, verschlechterte ihre Laune wieder.

7. Kapitel

Als John aus dem Schlafzimmer kam, saß Hanna in seiner Küche an der großen Theke und beschäftigte sich damit, Salat zu zerpflücken und in die Schüssel zu legen. Im Hintergrund spielte Musik aus den 80ern, und das Licht im Wohnzimmer war ein wenig gedimmt. John trocknete sich seine noch nassen Haare mit einem Handtuch ab. Er trug lediglich Boxershorts.

«Hmm … das sieht gut aus.»

«Danke.» Lächelnd sah sie auf und küsste ihn aufs Kinn. «Armes Baby, du siehst geschunden aus.» Sie deutete auf seine Brust, auf der sich einige blaue Flecken bemerkbar machten. «Ich dachte, die Jungs hätten Training gehabt und nicht du.»

John verzog das Gesicht und machte sich daran, eine Flasche Rotwein zu öffnen, während das Handtuch um seinen Hals baumelte. «Ich halte nichts davon, beim Training nur zuzuschauen, sondern mische gern mit.»

«Ach so.» Sie betrachtete seinen wunderschönen Rücken, als er dabei war, zwei Gläser mit Wein zu füllen, und dabei sprang ihr wieder sein Tattoo ins Auge. Sie beugte sich ein wenig näher, um die Tätowierung auf seinem Schulterblatt genauer in Augenschein nehmen zu können, und sah einen Stern, der von zwei Flügeln umrahmt wurde. Als sie entdeckte, dass der Name Jilian in dem Stern stand, runzelte sie die Stirn und grübelte über diese ehemalige Freundin nach, für die er sich sogar hatte tätowieren lassen. Eigentlich wirkte John nicht wie jemand, der sich den Namen seiner Freundin in die Haut stechen ließ. Vermutlich war es eine Jugendsünde, überlegte Hanna und musste innerlich grinsen.

«Tja, ich werde in den nächsten Tagen wohl Muskelkater haben.» Er streckte seinen Arm von sich und unterdrückte ein Gähnen.

«Ich hoffe, dass die Spieler genauso heftigen Muskelkater bekommen. Sonst sind sie nicht fit, und du musst einspringen.»

Er warf ihr über die Schulter einen grinsenden Blick zu. «Ganz bestimmt nicht.»

«Meinst du?»

«Und ob.» John reichte ihr ein Glas Wein und nahm das Sweatshirt vom Stuhl, um hineinzuschlüpfen, bevor er sich ihr gegenübersetzte und einen Schluck Wein probierte.

«Mit der Offense bin ich nicht wirklich zufrieden», erklärte er. «Einige Spieler haben kaum Kondition. Man merkt, dass sie sich in der Pause haben gehenlassen.»

«Was musst du tun?» Hanna betrachtete ihn und ging in Gedanken die Footballdetails durch, die sie während der letzten Wochen in einem Handbuch gelesen hatte.

Himmel, das Spiel war viel komplizierter, als sie gedacht hatte. Nach der Gala vor vier Wochen hatte sie sich eingehend damit beschäftigt und John Löcher in den Bauch gefragt, um eine Ahnung von seiner Arbeit zu bekommen.

«Ich muss ihnen in den Hintern treten und hoffen, dass sie bis zum Saisonstart fit genug sind.» Er stand auf und begann seinerseits damit, die Tomaten klein zu schneiden.

«Anderen in den Hintern treten und dafür auch noch bezahlt zu werden», schwärmte Hanna und verdrehte die Augen genießerisch. «Den Job hätte ich auch gerne.»

«Kann ich mir denken.» John legte den Kopf nachdenklich schief. «Aber glaube mir, manchmal ist es die Pest.»

«Echt? Warum das denn?»

«Footballspieler sind arrogante Wichtigtuer, die sich wie absolute Ärsche benehmen können.»

Sie verschluckte sich fast an ihrem Wein und sah ihn verstört an. «John! Du warst selbst Footballspieler.»

«Daher weiß ich ja, wovon ich rede.» Er grinste sie breit an.

«Meinst du das ernst?»

Er zuckte mit der Schulter und nickte. «Mich hat es schon früher geärgert, wenn Teamkollegen sich überheblich benahmen und meinten, dass man ihnen alles durchgehen lässt, weil sie prominent sind.»

«Ist es wirklich so schlimm?»

«Na ja», wiegelte er ab, «die meisten meiner Kollegen waren eigentlich anständig und nicht zu abgehoben, aber ich kannte auch andere Spieler, deren Köpfe ich ab und an gern aneinandergeschlagen hätte, um ihnen etwas Verstand einzuprügeln.»

Belustigt sah sie ihm dabei zu, wie er das Gemüse klein schnitt, und spöttelte: «Du warst schon damals ein Oberlehrer.»

«Sehr komisch!» Leicht beleidigt verzog er den Mund. «Das hat man davon, wenn man sich verantwortungsbewusst zeigt! Die eigene Freundin macht sich über einen lustig.»

«Armer schwarzer Kater», murmelte sie gespielt mitleidig.

«Hanna», warnte er gutmütig und blickte sie mit funkelnden Augen an. Ihm schien das Ganze Spaß zu machen. «Ich bin viel größer und stärker als du …»

«Aber du bist im Inneren ein Softie», lachte sie.

«Ein Softie?» Seine Stimme überschlug sich fast vor Empörung.

«Hm.» Sie ging zu ihm und schmiegte sich an seinen Rücken, weil der Drang, ihn zu berühren, einfach zu groß geworden war. Lächelnd vergrub sie das Gesicht im weichen Stoff seines Sweatshirts.

Er knurrte beinahe. «Wenn ich nicht so einen großen Hunger hätte, würde ich dich hier auf der Arbeitsfläche nehmen und zum Schreien bringen, um dir zu beweisen, dass ich kein Softie bin.»

«Nett, dass du das Essen über mich stellst.»

Sie hörte, wie er seufzte, bevor er sich zu ihr umdrehte.

Seine Hände umfassten ihren Po und drückten kräftig zu. «Das wirst du später bereuen.»

«Das denke ich auch.»

Er senkte den Mund zu ihrem Ohr und knetete währenddessen ihren Hintern. Flüsternd fragte er: «Wie kommst du überhaupt darauf, dass dein sexbesessener Freund ein Softie ist?»

Keinesfalls eingeschüchtert, stellte sie sich auf die Zehenspitzen und biss ihm sanft ins Kinn, ehe sie amüsiert flüsterte: «Weil mein sexbesessener Freund sich den Namen seiner Exfreundin in den Rücken hat tätowieren lassen.»

Als er kurz erstarrte, befürchtete Hanna, einen Fehler begangen zu haben, und legte den Kopf ein wenig zurück, um ihm in die Augen sehen zu können.

«Hör zu, John, ich wollte nicht…»

«Schon gut.»

Sie schluckte und bemerkte, wie er sie langsam losließ und sich wieder mit den Tomatenscheiben beschäftigte.

«Es tut mir leid, John.»

«Das muss es nicht.»

Sie sah auf seinen Hinterkopf, den er ein wenig schräg hielt. Nachdem er die letzte Tomate geschnitten hatte, drehte er sich wieder zu ihr um, lehnte sich gegen die Arbeitsfläche und schenkte ihr ein gespielt heiteres Lächeln. «Ich hätte dir davon schon eher erzählen sollen.»

Hanna erwiderte das Lächeln. «Das musst du nicht.»

«Ich würde aber gerne.»

Hanna fand es ein wenig merkwürdig, dass es ihm schwerzufallen schien, darüber zu reden, und wollte gerade ansetzen, dass sie lieber das Thema wechseln sollten, als er einen Ellbogen auf der Theke abstützte und einen kleinen Schluck Wein nahm.

«Ich habe die Tätowierung, seit ich zwanzig bin.» Er sah sie mit leicht zuckenden Mundwinkeln an. «Und es war kein Sommerflirt und keine Teenagerliebe, deren Namen ich dort verewigt habe. Jilian ist meine Schwester.»

«Du hast eine Schwester?» Bisher hatte sie nur von seinen beiden Brüdern gehört, aber nicht von einer Schwester. Hanna wollte zu einem Grinsen ansetzen, doch sein Gesichtsausdruck verhinderte dies.

John schluckte mit abwesender Miene und lächelte dann schwach. «Jilian *war* meine Schwester. Sie hatte Leukämie und ist mit siebzehn Jahren gestorben. Damals war ich neunzehn.»

Hanna starrte ihn schockiert an. «Oh, John ...»

Als er bemerkte, dass ihr Tränen in die Augen schossen, kam er auf sie zu, um sie in die Arme zu ziehen. «Hey ... ist doch gut, Liebling.»

«Es tut mir leid.» Sie schluckte und vergrub das Gesicht an seiner Schulter. «Ich wollte nicht unsensibel sein.»

John unterdrückte ein Lachen. «Du bist vieles, aber unsensibel am allerwenigsten.» Er drückte ihr einen Kuss aufs Haar. «Komm schon, ich möchte dich nicht weinen sehen.»

«Aber das ist so traurig», protestierte sie und unterdrückte eine erneute Tränenflut, als sie daran dachte, dass
der zwanzigjährige John sich den Namen seiner toten
Schwester hatte tätowieren lassen.

«Es war sehr traurig», stimmte er ihr zu und drückte sie
etwas enger an sich. «Jilian war nur zwei Jahre jünger als
ich und ein lebenslustiges, fröhliches Mädchen. Sie war
meine beste Freundin …» Er stockte und schwieg.

«John?», sagte Hanna sanft und schaute zu ihm auf. Er
wirkte abwesend. «Du musst nicht darüber sprechen.» Sie
lächelte tapfer und legte ihre Hand in seinen Nacken. «Ich
verstehe das. Wirklich.»

Er sah sie lange an, bevor er kurz schluckte und dann
mit rauer Stimme erklärte: «Ich möchte es dir erzählen.
Ich möchte einfach, dass du solche Dinge über mich
weißt.»

Seltsamerweise flogen wieder die irritierenden Schmetterlinge in ihrem Bauch umher.

«Okay.» Sie blickte ihn ernst an. «Danke.»

Sie standen eng aneinandergeschmiegt in seiner Küche
und schwiegen, bis Hanna die Ruhe mit einer Frage unterbrach.

«Was wollte Jilian werden, als ihr klein wart?»

John überlegte und war erleichtert, über Jilian reden
und nachdenken zu können. Kaum jemand außerhalb der
Familie traute sich, über sie zu sprechen, und alle taten
fast, als hätte es sie nie gegeben.

«Meerjungfrau.» Er grinste. «Mein Dad versuchte immer, ihr zu sagen, dass das kein Beruf sei, aber sie hatte es sich in den Kopf gesetzt.»

«Wie sah sie denn aus?»

«Weißt du, meine Brüder und ich ähneln uns sehr. Wir sind alle blond und haben blaue Augen – wie mein Dad. Aber Jilian kam ganz nach meiner Mom, mit braunen Augen und braunen Haaren. Sie hatte Sommersprossen und eine kleine Zahnlücke, dazu Grübchen in den Wangen, wenn sie lächelte.»

Hanna strich ihm über die Wange. «Du hast auch Grübchen, wenn du lachen musst.»

«Ich weiß. Die haben wir von unserer Mom. Josh und Jake haben beide keine.» Er seufzte kurz auf. «Jake war gerade zwölf Jahre alt, als Jilian starb, und Josh erst acht. Ich glaube, für Josh war es besonders schlimm, weil er noch so klein war und es nicht wirklich verstehen konnte.»

«Für dich muss es auch sehr schlimm gewesen sein», erwiderte sie mitfühlend.

John schluckte und starrte einen Moment lang ins Leere. «Es ging alles sehr schnell ... ich weiß nicht, ob das gut oder schlecht war. Jilian war nie krank gewesen und plötzlich wurde sie immer dünner, blasser und schwächer. Als dann die Diagnose kam, war das furchtbar für die ganze Familie, denn bei uns waren Krankheiten bis dahin nie ein Thema gewesen.» Er schüttelte den Kopf. «Jilian war Dads Augenstern – das Mädchen unter drei Jungen –, er hat sehr gelitten, auch wenn er es nie zeigen wollte.»

«Wie ging es deiner Mom?»

Er holte Luft. «Mom war sehr tapfer und hat sich vor uns nie etwas anmerken lassen. Ich denke, dass sie uns damit nicht belasten wollte. Bei Jilian, Jake und Josh konnte ich es verstehen, denn sie waren ja noch Kinder, aber ich war erwachsen und ging aufs College.»

«Mit neunzehn Jahren ist man noch nicht wirklich erwachsen», widersprach Hanna sanft.

«Da hast du recht, aber ich wollte meine Eltern unterstützen und sie nicht damit alleinlassen. Mom hoffte sehr auf die ärztliche Behandlung und glaubte daran, dass Jilian wieder gesund werden würde.»

«Bekam sie Chemotherapie?» Hanna strich ihm über den Rücken und sah zu ihm auf.

John nickte, während sich seine blauen Augen verschleierten. «Wir haben uns alle testen lassen, um Knochenmark zu spenden, aber niemand von uns kam in Frage. Sie erhielt Bestrahlung und Chemo, aber ... aber es war schon zu spät. Meine Eltern haben Jilian nach Hause gebracht, ich habe mich vom College beurlauben lassen, um zu Hause zu sein, und wir waren alle bei ihr, als sie starb.»

«Das tut mir leid.» Hanna schluckte schwer. «Es muss schrecklich gewesen sein.»

«Ja, das war es auch.» Er lehnte sich ein wenig zurück. «Als ich wieder am College war, konnte ich mich wenigstens mit anderen Dingen ablenken. Für meine Eltern war es schlimmer, weil sie ständig von Freunden und Bekannten darauf angesprochen wurden. Alles erinnerte sie an Jilian und an die Krankheit. Dazu kam, dass sie sich besonders intensiv um Jake und Josh kümmern mussten, weil beide ziemlich durcheinander waren. Wann immer ich mit ihnen telefonierte, merkte ich, dass meine Eltern nicht sie selbst waren. Als ich Semesterferien hatte, fuhr ich nach Hause und passte auf die beiden Jungs auf, während meine Eltern eine lange Reise machten. Danach ging es ihnen nach und nach besser.»

Hanna verfluchte die Tränen, die wieder in ihr aufsteigen wollten. Sie schluckte schwer und fragte mit heiserer Stimme: «Denkt ihr noch oft an Jilian?»

Nun lächelte John sogar ein wenig und erklärte: «Jedes Jahr an ihrem Geburtstag zündet meine Mom eine Kerze für sie an, und wir kommen nach Hause, um uns Geschichten über sie zu erzählen. Hanna ...» Er senkte den Kopf zu ihrem Ohr und küsste sie sanft darauf, während er sie fester umarmte. «Du musst nicht weinen.»

«Es ist eine traurige Geschichte», schniefte sie. «Und es tut mir leid, dass du so hast leiden müssen.»

John lächelte an ihrer Schläfe. Sie wusste nicht, wie viel ihm ihre Anteilnahme bedeutete, aber ihn machte es unglaublich glücklich. «Es ist schon lange her. Wir sind alle sehr froh, dass wir Jilian hatten.»

Hanna schniefte ein letztes Mal und schenkte ihm ein kleines Lächeln. «Du musst eine tolle Familie haben.»

«Das stimmt.» Er grinste nun. «Mein Dad hat bald Geburtstag, und ich wollte dich fragen, ob du mich zu ihnen begleiten willst.»

Hanna starrte ihn verwirrt an. «Du willst, dass ich mit zum Geburtstag deines Dads komme?»

«Natürlich!» John verlagerte sein Gewicht auf das linke Bein. «Alle werden da sein, und ich habe an dem Wochenende frei. Wir nehmen einen Flug nach Ohio und bleiben zwei Tage. Dann kannst du die ganze Familie kennenlernen, und ich zeige dir, wo ich aufgewachsen bin.»

Zögerlich biss sie sich auf die Lippen. «John ... ich würde gern deine Familie kennenlernen, aber ... aber meinst du wirklich, dass das eine gute Idee ist?»

Seine Stirn legte sich in Falten, und er sah Hanna nachdenklich an. «Du scheinst nicht gerade begeistert zu sein.»

Hanna schluckte. «Das ist es nicht ...»

«Was ist es denn dann?» Seine Stimme klang ein wenig gereizt, und Hanna holte innerlich Luft. Wie sollte sie ihm klarmachen, dass sie es ein wenig übereilt fand, wenn er sie nach wenigen Wochen schon zu seinen Eltern mitnehmen wollte? Sie hatte Angst, dass seine Eltern sie nicht mochten, sondern auch der Meinung waren, dass sie nicht gut genug für ihn war, wie es in der Zeitung ständig kolportiert wurde.

Sie spürte, dass er sie losließ und einen Schritt nach hinten machte. «Du kannst mir sagen, wenn du nicht mitkommen willst.» Er klang nun völlig emotionslos.

«John ...» Sie schüttelte den Kopf. «Merkst du nicht, dass ich unsicher bin? Ich habe Angst, dass deine Eltern mich nicht mögen werden ...»

«Wie kommst du denn darauf?»

Hanna schnaubte. «Erst gestern stand in der Zeitung, dass ich ...»

«Hanna!» Er stöhnte frustriert auf. «Ich habe dir schon einmal gesagt, dass niemand, den ich kenne, Wert darauf legt, was in einer Zeitung steht! Meine Eltern lesen solch einen Schund überhaupt nicht, sondern möchten einfach die neue Freundin ihres Sohnes kennenlernen.»

Sie wollte ihm nicht sagen, dass sie auch ohne die öffentliche Meinung Angst davor hatte, was seine Eltern wohl von ihr hielten. Sie war ganz anders als die hübschen Ehefrauen und Freundinnen von Johns Kollegen oder Spielern. Vermutlich erklärten sie ihren eigenen Sohn für verrückt, wenn er ihnen Hanna vorstellte.

Sie war ja selbst immer noch verwirrt darüber, dass John sie seine Freundin nannte und so auch anderen Menschen vorstellte.

Da er immer noch mit ruppiger Miene vor ihr stand, seufzte sie innerlich auf und wusste, dass sie jetzt nicht feige sein durfte. Ein Wochenende bei seinen Eltern würde sie schon nicht umbringen. Sie würde sich von ihrer besten Seite präsentieren und versuchen, seine Eltern von ihrer Ehrlichkeit in Bezug auf ihren Sohn zu überzeugen, überlegte sie und kramte ihren Kalender aus ihrer Tasche.

«Was machst du da?»

O ja, er war wirklich gereizt.

«Ich notiere mir nur das Datum der Geburtstagsfeier.»

John war noch immer nicht milde gestimmt. «Du musst nicht mitkommen, wenn du nicht willst.»

«Verdammt, John!» Sie starrte ihn zornig an. «Du bist doch sonst so sensibel! Merkst du nicht, dass ich nervös bin und mich davor fürchte, was deine Eltern von mir halten? Auch wenn es für dich eine völlig normale Situation wäre, die Eltern deiner neuen Freundin kennenzulernen, habe ich damit so gut wie keine Erfahrung!»

Obwohl er plötzlich grinsen musste, war sie doch noch immer eingeschnappt und versteifte sich, als er sich an sie schmiegte und den Kopf an ihren Nacken senken wollte. Hanna zog die Schultern hoch und drehte das Gesicht beiseite.

«Nein, lass das! Ich will nicht mit dir reden!»

John lachte laut auf. «Merkst du denn nicht, dass ich jetzt nicht reden will?»

«Oh!» Wütend starrte sie ihn an. «Sex kommt nicht in Frage! Nicht jetzt!»

Er grinste diabolisch und wollte sie küssen, doch Hanna versetzte ihm einen Schlag auf den Oberarm.

«Aua! Wofür war das denn?»

«Du bist unsensibel und nimmst mich nicht ernst.»

«Und wie ernst ich dich nehme!» Er schnaubte und rieb sich über den Oberarm.

«Tust du nicht! Sonst hättest du mir versichert, dass ich keine Angst vor deinen Eltern zu haben brauche …»

«Brauchst du auch nicht!»

«Das hast du gerade aber nicht gesagt, sondern wolltest Sex haben.»

«Hanna!» Er starrte stöhnend an die Decke. «Meine

Eltern fragen mich ständig über dich aus, sie haben mich ins Gebet genommen – zumindest meine Mom –, weil sie dich noch nicht kennen, und sie sind wahnsinnig neugierig ...»

«Jetzt geht es mir schon viel besser!»

Er warf die Hände in die Höhe. «Glaubst du tatsächlich, dass sie weniger in dich vernarrt sein werden als ich?»

Als sie ihn überrascht ansah, fragte er leicht gereizt: «Was ist denn jetzt schon wieder los?»

«Nichts.»

«Von wegen! Und wenn wir schon einmal dabei sind – ich habe selbst so gut wie keine Erfahrung darin, Eltern von Freundinnen kennenzulernen ...»

Hanna schnalzte mit der Zunge.

«Das kannst du ruhig glauben», versicherte er mit glühenden Augen.

«Du hast gut reden, schließlich lerne ich deine Eltern kennen und nicht umgekehrt.»

«Nenn mir den Geburtstag deiner Mom, und ich buche Flüge für uns!»

Erstaunt blickte sie ihn an. «Das würdest du tun?»

Doch er angelte bereits sein Handy von dem Tresen. «Also, wann ist ihr Geburtstag?»

«John!» Schockiert lachte Hanna auf.

«Was ist?» Er sah sie herausfordernd an. «Nenn mir ein Datum, an dem du nach England fliegen willst, und ich buche für uns.»

Als sie nicht antwortete, schnaubte er. «Von mir aus

können wir auch deinen Dad besuchen und nach Frankreich fliegen. Es hat mich sowieso schon immer gereizt, Schnecken und Froschschenkel zu kosten.»

«Schnecken schmecken furchtbar.»

«Wenn du das sagst.» Er sah sie immer noch fragend an. «Was ist jetzt?»

Hanna seufzte. «Meine Mom hat erst in fünf Monaten Geburtstag.»

«Und?»

«Das ist eine ziemlich lange Planung für jemanden, mit dem ich erst seit einigen Wochen zusammen bin.»

John sah aus, als würde er gleich die Geduld verlieren. «Hanna, ich möchte dich meinen Eltern vorstellen, ich habe dir Freunde, Bekannte und Arbeitskollegen vorgestellt, und mittlerweile wohnen wir fast schon zusammen ...» Als er sah, dass sie ihn unterbrechen wollte, schüttelte er rigoros den Kopf. «Worum geht es hier eigentlich?»

Sie seufzte und hob die Arme. «Ich weiß es selbst nicht genau.»

«Dachte ich mir.» Er runzelte die Stirn. «Mach es nicht so kompliziert. Lass uns zum Geburtstag meines Dads fahren. Ich zeige dir meine Heimatstadt, stelle dich meiner Familie vor, und in meinem früheren Kinderzimmer falle über dich her.»

Ihre Augen wurden kreisrund. Lachend wich er dem nächsten Schlag aus.

«So, da wären wir.» John parkte vor einem hübschen Haus mit einer breiten Veranda und schaltete den Motor aus.

Hanna starrte auf den gepflegten Vorgarten und das freistehende Haus, neben dem eine große Garage und viele Bäume standen. Auf dem Weg vom Flughafen in Johns Heimatstadt waren ihr viele schöne Häuser und wunderschöne Gärten aufgefallen. Sein Elternhaus war ebenfalls ein richtiges Schmuckstück mit zwei Etagen und überaus großzügig gebaut.

«Kopf hoch.» Amüsiert sah John zu ihr herüber. Hanna erwiderte seinen Blick stumm, doch John schien bester Laune zu sein, beugte sich zu ihr und küsste sie zärtlich auf den Mund. «Es wird alles wunderbar laufen, Schatz. Mach dir bloß keine Sorgen.»

Er hatte leicht reden, dachte Hanna, als sie ausstieg und die beiden Geschenke umklammerte, während John ihre Taschen aus dem Kofferraum des Mietwagens holte. Während des Flugs hatte sie sich wieder einmal den Kopf zerbrochen, wie sie es anstellen konnte, dass Johns Familie sie mochte. John dagegen verschwendete anscheinend keinen Gedanken daran, schließlich hatte er gemütlich neben ihr im Flugzeug gesessen, Snacks gegessen und in einem Sportmagazin geschmökert.

Sie ging neben ihm zur Eingangstür, die er einfach öffnete, da sie nicht verschlossen war, ehe er drinnen ihre Taschen abstellte.

«Hallo? Jemand zu Hause?» Fürsorglich nahm er Hanna

die Jacke ab und hängte sie in einen Garderobenschrank. Sie stand in einem Flur, der mit Teppichen ausgelegt war und an dessen Wänden Bilder und Fotos hingen. Überall dominierte helles Holz die überaus freundlich wirkende Einrichtung. John zog seine Lederjacke aus und legte sie über das Treppengeländer.

«John?», erklang eine helle Stimme fragend aus dem hinteren Teil des Hauses.

«Ja, Mom! Wir sind da.» Er schob Hanna weiter und bemerkte grinsend, dass sie die beiden Geschenke wie Schutzschilde an ihre Brust presste. Normalerweise machte sie kein Aufhebens um ihr Aussehen, aber heute hatte sie sich besondere Mühe gegeben, trug dunkle Hosen, eine hellgrüne Bluse, Perlenohrringe, hatte sich ihr Haar zu einer kunstvollen Frisur geflochten und dezentes Make-up aufgelegt.

«Ich dachte, dass ihr erst in einer Stunde kommen würdet», erklang wieder die Stimme seiner Mutter, als John und Hanna die riesige Küche des Hauses betraten. Margaret Brennan stand neben einer großen Kochinsel und trocknete sich gerade die Hände ab. Sie blickte die beiden an und lächelte breit. Sie war etwas größer als Hanna mit einer schlanken Figur, einem herzförmigen Gesicht und den betörenden Grübchen, die Hanna bereits von John kannte.

Obwohl sie in der Küche arbeitete, darauf ließen die köstlichen Gerüche schließen, war sie in eine elegante graue Hose und ein pinkfarbenes Top gekleidet, das der neuesten Mode entsprach. An den Füßen trug sie jedoch bunte Flipflops, die mit Muscheln bedeckt waren. Ihr herzliches Lachen, mit dem sie ihre Gäste bedachte, nahm Hanna schlagartig jegliche Panik.

«Es ging alles ziemlich schnell mit dem Mietwagen», erklärte John und schob Hanna weiter nach vorn. «Mom, das ist Hanna.»

«Freut mich sehr, Sie kennenzulernen, Mrs. Brennan.» Hanna reichte ihr die Hand und lächelte freundlich. Johns Mom dagegen schüttelte nur den Kopf und legte Hanna einen Arm um die Schulter.

«Schön, dass John dich endlich mal mit nach Hause gebracht hat, Schätzchen. Ich bin fast umgekommen vor Neugierde. Also, mein Name ist Maggie, und ich möchte, dass du dich ganz wie zu Hause fühlst, Liebes. Hast du Hunger oder Durst? Möchtest du dich ausruhen?»

Hanna schüttelte den Kopf. «Nein, danke. Mir geht es wunderbar.»

«Fein.»

«Hey, bekomme ich keine Willkommensumarmung?», entrüstete sich John hinter ihnen.

Maggie schnaubte, küsste ihn jedoch auf die Wange. «Jake und Dad sind noch angeln, und Josh ist bei seinen Kumpels. Du gehst am besten nach oben und bringst eure Taschen hoch. Hanna und ich werden uns in der Zwischenzeit ums Abendessen kümmern.»

John murrte und verdrehte die Augen, während er Hanna beide Geschenke abnehmen wollte.

«Oh, das nicht! Das mit der blauen Verpackung kannst du ruhig mitnehmen, aber das hier ist für deine Mom.»

«Geschenke!» Maggie grinste breit. «Los, los, John. Ich fresse sie schon nicht auf.»

Als John aus der Küche verschwand, rief er noch: «Wenn sie zu nervig wird, ruf einfach nach mir, Schatz!»

Hanna errötete unweigerlich. Sie wusste nicht, ob dies wegen des Kosenamens passierte oder weil er sich seiner Mom gegenüber ein wenig rüpelhaft benahm.

«Das mit dem Abendessen war natürlich nur ein Scherz. Setz dich ruhig, und wir unterhalten uns ein wenig.»

«Ich würde gern helfen, wenn ich darf.» Hanna legte Johns Mutter das Geschenk hin. «Ich hoffe, Sie können es gebrauchen, Mrs. Brennan.»

«Maggie.» Sie lächelte charmant. «Sag einfach Maggie zu mir, ja?» Sie öffnete vorsichtig das Papier und holte zwei Kochbücher hervor.

«John hat mir erzählt, dass du unglaublich gern und gut kochst. Da habe ich beschlossen, ein deutsches und ein französisches Kochbuch in englischer Sprache mitzubringen.»

«Das ist ein fabelhaftes Geschenk. Wirklich!» Maggie legte Hanna eine Hand auf den Arm und drückte ihn liebevoll. «Vielen Dank. Vielleicht können wir zusammen mal das eine oder andere Rezept ausprobieren, und du zeigst mir ein paar Tipps und Tricks.»

«Gern.» Hanna sah sich in der tollen Küche um. «Das

ist mit Abstand die schönste Küche, die ich seit langem gesehen habe. Womit soll ich denn anfangen?»

«Wenn du möchtest, könntest du einen grünen Salat machen. Die Zutaten findest du im Kühlschrank.» Maggie schälte gerade Kartoffeln. «Mir hat John auch erzählt, dass du gern kochst. Er war voll des Lobes über deine selbstgemachte Pasta.»

Hanna errötete kurz, als sie erkannte, dass John seiner Mutter viel über sie erzählt zu haben schien.

«Ehrlich gesagt musste ich ihm das meiste aus der Nase ziehen», amüsierte sich seine Mutter. «Ich weiß fast gar nichts über dich, nur dass du aus England kommst, aber eigentlich halb Deutsche, halb Französin bist und an deiner Doktorarbeit schreibst.»

Hanna lächelte amüsiert. «Es ist alles richtig.»

«Nun ja, ich war absolut begeistert, als John anrief und mir sagte, dass er dich mitbringen würde.» Sie seufzte. «Jamie ist viel gelassener als ich – du wirst es selbst bald sehen. Als John uns anrief und nebenbei von dir erzählte, als sei es nichts Besonderes, dass er eine neue Freundin hat, wollte ich ihn am liebsten ausquetschen, aber Jamie meinte, er würde dich uns noch früh genug vorstellen.»

Hanna wusste nicht so recht, was sie antworten sollte, und meinte verlegen: «John und ich sind ja noch nicht sehr lange zusammen.»

«Lange genug, dass er dich mit hergebracht hat», erwiderte Maggie fröhlich. «Ich hoffe nur, dass es dir bei uns nicht zu viel wird. Heute Abend sind wir nur zu sechst, aber morgen kommen noch einige Onkel, Tanten und Cousinen der Jungs zu Besuch. Für morgen haben wir deshalb auch Catering bestellt, weil ich keine Lust hatte, für so viele Personen zu kochen.»

Obwohl Hanna nicht ganz wohl zumute war, wenn sie an eine riesige Familienparty dachte, lächelte sie Maggie an. «Das hört sich doch toll an. Ich mag Familienfeste, weil man dann alle trifft, was ja sonst allzu selten passiert.»

«Hast du eine große Familie?»

Hanna schnitt den Salat klein und nickte schmunzelnd. «Ehrlich gesagt habe ich sogar zwei Familien.» Auf einen fragenden Blick von Maggie erklärte sie: «Meine Eltern haben sich früh scheiden lassen. Meine Mom lebt mit meinem Stiefvater in England. Sie haben ein Zwillingspaar bekommen, als ich ein Teenager war. Mein Stiefvater hat eine ziemlich große Familie, die über ganz England verteilt ist und mit der wir uns sehr gut verstehen. Die Familie meines Vaters lebt in Frankreich – in der Provence –, dort habe ich eine Tante und vier Onkel, die alle viele Kinder haben. Mein Vater hat keine anderen Kinder mehr und arbeitet im Ausland, daher sehe ich ihn auch nicht regelmäßig, aber wir halten immer Kontakt zueinander.»

«Ich finde es faszinierend, dass deine Familie über mehrere Länder verteilt ist.»

Lachend erwiderte Hanna: «Ich habe auch noch einige Großtanten und Großonkel in Deutschland, die meine Mom und ich ab und zu besuchen.»

«Kommst du nicht mit all den Sprachen durcheinander?»

«Na ja …» – Hanna gab den Salat in eine Schüssel –, «bis ich ein Teenager war, habe ich eigentlich nur Deutsch gesprochen und konnte gebrochen Französisch sprechen. Englisch lernte ich natürlich auch in der Schule, aber dann zog meine Mom mit mir nach London, und dort habe ich es richtig und sehr schnell gelernt. Später habe ich als Au-pair in Frankreich gearbeitet, weil ich mich besser mit der Familie meines Vaters verständigen können wollte.»

Maggie seufzte. «Ich hatte für ein Jahr auch Französisch in der Schule, habe aber leider alles wieder vergessen. Ich fand diese Sprache sehr romantisch!»

«Romantisch?» Eine amüsierte männliche Stimme erklang hinter den beiden.

«James», schimpfte Maggie. «Du hast uns fast zu Tode erschreckt!»

«War nicht meine Absicht.» Er beäugte Hanna freundlich. «Und du musst Hanna sein, nicht wahr? Ich dachte mir schon, dass ihr da seid, als ich das fremde Auto vor der Tür gesehen habe!»

Sie nickte und starrte ihn verwundert an, da John fast genauso wie sein Dad aussah, nur dass dieser keine Grübchen beim Lächeln zeigte. «Nett, Sie kennenzulernen. Ich würde Ihnen gern die Hand geben» – sie deutete entschuldigend auf ihre Hände und die Zwiebel, die sie gerade schnitt –, «aber ich fürchte, das geht im Moment nicht.»

Maggie rümpfte die Nase. «Liebling, du stinkst nach Fisch! Geh bitte nach oben unter die Dusche, bevor du dich der Freundin deines Sohnes richtig vorstellst, sonst vergraulst du sie noch!»

James sah an sich hinab und runzelte die Stirn. Er trug verwaschene Blue Jeans, einen Pulli mit einem Halstuch und Gummistiefel an den Füßen. Hanna hätte beinahe gekichert.

«Dafür haben Jake und ich auch vorzügliche Beute gemacht.»

«Wunderbar», gratulierte ihm seine Frau mit einem leicht genervten Augenrollen. «Wir wollen bald essen, also beeil dich bitte ein bisschen.»

«Okay», murmelte er und zwinkerte Hanna belustigt zu. «Ich wusste gar nicht, dass ich einen Drachen geheiratet habe.»

«Ab mit dir!»

«Aye, aye, Sir», erwiderte er und verschwand aus der Küche.

Maggie sah ihm mit einem zärtlichen Gesichtsausdruck nach. «Dieser Mann macht mich noch verrückt», kommentierte sie, während sie die Suppe umrührte. «Und die Jungs kommen ausnahmslos nach ihm.»

Hanna senkte den Kopf, während sie das Dressing über den Salat goss, und erklärte lächelnd: «Über John kann ich mich nicht beklagen.»

«Niemand kann sich über John beklagen.» Seine Mutter seufzte. «Als er ein kleiner Junge war, bin ich beinahe verrückt geworden. Er war nur lieb, hat sich nie geprügelt, nie Streit gehabt und kam mit jedem gut aus.»

«Ist das etwa schlecht?»

«Ganz und gar nicht», erwiderte Maggie. «Als er anfing, Football zu spielen, habe ich fast einen Herzinfarkt bekommen, weil ich Angst hatte, dass die Gegenspieler ihn niedermachen könnten. Zum Glück ist das nie vorgekommen, denn er lernte schnell, sich durchzusetzen.»

«Hat er denn nie mit anderen Kindern gebalgt?»

«Nicht wirklich ... das heißt ... einmal hat er sich tatsächlich geprügelt. Damals war er sechzehn Jahre alt und hat sich mit einem Schulkameraden geschlagen.» Sie lächelte sanft. «James und ich waren ihm jedoch nicht böse. Sein Schulkamerad hatte vor anderen Jungs geprahlt, dass er mit Jilian ein Rendezvous plante und darauf wettete, sie dabei nackt zu sehen. John bekam es mit, woraufhin es eine regelrechte Schlägerei in der Umkleidekabine der Schule gab. Obwohl wir ihn hinterher natürlich ins Gebet nahmen, war ich sehr stolz auf ihn.»

«Wenn Brüder ihre Schwestern verteidigen, wäre ich als Mutter bestimmt auch sehr stolz.» Hanna unterdrückte ein Lachen, als sie sich John vorstellte, der die Tugend seiner Schwester verteidigte.

Ein wenig erstaunt wollte seine Mom wissen: «John hat dir von Jilian erzählt?»

«Ja, erst vor kurzem.» Hanna blickte sie unschlüssig an und murmelte: «Es ist eine furchtbare Geschichte, und es tat mir sehr leid, davon zu hören.»

«Danke», antwortete Maggie ehrlich. «Es war tatsächlich eine schwere Zeit. Vor allem für die Jungs.» Sie seufzte. «Ich denke, dass John sehr darunter zu leiden hatte, auch wenn er es nicht zeigen wollte.»

Hanna sah Maggie mitfühlend an. «Genau dasselbe hat John mir über dich erzählt.»

«Er ist ein guter Sohn.» Sie schnitt eine Grimasse. «Und das sage ich nicht nur, um ihn vor dir in ein gutes Licht zu stellen. Die Wahrheit ist, dass Jilian seine geliebte kleine Schwester war und er immer das Gefühl hatte, auf sie aufpassen zu müssen. Bei Jake und Josh war es etwas anderes, weil sie jünger waren, aber John fühlte sich verantwortlich für Jilian. Als sich herausstellte, dass sein Knochenmark nicht für eine Transplantation in Frage kam, war er am Boden zerstört.»

Hanna konnte sich gut vorstellen, wie sehr John darunter gelitten hatte, denn das Thema war ihm ziemlich nahegegangen.

«Nun ja ...» Maggie lächelte und machte sich daran, Bratensaft über das Fleisch zu gießen, bevor sie es in den Backofen schob. «Lassen wir das Thema lieber bleiben. Also, wir sind mit der Vorbereitung so gut wie fertig. Ich denke, dass wir in einer halben Stunde essen können.»

«Soll ich den Tisch decken?»

Maggie schüttelte den Kopf. «Nein, das sollen Josh und Jake machen, wenn sie kommen.»

«Oh.»

«Das ist bei uns Tradition», erklärte Maggie und hängte

ein Handtuch weg, bevor sie eine Küchenuhr stellte. «Die beiden mussten schon den Tisch decken, als sie noch klein waren. Bis heute machen sie es, ohne dass sie aufgefordert werden müssen. Sehr nett.»

«Hmm ... das riecht aber schon gut.» John kam wieder in die Küche geschlendert und stellte sich hinter Hanna, um über ihre Schulter in die Salatschüsel zu schauen.

«Ich hoffe, du hast dich auf Krustenbraten gefreut.» Maggie beobachtete entzückt, wie ihr Sohn seiner Freundin einen Kuss auf die Schläfe drückte. «Natürlich mit allem Drum und Dran.»

«Mom, du brauchst doch nicht stundenlang in der Küche zu stehen, wenn wir zu Besuch kommen. Apropos, ich habe gerade Josh und Jake gesehen, die vor der Garage Fische ausnehmen.» Er rümpfte die Nase.

Maggie seufzte gequält auf. «Dann stinken sie gleich nach Fisch.»

«Da bin ich mir ziemlich sicher.»

«Wunderbar. Ich gehe kurz nach draußen und regele das. Warum zeigst du Hanna nicht euer Zimmer, bevor wir essen? In einer halben Stunde können wir anfangen.»

John führte Hanna nach oben und flüsterte verschwörerisch: «Eine halbe Stunde? Das könnte funktionieren.»

Hanna kommentierte seine Worte mit einem gespielt strafenden Blick und folgte ihm in ein gemütlich eingerichtetes Zimmer, dessen Tür er hinter ihnen schloss. Auf dem breiten Bett entdeckte sie ihre Tasche sowie Johns Gepäck. Während John beides auf den Boden stellte, sah sie sich neugierig um, konnte jedoch keine Erinnerungsstücke an seine Jugendzeit finden, da es ganz so aussah, als wäre sein früheres Zimmer in ein Gästezimmer umfunktioniert worden. Sie trat an das große Fenster und schob den weißen Vorhang ein wenig zur Seite, um in den weitläufigen Garten zu blicken, in dem ein gepflegter Teich angelegt war.

«Und?»

Fragend blickte Hanna zu John, der neben dem Bett stand und beide Hände in den Hüften abstützte.

Mit einem Grinsen wollte er wissen: «Hast du es überlebt?»

«Das ist nicht witzig, John.» Leider verloren ihre Worte jede Wirkung, weil sie ebenfalls lachen musste. Erleichtert ließ sie sich auf der gepolsterten Fensterbank nieder und streckte beide Beine von sich. «Deine Mom ist ein Schatz.»

«Warte erst ab, bis du ihren Braten probiert hast.» Er seufzte genießerisch, streckte sich auf dem Bett aus und verschränkte entspannt beide Hände hinter seinem Kopf. Da er die Augen geschlossen hielt, hatte sie die perfekte Gelegenheit, ihn ausgiebig anzuschauen. Wie schon so oft hätte sie sich am liebsten gekniffen, um sich zu überzeugen, dass sie nicht träumte.

«Ich muss dich warnen, Schatz.» Er gähnte ein wenig und fuhr schläfrig fort: «Jake hat nur ein Thema – das Fischen. Er wird dir ein Ohr abkauen und es nicht einmal merken.»

Hanna erhob sich leise und krabbelte zu ihm aufs Bett, um sich an ihn zu kuscheln und den Kopf auf seine Brust zu betten. John stieß einen zufriedenen Laut aus und hielt ihre Hand in seiner fest.

«Ich habe vom Fischen noch weniger Ahnung als von Football», murmelte sie halb amüsiert, halb besorgt.

John schnaufte leise und drehte mit geschlossenen Augen den Kopf in ihre Richtung, um sie auf die Stirn zu küssen. «Schon okay. Ich liebe dich trotzdem.»

John unterhielt sich im Garten seiner Eltern mit einem Onkel und zwei seiner Cousins über die kommende Footballsaison. Sein Dad hatte großes Glück, dass sein Geburtstag in diesem Jahr an einem relativ milden Augustwochenende stattfand. Die Sonne schien, jedoch kletterten die Temperaturen gerade einmal auf sechsundzwanzig Grad. Den gutgelaunten Gästen, die sich im Garten verteilten, an aufgestellten Bartischen standen oder an der liebevoll gedeckten Gartentafel saßen, schien das gute Wetter zu gefallen.

Während John seinem Onkel Stan zuhörte, der begeistert von der Offense-Leistung der Arizona Cardinals schwärmte, fiel sein Blick auf Hanna, die wenige Meter von ihm entfernt neben seinem Bruder Josh saß und über etwas lachte, was Jake erzählte. Wenn er es nicht besser gewusst hätte, hätte er gedacht, dass seine Brüder versuchten, ihm seine Freundin auszuspannen, denn die beiden beschlagnahmten sie schon den ganzen Tag.

Morgens hatte Jake sie mit zum Angeln genommen und war nach vier Stunden mit einer strahlenden Hanna zurückgekommen, die stolz einen Fisch präsentierte, den sie selbst gefangen hatte. Als sie anschließend in der Dusche gestanden hatte, war John schon halbnackt gewesen, um sich zu ihr zu gesellen, wurde jedoch von Josh unterbrochen, der an die Zimmertür gehämmert hatte, um Hanna abzuholen, weil er ihr die alte Kirche zeigen wollte, die er gerade restaurierte.

Ihm war nichts übriggeblieben, als mitanzusehen, wie seine Familie Hanna vereinnahmte und ihre Zeit unter sich aufteilte, während er leer ausging. Nach dem gestrigen Abendessen, bei dem seine Mom Hanna jede noch so kleine Einzelheit aus ihrem Leben entlockt hatte, war sein Dad an der Reihe gewesen, der sich gemütlich mit ihr auf die Couch gesetzt hatte, um über ihren Job zu reden. Kaum war sie heute mit Josh zurückgekommen, hatte sie sich auch schon umziehen müssen, weil eine halbe Stunde später die ersten Gäste eingetrudelt waren. Da er selbst seine zahllosen Verwandten nur wenige Male im Jahr sah, hatte sich seit dem Partybeginn keine Gelegenheit ergeben, mit Hanna zu reden.

Zwar war John glücklich und froh darüber, dass seine ganze Familie einen Narren an Hanna gefressen zu haben schien, aber er hätte sie gern zwischendurch auch mal für sich gehabt.

Als hätte sie seinen Blick gespürt, hob sie den Kopf und sah ihm mit einem breiten Lächeln ins Gesicht. Er bemerkte zu spät, dass er wie ein verliebter Trottel zurücklächelte und angesichts ihrer fröhlichen Miene dahinschmolz, denn das lieferte seinen Cousins den Zündstoff, den sie brauchten, um sich über ihn lustig zu machen.

Kaum war er sie losgeworden, hielt ihn seine Großtante Moira auf, um ihm die Fotos ihrer Maine-Coon-Katzen zu zeigen, die sie «züchtete», was bei ihr bedeutete, dass sie ein paar dutzend Katzen hatte, die sich untereinander paarten und ständig für Nachwuchs sorgten.

Innerhalb der Familie wurde sie auch die verrückte Tante Moira genannt, weil sie ihren Katzen gern Kostüme nähte, die im Stil von *Vom Winde verweht* geschneidert waren. John konnte sich daran erinnern, dass er als Kind ein einziges Mal im Haus der verschrobenen Tante seines Vaters gewesen war und einen Eistee getrunken hatte, der ihn nahe an einen Diabetesschock gebracht hatte. Auf der Toilette war wegen der vielen Katzenklos kaum Platz gewesen. So dringend John damals den Eistee wieder loswerden wollte, hatte er es einfach nicht geschafft, weil eine der Katzen auf das Waschbecken gehüpft war und ihn minutenlang angestarrt hatte, während sie wie Scarlett O'Haras Haushälterin Prissy angezogen war. Damals als Zehnjähriger hatte John daran denken müssen, dass die arme Katze vermutlich nur auf die Gelegenheit gewartet hatte, dass jemand den Klodeckel hochklappte, damit sie sich ertränken konnte. Er hatte es ihr nicht verdenken können.

«Für das Jubiläum habe ich sogar Konföderiertenkostüme geschneidert», erklärte Tante Moira jetzt und zeigte ihm stolz das Bild einer Katze, die in einem grauen Blazer und mit einem Federhut bekleidet auf der Seite lag und sich dabei leckte.

Johns Pech war, dass er gerade an einem Bier genippt hatte, an dem er sich nun heftig verschluckte. Seine Großtante schien es nicht zu bemerken, da sie ein weiteres Bild hervorzog, auf dem zwei Katzen wie Scarlett O'Hara und Rhett Butler angezogen waren.

«Ahhhh», schwärmte sie entzückt. «Scarlett und Rhetts Hochzeit.»

«Tante Moira!» Johns Dad trat auf sie zu und schlang seinen Arm um die Schulter seiner verrückten Tante. «Maggie ist in der Küche und braucht etwas Hilfe.»

«Aber ich wollte John noch die Bilder meiner Kitten zeigen, die wie kleine Sklavenkinder angezogen sind.» Sie senkte die Stimme und murmelte verschwörerisch: «Du weißt schon: wie *Negerkinder.*»

John verschluckte sich prompt ein weiteres Mal und hätte seiner verwirrten Großtante gern erklärt, dass dies nicht der politisch korrekte Ausdruck war, doch glücklicherweise hatte niemand auf der Geburtstagsparty das Hin und Her mitbekommen, und schließlich wussten alle, dass die verschrobene Katzentante es nicht böse meinte, sondern einfach nicht ganz richtig im Kopf war.

«Ja, ja – ich weiß.» Sein Dad warf ihm über den grauhaarigen Lockenkopf hinweg eine Grimasse zu. «Zeig John die Bilder später. Außerdem kennt auch Maggie deine neuesten Fotos noch gar nicht! Geh doch in die Küche und zeig sie ihr.»

Sobald Tante Moira verschwunden war, prophezeite John: «Dafür wird dich Mom umbringen.»

«Ich habe heute Geburtstag!» Lachend ließ er sich auf eine abgelegene Gartenbank fallen und nippte an seinem Bier. «Da wird sich deine Mutter schon zusammenreißen.»

John gesellte sich zu ihm und ließ seinen Blick über die Gästeschar schweifen. «Ich bin mir nicht sicher, ob du mit heiler Haut davonkommst, wenn Mom erst einmal die Bilder von sich selbst leckenden Katzen in Militäruniformen gesehen hat.»

Sein Vater brach in ein volltönendes Lachen aus.

«Trotzdem danke, dass du mich gerettet hast. Vermutlich werde ich in den nächsten Tagen von Albträumen gequält, in denen verkleidete Katzen vorkommen.»

Die Männer stießen miteinander an und saßen für eine kurze Zeit still da. John wusste zwar, dass sein Vater vermutlich neugierig war, von seinem Sohn zu erfahren, wie seine Beziehung zu Hanna aussah, aber im Gegensatz zu seiner Mom, die immer mit der Tür ins Haus fiel, verhielt sich sein Dad zurückhaltender.

«Was hältst du von Hanna, Dad?»

Sein Vater sah ihn schmunzelnd von der Seite an. «Es ist doch viel wichtiger, was du von ihr hältst.»

John schnaubte in sein Glas und wartete darauf, dass sein alter Herr fortfuhr.

«Sie ist ein wundervolles Mädchen, John, aber das muss ich dir sicher nicht sagen.»

«Nein, musst du nicht.»

Mit einem kleinen Seufzer streckte sein Vater die Beine von sich und stellte seine Bierflasche neben einem Blumenkübel ab. «Du weißt, dass deine Mom enttäuscht war, als du dich von Chrissy getrennt hast.»

«Das ist ewig her, Dad.»

«Sicher. Und du weißt auch, dass ich Chrissy immer gemocht habe.» James Brennan legte den Kopf schief. «Dennoch war es nicht überraschend, dass es mit euch nicht geklappt hat. Wie geht es ihr überhaupt?»

«Gut, soweit ich weiß.» John lehnte sich zurück. «Ich habe sie schon seit einiger Zeit nicht gesprochen.»

Sein Dad fragte amüsiert: «Weiß Hanna eigentlich, dass du mit deiner Exverlobten noch befreundet bist?»

«Dad», stöhnte John gequält auf. «Chrissy und ich waren nie verlobt, das weißt du genau.»

«In der Zeitung stand aber etwas anderes.»

Wieder stöhnte John. «Fang du nicht auch noch an!»

Mitfühlend klopfte sein Dad ihm aufs Knie. «Ist es zwischen dir und Hanna etwas Ernstes?»

«Ja.» John blickte nach rechts und entdeckte Hanna in ihrem hellblauen Sommerkleid mit Kragen und einer dünnen Schärpe. Sie stand neben der besten Freundin seiner Mom und hielt ein Tablett mit kleinen Kuchen, während das Sonnenlicht auf ihr offenes Haar schien und Lichtreflexe zauberte. «Es ist etwas Ernstes.»

«Dann solltest du ihr vielleicht von Chrissy erzählen. Nur ein kleiner Tipp von einem glücklich verheirateten Mann, mein Sohn.»

John schnitt eine Grimasse, während sein Vater sich erhob und sich wieder seinen Gästen widmete. Mit zufriedener Miene bemerkte John, dass Hanna ihn entdeckt hatte und zu ihm eilte. Als sie sich neben ihn setzte, schlang er einen Arm um ihre Schulter und zog sie an sich.

«Wie war dein Tag?»

Mit vor Aufregung geröteten Wangen raunte sie: «Eine deiner Großtanten hat mir gerade das Foto eines kostümierten Katers gezeigt, der ...»

«Lass mich raten. Der Kater hat sich selbst die Eier geleckt.»

Sie verbarg das Gesicht an seinem Oberarm, während ihre Schultern vor Gelächter bebten.

Entschuldigend murmelte er: «Keine Sorge, dieser Wahnsinn ist genetisch nicht vererbbar.»

«Gut zu wissen», kicherte sie ausgelassen und legte eine Hand auf sein Bein. «Ich will nicht, dass unsere fünf Söhne Katzenkleiddesigner werden und wir inmitten von hundert sich selbst leckenden Katern leben müssen.»

Obwohl sie scherzte, verengte sich seine Kehle vor Glück, doch er murmelte belustigt: «Sechs Söhne, Hanna. Du verwechselst da etwas.»

«Stimmt.» Sie küsste ihn entschuldigend auf die Wange. «Sechs Söhne.»

Sein Mund vergrub sich in ihrem Haar, während er sich kläglich beschwerte: «Ich bin eifersüchtig auf meine eigenen Brüder!»

Lachend sah sie ihn an. «Warum?»

«Weil sie dich den ganzen Tag in Beschlag genommen haben.» Er murrte. «Nach deinem Ausflug mit Jake wollte ich mit dir Sex unter der Dusche haben, aber Josh hat mir einen Strich durch die Rechnung gemacht.»

Sie prustete leise los und schüttelte den Kopf. «Ich hätte niemals Sex mit dir in der Dusche deiner Eltern.»

«Du bist eine Spielverderberin!»

Sanft streichelte sie sein Bein und meinte geduldig: «Du musst nicht eifersüchtig auf deine Brüder sein.»

«Ach nein?»

Sie schüttelte den Kopf und lächelte selig. «Ihr drei seht euch zwar ungemein ähnlich, aber du hast einen entscheidenden Vorteil.»

«Dass ich nicht permanent nach Fisch stinke?», fragte er.

«Nein, die beiden haben keine Grübchen.»

«Soll das etwa heißen, dass du auf meine Grübchen stehst?»

«Und wie.» Hanna seufzte behaglich und schmiegte sich noch enger an ihn. «Danke, dass du mich mitgenommen hast.»

«Gern, Liebling.»

Plötzlich tauchten seine beiden Brüder vor ihnen auf und verdrehten grinsend die Augen.

John warf ihnen einen bitterbösen Blick zu. «Haut ab!»

Lachend zwinkerte Hanna nach oben und drückte Johns Bein.

Jake sagte: «Mom sucht nach Hanna.»

«Mir egal. Ich habe sie endlich einmal für mich, also verzieht euch.»

Josh schlug Jake auf die Schulter. «Charly hatte recht, Bruderherz. Aus John ist ein verliebter Trottel geworden. Lass uns lieber gehen.»

«Aber Mom will –»

John verengte die Augen. «Sagt ihr, der verliebte Trottel will mit seiner Freundin ungestört sein.»

Seine Brüder brachen in fröhliches Gewieher aus, doch John war noch nicht fertig. Er fixierte seinen jüngsten Bruder. «Außerdem kriegen wir beide Ärger, wenn du mich noch einmal störst, sobald ich mit meiner Freundin Sex haben will.»

«John!» Entsetzt starrte Hanna den beiden Männern hinterher, die sich mit einem dröhnenden Gelächter abgewandt hatten und nun wieder im Haus verschwanden.

«Die wären wir los.» John bemerkte ihren fassungslosen Blick und setzte ein strahlendes Lächeln auf, während er auf seine Grübchen zeigte. Zufrieden konnte er mit ansehen, wie sich ihre Miene veränderte, bis sie ein Grinsen nicht unterdrücken konnte.

8. Kapitel

Normalerweise war Hanna immer ein wenig nervös, wenn sie eine Vorlesung halten sollte, doch heute drehten sich ihre Gedanken einzig und allein um John. Er war vor zwei Nächten mit seinem Team nach Kalifornien geflogen, um dort das erste Spiel der Saison zu absolvieren, das in San Diego stattfinden sollte. Im Gegensatz zu ihr, die ein nervliches Wrack war, hatte er große Ruhe und Zuversicht ausgestrahlt, als er ihr einen Abschiedskuss gab. Gestern hatten sie nur kurz telefoniert, und am heutigen Abend fand für John dann das erste Spiel als Trainer und nicht als Spieler statt.

Hanna wollte sich die Übertragung mit Andie ansehen, die ihr die Einzelheiten erklären konnte, damit Hanna nicht völlig auf dem Schlauch stand. Zwar kannte sie mittlerweile die verschiedenen Spielerpositionen und auch einige Spielzüge, die ihr John gezeigt hatte, aber in der Praxis war es doch schwieriger, dem Spiel zu folgen, als es auf dem Papier den Anschein hatte. Das hatte sie jedenfalls herausgefunden, als sie sich mit ihm eines Abends die Aufzeichnung eines früheren Superbowl-Finales angesehen hatte, in dem John als Quarterback gewonnen hatte. Nach mehrfachem Betteln hatte sie sogar seine beiden Superbowl-Ringe bewundern dürfen, die er in seiner Kommode verwahrte. Mit einem Lächeln dachte sie daran, dass sie ihn davon hatte überzeugen können, nur mit beiden Ringen bekleidet zu ihr ins Bett zu schlüpfen.

Obwohl Hanna heute sehr früh in der Uni angekommen war, da sie nicht lange schlafen konnte, war ihr die Zeit durch die Finger geronnen, während sie versuchte, ein wenig Ordnung in ihr Büro zu bringen. Jetzt musste sie sich beeilen, nicht zu spät zu ihrer eigenen Vorlesung zu kommen. Zwar konnte sie sich nicht vorstellen, dass ihre Studenten es ihr übelnehmen würden, wenn sie ein paar Minuten später dran wäre, schließlich war es gerade einmal halb neun am Morgen, aber Hanna sputete sich trotzdem und wäre mit ihren bunten Turnschuhen beinahe ausgerutscht. Leider befanden sich alle guten Schuhe mittlerweile in Johns Wohnung, weshalb sie heute zu einem alten Paar roter Sneakers gegriffen hatte, die perfekt zu den verschlissenen Jeans passten, die sie in der untersten Schublade gefunden hatte. Alle anständigen Hosen waren entweder in der Wäsche oder ebenfalls bei John. Dummerweise hatte sie auch bei ihrer Oberbekleidung Konzessionen an ihren leeren Schrank und den vollen Wäschekorb machen müssen, weshalb sie nun ein grün kariertes Hemd trug, das sie an die Arbeitskleidung eines Holzfällers erinnerte.

Abgehetzt betrat sie den kleinen Vorlesungssaal und

schenkte einer Studentin in der vorderen Reihe einen freundlichen Blick.

«Entschuldigen Sie bitte meine Verspätung. Wir können sofort anfangen.» Hanna wühlte in ihrer Mappe und fand ihr Manuskript, das sie auf das Rednerpult legte. Da es etwas dämmrig in dem schlecht beleuchteten Raum war, wandte sie den Kopf Richtung Tür und bat: «Könnte jemand bitte das Licht einschalten?»

Als sie das erste Mal den Blick auf ihr Publikum richtete, runzelte sie die Stirn. Normalerweise blieb die letzte Reihe immer leer, heute war jedoch jeder Platz besetzt. Zusätzlich waren Stühle in den Raum gebracht worden, die ebenfalls alle belegt waren. An der rechten Seite mussten einige Studenten sogar stehen, weil sie keinen Platz mehr bekommen hatten.

Scherzhaft legte sie den Kopf schief, während über ihr die Neonröhren aufflackerten. «Der Kalte Krieg scheint sich großer Beliebtheit zu erfreuen. Einen Stuhl kann ich Ihnen noch anbieten …» Sie deutete auf den Stuhl hinter dem Pult, den sie nicht brauchte, da sie in den nächsten neunzig Minuten stehen würde. Niemand von den Studenten rührte sich, weshalb sie den Stuhl ein wenig beiseiterückte, falls jemand seine Meinung noch ändern sollte. «Wir werden heute über die sowjetischen Satellitenstaaten sprechen, deshalb sollten Sie sich überlegen, ob Sie sich nicht doch eine Sitzgelegenheit suchen wollen. Ich bin sicher, die beiden letzten Reihen können ein wenig zusammenrücken.»

Ein untersetzter Student, den sie aus ihrem Einführungskurs kannte, kämpfte sich nun nach vorn und nahm ihren Stuhl mit einem dankbaren Lächeln, das sie erwiderte, entgegen.

«Gut, dann wollen wir anfangen, damit nicht noch mehr Zeit verloren geht.» Sie senkte ihre Augen auf das Manuskript und räusperte sich, bevor sie wieder in den Raum schaute. «Satellitenstaaten basieren auf zwei Grundlagen: Abhängigkeit und Dominanz. Wenn wir über Dominanz sprechen, müssen wir selbstverständlich einen weiteren Akteur berücksichtigen, nämlich den –»

Sie unterbrach sich, weil jemand eine Hand hob.

«Miss Dubois?»

Ein dunkelhaariger Mann, den sie noch nie in einer ihrer Veranstaltungen gesehen hatte, erhob sich und hielt eine Zeitung in der Hand. «Was sagen Sie zu den Gerüchten um John und Christine Shaw?»

Ihr Magen krampfte sich zusammen, während ihr ein kalter Schauer über den Rücken lief. Verwirrt sah sie den Mann an und wich unweigerlich zurück. Sie versuchte das Zittern in ihrer Stimme zu unterdrücken. «Hören Sie. Dies ist eine universitäre Veranstaltung. Hier haben nur eingeschriebene Studenten Zutritt, also verlassen Sie bitte den Raum.»

«Ich hätte auch eine Frage!» Eine junge Frau sprang ebenfalls auf. «Stimmt es, dass sich John von Ihnen getrennt hat? Und wie kommen Sie damit klar?»

Hilflos blickte Hanna umher, während immer mehr

vermeintliche Studentinnen und Studenten mit Fragen um sich warfen. Sie konnte nicht begreifen, wie es die Presse geschafft hatte, sich Zutritt zur Uni zu verschaffen. Doch es waren ganz eindeutig Pressevertreter, die sich hier in ihrem Vorlesungsraum tummelten und handgroße Aufnahmegeräte in ihre Richtung hielten. Panisch fühlte sich Hanna ihnen ausgeliefert und schüttelte nervös den Kopf.

«Ich gebe keine Kommentare ab. Bitte verlassen Sie umgehend den Raum!»

«Hanna! Haben Sie das Foto von John und Christine gesehen? Was sagen Sie zu dem Kuss?» Die junge Reporterin wedelte triumphierend mit einer Zeitung, auf der ein unscharfes Foto abgedruckt war.

Hanna räusperte sich und verlangte nach Ruhe, was ebenso ignoriert wurde wie ihre erneute Aufforderung, den Raum zu verlassen. Sie zuckte zusammen, als plötzlich einer der Journalisten eine Kamera hervorholte und das Blitzlicht auslöste.

«Hören Sie damit auf!» Sie hielt sich die Mappe vor das Gesicht. «Ich rufe den Sicherheitsdienst, wenn Sie nicht verschwinden!»

Als es zu einem Getümmel kam, ließ sie die Mappe sinken und sah erschrocken, dass einer ihrer Studenten mit einem der Journalisten zu Boden ging und eine Prügelei begann.

Jemand aus der ersten Reihe sprang auf sie zu und hielt ihr die Zeitung unter die Nase, während ein anderer ein

Foto schoss. Hanna fuhr verwirrt zurück und versuchte, dem Kameraobjektiv auszuweichen.

«John hat sich gestern mit Christine getroffen ...»

«Schauen Sie hierher, Hanna!»

«Hanna ...!»

«Ein Kommentar, Hanna!»

Benommen nahm sie aus den Augenwinkeln wahr, dass eine ihrer Studentinnen hektisch den Raum verließ und laut nach dem Sicherheitsdienst rief, während die Schlägerei immer größere Auswüchse annahm. Hanna schob den aufdringlichen Journalisten samt seiner Zeitung beiseite und beugte sich hinab, um ihrem Studenten zu Hilfe zu eilen.

Als zwei von Schokokeksen abhängige Sicherheitsmänner in den Raum gewatschelt kamen, war das Chaos perfekt. Grob wurde Hanna von einem der Journalisten, die urplötzlich fliehen wollten und übereinanderfielen, umgestoßen und landete mit dem Jochbein an einer Stuhlkante.

«Wir können froh sein, wenn der Student nicht die Universität verklagt.»

Hanna biss sich auf die Innenseite ihrer Wange und verschob das Kühlkissen, das ihr die Sekretärin des Dekans gegeben hatte, an ihrer Schläfe. Sie war noch völlig benommen, hatte Schmerzen am Auge, das beängstigend anschwoll, und saß nun dem Dekan und sogar dem Universitätsrektor gegenüber, die beide eine sehr ernste

Miene machten und seit einer halben Stunde aufgebracht über den Vorfall während Hannas Vorlesung debattierten. Glücklicherweise saß neben ihr Professor Stewart, der sich die größte Mühe gab, die Wogen zu glätten, damit jedoch kaum Erfolg hatte.

Vor lauter Anspannung schmerzte Hannas Magen, und Übelkeit wallte in ihr auf. Sie wusste immer noch nicht, was eigentlich passiert war, denn die ganze Situation war wie im Film an ihr vorbeigezogen.

«Wie konnte so etwas überhaupt passieren?»

Professor Stewart entgegnete ruhig: «Wir müssen die Ausweiskontrollen an den Eingängen besser organisieren.»

«Wie stellen Sie sich das vor?» Der Rektor schüttelte betrübt den Kopf. «Wir haben nicht die Möglichkeit, gezielte Personenkontrollen durchzuführen.»

«Wissen Sie, was eine Verstärkung der Kontrollen kosten wird?» Auch der Dekan war in heller Aufregung.

Der Rektor ließ sich in seinem Stuhl zurücksinken. «Unsere Studenten müssen die Möglichkeit haben, in Sicherheit und Ruhe ihren Studien nachzugehen. Ein störungsfreier Lehrbetrieb muss gewährleistet sein. Das ist die oberste Prämisse.»

Der korpulente Dekan wischte sich mit einem Taschentuch über die verschwitzte Stirn. «Nicht auszudenken, wenn publik wird, dass in unserer Universität die Presse Vorlesungen stürmt und unsere Studenten in Prügeleien verwickelt werden.»

Hanna schluckte und räusperte sich hart. Ihr Schädel pochte. «Es tut mir außerordentlich leid, dass mein Student auf die unsinnige Idee kam, mich verteidigen zu müssen...»

«Hanna, Sie müssen sich nicht entschuldigen.» Begütigend tätschelte Professor Stewart ihr die Hand. «Sie trifft keine Schuld.»

Der Dekan schüttelte vehement den Kopf. «So einfach ist die ganze Angelegenheit nicht. Miss Dubois ist eine Person des öffentlichen Lebens geworden und steht im Fokus der Presse. Nach dem heutigen Vorfall können wir nicht sicher sein, dass sich so etwas nicht wiederholt.»

Hanna erstarrte sichtlich und blickte den Dekan fassungslos an. «Soll das bedeuten, dass Sie mich loswerden wollen?»

«Unsinn», schnaubte Professor Stewart. «Niemand will Sie loswerden, Hanna.»

Der Rektor mischte sich ein. «Wir möchten Sie nicht entlassen, aber wir halten es für besser, wenn Sie auf die restlichen Lehrveranstaltungen verzichten. Das Semester ist sowieso bald vorbei.»

«Was?» Sie schnappte nach Luft. «Aber meine Studenten...»

«Wir werden einen adäquaten Prüfungsersatz für Ihre Studenten finden», versicherte der Rektor. «Unter den gegebenen Umständen erscheint uns diese Lösung jedoch sicherer. Niemandem ist geholfen, wenn Ihre Veranstaltungen ein Sicherheitsrisiko darstellen.»

Hanna war kurz davor, in Tränen auszubrechen, und atmete japsend ein. «Lehrveranstaltungen abzuhalten ist eine Bedingung meines Stipendiums. Ich ...»

«Darum machen Sie sich jetzt keine Sorgen», tröstete Stewart und warf den beiden anderen Männern einen warnenden Blick zu. «Das Stipendium ist Ihnen sicher.»

«Richard ...» Der Dekan schüttelte den Kopf. «Das können Sie nicht allein entscheiden.»

«Hanna ist meine Doktorandin. Ich kann über das Stipendium verfügen und habe mich für sie entschieden. Sie bleibt Stipendiatin und wird bei mir promovieren. Es ist nicht Hannas Aufgabe, dafür Sorge zu tragen, dass die Veranstaltungen störungsfrei abgehalten werden können. Dafür sind Sie verantwortlich», verteidigte er sie.

Der Dekan versteifte sich. «Es ist noch gar nichts entschieden, aber wir müssen über die ganze Angelegenheit ausführlich beraten.»

«Das meine ich auch», mischte sich der Rektor ein und erhob sich, um seine Tweedjacke glatt zu streichen. «Miss Dubois wird sich in der nächsten Woche erholen und zu Hause bleiben. Währenddessen suchen wir nach einer Lösung.»

Hanna legte das Kühlkissen beiseite und schloss die Augen. Mit anderen Worten hieß dies, dass sie vorerst beurlaubt war.

Obwohl Hanna am nächsten Tag in ihrer Wohnung blieb, war sie dennoch auf dem Laufenden, was die Gerüchteküche um John und seine Exfreundin Christine Shaw betraf. Sobald sie den Fernseher, das Radio oder das Internet anschaltete, wurde über Johns Treffen mit ihr berichtet, weshalb Hanna es vorzog, alle Geräte ausgeschaltet zu lassen. Da sie sowieso enorme Kopfschmerzen hatte und ein blaues Veilchen ihr rechtes Auge zierte, vermisste sie es nicht besonders, in den Fernseher zu starren. Um sich ein wenig abzulenken, putzte sie ihre Wohnung, sortierte ihre Bücher und wollte sich eigentlich an die Dissertation setzen, um sich dann doch nur deprimiert ins Bett zu legen. Sie war beurlaubt worden und sollte in den kommenden Wochen keine Lehrveranstaltungen abhalten. Das bedeutete, dass sie kurz vor einem Rauswurf stand, der das Ende ihrer wissenschaftlichen Karriere bedeuten würde. Ihre Dissertation wäre damit gelaufen.

Hanna schluckte die aufsteigenden Tränen hinunter und rollte sich auf die andere Seite ihres Bettes. Als ihr Handy das fünfte Mal innerhalb von drei Minuten klingelte, nahm sie es vom Nachttisch und sah im Display eine unbekannte Nummer. Wieder schien irgendein aufdringlicher Reporter ihre Nummer herausgefunden zu haben. Wütend schaltete sie das Handy aus und legte es zurück. Auch wenn Andie oder ihre Mom anrufen sollten – Hanna war nicht in der Stimmung, mit irgendjemanden zu sprechen.

Sie wusste nicht, was sie tun sollte, wenn man ihr das Stipendium wegnahm und sie von der Uni verwies.

Sie wusste auch nicht, wie sie auf die Zeitungsberichte reagieren sollte, und hatte den Gedanken, dass John mit ihr Schluss machen könnte, in den letzten vierundzwanzig Stunden erfolgreich verjagt.

Die Fotos von ihm in einem intimen Restaurant, wie er die blondhaarige Christine umarmte und herzlich auf die Wange küsste, waren in allen Medien aufgetaucht und hatten Hanna fast wahnsinnig gemacht. Die beiden hatten sich anscheinend prächtig amüsiert, beieinandergesessen, gelacht, gegessen und sich mit Küssen voneinander verabschiedet. Sie waren ein umwerfendes Paar – beide blond, strahlend schön und hochgewachsen. Eine Nachrichtenagentur hatte sie bereits zu *Mr. und Mrs. America* gekürt.

Tief im Inneren wusste Hanna, dass John ihr das nicht antun würde, aber sie war verwirrt, verletzt und verwundbar, schließlich hackten Reporter und Fans seit Monaten auf ihr herum, nannten sie fett, altbacken, uninteressant und eine Goldgräberin.

Erschöpft von den vielen Gedanken und Sorgen, weinte sich Hanna in den Schlaf.

Einige Stunden später wurde sie wach und war anfangs absolut orientierungslos. Benommen fasste sie sich ins Gesicht und zuckte zusammen, als sie dort ihr geschwollenes Auge berührte. Erst das Geräusch einer sich öffnenden Haustür verriet ihr, was sie geweckt hatte. Mühsam kämpfte sie sich auf und blieb in ihre Decke gewickelt auf der Matratze sitzen.

«Hanna?»

Das Licht im Wohnzimmer wurde angeschaltet, während gedämpfte Schritte zu hören waren, die über den Teppich näher zu kommen schienen.

«Warum antwortest du nicht?» John stand plötzlich im Türrahmen und klang aufgebracht. «Und warum ist dein Handy ausgeschaltet? Hatten wir nicht verabredet, dass wir uns bei mir treffen? Ich wollte dich gestern nach dem Spiel anrufen, aber du warst nicht zu erreichen. Du weißt doch, wie wichtig das Spiel für mich war!»

Hannas Bitterkeit hatte ihren Höhepunkt erreicht, als sie seine vorwurfsvolle Stimme hörte. Mit heiserer Stimme schnauzte sie zurück: «Du hättest ja mit Christine darüber sprechen können!»

Er fluchte wütend auf. «Sag mir bitte nicht, dass du tatsächlich diesen Mist glaubst, der in den Zeitungen steht!»

«Woher soll ich wissen, was ich glauben kann?», warf sie ihm vor. «Ich weiß nur, dass es Fotos gibt, auf denen du sie küsst!»

«Ein harmloser Wangenkuss», tobte er.

«Ihr habt in einem Restaurant bei Kerzenlicht gessessen!»

Sie konnte ihn zornig schnauben hören. «Christine ist meine engste Freundin, Hanna. Da wird es ja wohl erlaubt sein, sie zu treffen.»

Ihre Stimme nahm ebenfalls an Lautstärke zu. «Du hast

bisher nie ein Wort über deine angeblich engste Freundin verloren!»

«Es ergab sich einfach keine Gelegenheit. Außerdem –»

«Hör doch auf, John!» Sie schüttelte den Kopf. «Wenn es so harmlos wäre, wie du es hier darstellst, hättest du mir doch vorher erzählen können, dass du sie triffst!»

«Chrissy war zufällig auch in San Diego.»

Für sie klang das nach faulen Ausreden, also biss sie die Zähne zusammen und schwieg.

«Dass du mir nicht vertraust, tut verdammt weh, Hanna! Das habe ich nicht verdient.»

Sie war selbst verletzt und spürte, wie sich ihre Kehle zusammenzog. Außerdem konnte sie kaum klar denken, weil sie immer noch höllische Kopfschmerzen hatte und ihr Auge zu explodieren schien. Erschöpft ließ sie die Schultern nach vorn sinken und vergrub den Kopf in ihren Händen. Obwohl sie kaum etwas gegessen hatte, war ihr furchtbar übel.

«Wie oft habe ich dir gesagt, dass du die Medienberichte ignorieren sollst!»

«Ich habe doch Augen im Kopf», antwortete sie dumpf.

«Verflucht, Hanna!» Er brüllte regelrecht los. «Es enttäuscht mich, dass du nach allem so etwas von mir denkst.»

Plötzlich wollte sie einfach nur allein sein und zog die Decke über ihre Schultern. «Dann geh doch.»

«Weißt du was?» Seine Stimme klang so hart wie nie zuvor. «Gute Idee!»

Endlich hob sie den Kopf in seine Richtung und sah nur noch seinen steifen Rücken, als er den Raum verließ. Blind vor Tränen, hätte sie ihn am liebsten zurückgerufen, brachte jedoch kein Wort über die Lippen.

Mit einem Mal stand er wieder im Türrahmen. Wegen der Dunkelheit im Schlafzimmer und wegen ihres verschwommenen Blickes konnte sie sein Gesicht kaum erkennen, doch seine Stimme klang wie ein Donnergrollen. «Du reagierst total irrational! Na schön, ich hätte dir früher von Christine erzählen sollen, aber da läuft nichts mehr zwischen uns. Seit unserer Trennung vor ein paar Jahren sind wir nur noch befreundet.»

Um nicht loszuschluchzen, schwieg Hanna und beobachtete, wie er sich unwirsch durch sein Haar fuhr. «Anstatt dich hier zu verbarrikadieren, hättest du mich einfach fragen sollen!»

Ihr Kinn bebte, während lautlose Tränen über ihre Wangen liefen. Sie wollte nicht schon wieder vor ihm weinen, konnte aber nichts dagegen tun.

«Ich finde es unmöglich, dass du so schlecht von mir denkst und mir Untreue vorwirfst, Hanna.» Frustriert zog John an der Kapuze seines Sweatshirts. «Verdammt, könntest du wenigstens antworten?»

John griff nach dem Lichtschalter, woraufhin es sofort hell wurde. «Wenn wir uns schon streiten, will ich dich wenigstens ansehen und ...» Er stockte, als er ihr gigantisches Veilchen und die geschwollenen Augen sah.

«Was ist passiert?»

Sie schluchzte ungehemmt los. «Ich werde … werde entlassen!»

«Was?» Verwirrt runzelte er die Stirn und setzte sich zu ihr auf die Bettkante. Als er sich ihr Auge ansehen wollte, drehte sie den Kopf beiseite.

John seufzte ärgerlich auf. «Lass mich bitte mal nachsehen.»

«Ich sehe furchtbar aus», heulte sie, ließ jedoch zu, dass er sich ihre Verletzung genauer ansah. Als er mit sanften Fingern über die blauen Verfärbungen fuhr, brach es aus ihr heraus: «Mike Tyson könnte mein Zwillingsbruder sein!»

Obwohl sie weinte, lächelte er und raunte amüsiert: «Dafür müssten wir dir erst einmal das Haar abrasieren und deine Schläfe tätowieren.»

Hannas ersticktes Lachen ging in ihrem Schluchzen unter. Er legte vorsichtig beide Arme um sie. Zitternd lehnte sie sich gegen ihn und versuchte, die Tränen wegzuwischen.

«Könntest du mir bitte erzählen, wie das mit deinem Auge passieren konnte? Und warum wirst du entlassen?»

Mit schmerzendem Kopf strich sie sich das Haar zurück und murmelte unglücklich: «Es gab einen Zwischenfall in der Uni.»

«Hat dich etwa jemand geschlagen?»

Auf seine aufgebrachte Frage hin schüttelte sie mutlos den Kopf und machte sich vorsichtig von ihm los. John ließ das zu, blieb jedoch dicht neben ihr sitzen und starrte auf ihren gesenkten Scheitel hinab. «Das Veilchen war ein Versehen. Ich wurde umgerissen und habe mir das Gesicht an einer Stuhlkante gestoßen.»

«Himmel», fluchte er los. «Was ist bei euch denn los gewesen?»

Hanna schluckte und verschränkte die Finger ineinander. «Meine Vorlesung war ein heilloses Durcheinander. Irgendwelche Reporter haben sich Zugang verschafft und saßen mit den Studenten im Hörsaal.»

«Wie bitte?» Er schnappte nach Luft. «Wie konnte das denn passieren?»

Müde hob sie die Schultern. «Das wüsste ich auch gern.»

Sie konnte hören, wie er geräuschvoll die Luft ausstieß. «Und dann?»

«Ich habe nicht einmal bemerkt, dass Reporter in meiner Vorlesung saßen, sondern habe mit meinem Vortrag begonnen. Plötzlich wedelten einige meiner angeblichen Studenten mit Zeitungen und Fotos umher, verkündeten, dass … dass du wieder mit deiner Exfreundin zusammen bist, und wollten Kommentare von mir hören, während sie Fotos schossen.» Sie seufzte tief.

«O Hanna …»

«Ich wusste überhaupt nicht, was ich tun sollte. Einer meiner Studenten geriet mit einem Journalisten aneinander und begann eine Prügelei. Die Sicherheitsmänner kamen in den Raum, die Journalisten wollten schnell abhauen, und dabei wurde ich umgerissen und fiel gegen den Stuhl.»

«Liebling...»

«Mir geht's gut», murmelte sie.

John legte eine Hand auf ihr Knie, um es tröstend zu streicheln. «Und weshalb kommst du auf die Idee, dass du entlassen werden könntest?»

«Der Rektor und der Dekan haben mich beurlaubt.» Sie schniefte. «Um solche Zusammenstöße zu vermeiden, darf ich keine Veranstaltungen mehr abhalten...»

«Was?» Er klang zutiefst empört und wurde stocksteif. «Nichts davon ist deine Schuld!»

«Das weiß ich.» Sie griff nach einem Taschentuch und schnäuzte sich vorsichtig. «Aber die Universitätsleitung meint, dass ich ein ... ein Sicherheitsrisiko darstelle. Ohne eine Beteiligung am Lehrplan werden sie mir wohl das Stipendium nehmen.» Ihre Stimme brach.

John begann zu fluchen und schüttelte den Kopf. «Mach dir darum keine Sorgen. Ich kümmere mich um das Problem.»

«Nein, John.» Hanna hob entschlossen den Kopf. «Das ist meine Angelegenheit.»

Sie merkte, dass ihm das nicht gefiel. «Hanna, ich kenne einige wichtige Leute, die –»

«Nein!» Sie schluckte die beißende Magensäure hinunter. «Ich will das allein regeln und mir nicht sagen lassen müssen, dass ich nur wegen Vitamin B meinen Job behalten durfte.»

«Jetzt mach mal einen Punkt! Der ganze Schlamassel wurde dadurch verursacht, dass die Sicherheitsvorkehrungen bei euch miserabel sind. Ich will mich nur mit dem richtigen Ansprechpartner darüber verständigen.»

«Und wenn es die Sache nur schlimmer macht?» Nervlich am Ende, rieb sich Hanna über die Stirn. «Meine Vorgesetzten sind sowieso schlecht auf mich zu sprechen! Deine Einmischung wird es nur komplizierter machen.»

Er umfasste ihre Schultern und sah ihr ernst ins Gesicht. «Hanna, du hast mich mit dieser Geschichte zu Tode erschrocken! Ich will nicht, dass Journalisten dich belästigen und in Gefahr bringen. Geht das in deinen Schädel?»

Ihr Mund verzog sich und bebte. «Und was ist, wenn ich meinen Job verliere?»

«Das passiert nicht. Ich verspreche es. Lass mich das bitte regeln, Hanna. Ich verstehe was von Öffentlichkeitsarbeit und Sicherheitsvorkehrungen.»

Sie seufzte auf und nickte widerstrebend. «Okay. Von mir aus.»

«Gut», entgegnete er befriedigt, um dann mit ernster Stimme zu sagen: «Chrissy und ich waren vor sechs Jahren ein Paar, Hanna.»

«John …» Ihre Stimme klang genauso müde, wie sie sich fühlte. «Ich kann jetzt nicht darüber reden.»

«Nein, lass mich das klären.» Sein Gesicht nahm einen höchst entschlossenen Ausdruck an. «Wir waren ein Jahr lang zusammen, haben uns in dieser Zeit jedoch oft nicht

sehen können. Sie arbeitet als Produzentin von Doku-
mentarfilmen und reist deshalb ständig in der Welt umher. Ich habe damals in Texas gespielt und war ebenfalls
immer unterwegs.» John seufzte auf. «Wir waren schon
vor unserer Beziehung befreundet, weil sie für einen
Aufklärungsfilm über Diskriminierung in der NFL verantwortlich war, bei dessen Produktion wir uns kennengelernt haben. Zwei Jahre später kamen wir zusammen
und haben uns gut verstanden, aber es hat einfach nicht
funktioniert, deshalb haben wir uns wieder getrennt,
sind jedoch Freunde geblieben.»

Hanna schluckte. «Einfach so?»

Fragend runzelte er die Stirn. «Was meinst du damit?»

«Ihr habt euch *einfach so* getrennt?»

«Ja, einfach so», wiederholte er ruhig. «Es gab kein
Drama, keine Streitereien und keine dreckige Schlamm-
schlacht. Es hat zwischen uns nicht funktioniert, was wir
beide erkannt haben.»

Ungläubig rief sie aus: «Aber sie ist perfekt!»

Belustigt lachte er auf und strich ihr über den Rücken.
«Ach ja? Und woher willst du das wissen?»

Errötend zuckte sie mit der Schulter. «Sie ist wunderschön, schlank, graziös …»

«Sie wird sich sicher freuen, dass sie einen neuen Fan
hat.»

«Hör auf, dich über mich lustig zu machen.» Hanna
sah ihn aus blitzenden Augen an, auch wenn eines davon
sichtlich zugeschwollen war.

«Hanna, ich verstehe nicht, was du mir sagen willst. Worum geht es hier?»

Deprimiert sah sie der Wahrheit ins Auge und gestand rau: «Du bist John Brennan. Superstar und Footballlegende. Der netteste Mensch, den ich je kennengelernt habe. Männer wie du sind nicht mit Frauen wie mir zusammen, sondern nehmen sich wunderschöne Supermodels oder berühmte Schauspielerinnen zur Freundin. Chrissy ist so eine Frau. Und ich bin das nicht.»

Als er nicht antwortete, schnürte sich ihre Brust zusammen. Sie hatte gewusst, dass sie recht hatte. Irgendeine wahnwitzige Laune hatte ihn dazu gebracht, sich mit ihr zu verabreden und mit ihr zusammen zu sein, doch nach einer Weile musste er erkannt haben, dass er etwas Besseres als sie haben konnte.

«Wie kann jemand, der so klug ist wie du, gleichzeitig so dumm sein.» Er stieß einen tiefen Seufzer aus. «Damit wir das nicht jedes Mal durchkauen müssen, wenn die Presse mir irgendwelche Affären nachsagt, lass es uns ein für alle Mal klären, Hanna.» Wieder streichelte er ihr Knie. «Du bist witzig, lieb und klug. Ich bin verrückt danach, wie du über deinen Job sprichst, weil deine Augen jedes Mal aufleuchten und mich daran erinnern, wie du aussiehst, wenn ich tief in dir bin. Du bringst mich zum Lachen, wenn du mir irgendwelche unsinnigen Footballfragen stellst, und bringst mich zum Lächeln, wenn ich dich berühren darf.» Seine Stimme wurde weicher, während sein Streicheln zärtlicher wurde. «Du machst mich glücklich und gleichzeitig scharf, weil du mir dreckige französische Wörter zuflüstern kannst, während wir Sex haben. Manchmal kann ich mich nicht auf meine Arbeit konzentrieren, weil ich daran denken muss, wie du nackt aussiehst, und ich dann stundenlang von einer Erektion gequält werde. Und ich befürchte, dass ich dich irgendwann einmal langweilen könnte, weil ich nur ein Footballtrainer und kein hochintelligenter Akademiker bin.»

Sie schluckte und starrte auf seine Hand, die ihren Oberschenkel liebkoste. «Aber...»

«Außerdem *bist* du wunderschön.» Er ließ ihren Oberschenkel los und strich ihr behutsam das Haar aus dem ramponierten Gesicht, bevor er sich zu ihr beugte und ihr einen federleichten Kuss auf den Mundwinkel drückte.

Wieder war der Schwindel da, doch wurde er dieses Mal von den aufgeregten Schmetterlingen in ihrem Inneren verursacht. Hanna kämpfte dagegen an, verlor jedoch und schmiegte sich an John.

«Wie kannst du bloß denken, dass ich dich nicht liebe», flüsterte er und ließ seiner ersten Lippenberührung eine zweite folgen. «Du siehst doch, wie verrückt ich nach dir bin.»

Mit einem kleinen Lächeln legte sie den Kopf schief und sah ihn neckend an. «Vielleicht hättest du mir das einmal sagen sollen.»

«Hey», protestierte er spielerisch und ließ seine Hand wieder auf ihren Schenkel sinken. «Ich weiß genau, dass ich dir gesagt habe, dass ich dich liebe.»

«*Daran* würde ich mich sicher erinnern, John.»

«Hanna», sagte er ungeduldig. «Ich habe es gesagt.»

«Nenn mir Datum und Zeit», schlug sie ernst vor und legte ihrerseits eine Hand auf sein Knie.

«Am Samstag vor fünf Wochen, als wir zum Geburtstag meines Vaters gefahren sind. Ungefähr um halb sechs abends. Eine halbe Stunde bevor wir mit meiner Familie gegessen haben. Wir lagen zusammen im Gästebett, als ich dir sagte, dass ich dich liebe, obwohl du keine Ahnung von Football oder vom Fischen hast.»

Überrascht wich sie zurück und stotterte: «Das war doch nur so dahergesagt!»

«Nein, war es nicht.» Über ihren erstaunten Gesichtsausdruck hätte er beinahe gelacht. «Ich habe es ernst gemeint, Hanna. Ich liebe dich.»

«Oh.» Sie schluckte gegen ihre trockene Kehle an und starrte ihm gebannt in die blauen Augen.

«Hmm ...» John vergrub seine Nase in ihrem Haar. «Können wir jetzt bitte diese bescheuerten Zeitungsartikel vergessen? Ich würde nämlich gern meiner Freundin vom gestrigen Spiel erzählen.»

Noch ein wenig benommen, holte Hanna Luft und wandte ihm das Gesicht zu, während ihre Hand über sein Knie rieb. «Darf sich deine Freundin vorher noch für ihr bescheuertes Verhalten entschuldigen?» Sie flüsterte heiser. «Sie war nämlich eifersüchtig und konnte nicht klar denken, schließlich hatte sie große Angst, dich zu verlieren.»

John grinste erfreut. «Wirklich?»

«Ja. Sie ist schrecklich verliebt in dich, weißt du?»

«Dann wird sie sicher nichts dagegen haben, wenn wir sie jetzt von dieser zerknitterten Kleidung befreien und zusammen ein Bad nehmen, oder?»

Hanna schenkte ihm ein zufriedenes Lächeln. «Bestimmt nicht.»

9. Kapitel

Hanna stand zusammen mit George MacLachlan in der Besitzerloge des Titans-Stadions und starrte gebannt auf das Spektakel unter ihr. Es war das erste Mal, dass sie ein Spiel live mitverfolgte, und auch das allererste Mal, dass sie John beim Coachen seines Teams in Aktion erleben konnte. Netterweise hatte sich sein Chef bereiterklärt, während des Spiels bei ihr zu bleiben und ihr alle Fragen zu beantworten, falls sie dem Spielverlauf nicht folgen konnte.

Momentan war sie jedoch viel zu fasziniert von dem blau-roten Farbenmeer, dem kreischenden Publikum und den bulligen Spielern, die sich auf dem Spielfeld gegenseitig in den Boden zu rammen versuchten, als dass sie irgendwelche Fragen gehabt hätte.

Sie war besonders aufgeregt, endlich hautnah mitzuerleben, wovon John immer mit purer Begeisterung sprach, wenn er ihr alle Einzelheiten zu einem Spiel erzählte. Er war mit Haut und Haaren Footballcoach, steckte seine ganze Energie in den Job und schien überglücklich zu sein, an der Seitenlinie stehen und seinen Spielern Anweisungen entgegenbrüllen zu können.

«John macht sich großartig.» George MacLachlan nickte zufrieden und deutete auf den hochgewachsenen Blondschopf, der ein Headset trug und einem Spieler etwas auf einem Klemmbrett zeigte. «Sie haben nicht erlebt, wie er damals auf dem Spielfeld ausgesehen hat, Hanna, aber John war einer der großartigsten Spieler, die ich jemals gesehen habe.»

«Das glaube ich Ihnen gern.»

Der ältere Mann seufzte. «Als er sich verletzte und seine Karriere beenden musste, hat er das klaglos akzeptiert. Viele andere Spieler hätten vermutlich den Kopf in den Sand gesteckt, aber John hat einfach nach vorn geblickt. Dass er sich dazu entschlossen hat, Trainer zu werden, war ein Geschenk des Himmels, denn er ist verflucht talentiert!»

Hanna unterdrückte ein Grinsen, da der Teambesitzer vor lauter Begeisterung sogar fluchte, wenn er über John sprach. «Zwar kann ich das nicht beurteilen, Mr. MacLachlan, aber ich weiß, dass er sich die Nächte um die Ohren schlägt und ständig über irgendwelchen Papieren hockt, wenn er nicht mit seinen Co-Trainern telefoniert.»

«Er war schon als Spieler sehr ehrgeizig.» George rieb sich zufrieden die Hände. «Gewinner sind immer ehrgeizig. Nicht nur aus persönlichen Gründen würde ich mir wünschen, dass er den Superbowl holt.»

«Wie meinen Sie das?»

«John wird in die Annalen des Footballs eingehen, wenn er nicht nur als Spieler, sondern auch als Trainer den

Superbowl gewinnen sollte. Damit wäre ihm ein Platz in der Hall of Fame sicher.» Auf ihren fragenden Blick erklärte er lächelnd: «Davon träumt jeder amerikanische Junge, der etwas mit Football zu tun hat. Den meisten Spielern ist es nicht vergönnt, diesen Kindheitstraum erfüllt zu bekommen, aber diejenigen, die es schaffen, leben ihren Traum. Die Hall of Fame ist die größte Ehrung, die man erhalten kann.»

«Und Sie meinen, dass John das schaffen könnte?»

«Ich bin sogar sehr sicher.» George MacLachlan nickte ernst. «John ist ein außergewöhnlicher Footballspieler gewesen, der noch heute verehrt wird, Hanna. Bei uns hat er seine Karriere begonnen, daher kenne ich ihn bereits ewig und weiß, dass er für den Sport lebt. Wenn er sich etwas in den Kopf gesetzt hat, wird er es auch erreichen. Das Superbowl-Finale und ein Sieg dort sind ganz bestimmt seine größten Ziele. Vielleicht schafft er es nicht in dieser Saison. Vielleicht auch nicht in der nächsten, aber irgendwann wird er es erreichen.»

Nachdenklich nickte Hanna. Alles was George MacLachlan geäußert hatte, stimmte. John gab für seinen Job alles und arbeitete hart an seinem Erfolg. Tatsächlich war seine Hingabe an die Arbeit eine Eigenschaft, die ihr sehr gefiel. Mittlerweile verstand sie auch den Hype um ihn, denn sie hatte vor allem in den letzten Wochen miterlebt, wie er ständig gefeiert und bejubelt wurde, wenn sie ein Geschäft, ein Lokal oder einfach nur die Straße betraten. Dass John sein Team von Sieg zu Sieg führte, machte ihn

in New York zu einem Idol. Die Kinder liefen ihm aufgeregt hinterher, um Fotos und Autogramme zu ergattern,
während erwachsene Männer zu ihm aufschauten und
feuchte Augen bekamen.

«Ich würde es ihm wünschen», erwiderte Hanna inbrünstig.

«Er schafft das schon. John wurde dazu geboren.» Der
ältere Mann tätschelte ihre Hand. «Sie müssen es einem
alten Kerl nachsehen, dass er Ihnen stundenlang vor-
schwärmt, aber Football ist für mich mehr als einfach nur
eine Sportart.»

«Machen Sie sich darüber keine Sorgen», beruhigte sie
ihn mit einem Lächeln. «Tatsächlich bin ich Ihnen sehr
dankbar, dass Sie mir zu verstehen helfen, was das Besondere an Football ist, damit ich vor John nicht allzu ah-
nungslos dastehe.»

Er lachte. «John würde es nicht die Bohne stören, wenn
Sie einen Football nicht von einem Tennisball unterschei-
den könnten.»

Gerührt lenkte sie den Blick zurück aufs Feld und erschrak, als ein kleiner Tumult losbrach und das Spiel
unterbrochen wurde. Sie konnte sehen, dass sowohl die
blau gekleideten Titans als auch die gegnerischen Spieler in weißen Trikots beiseitetraten, während John mit
seinen Co-Trainern und dem Mannschaftsarzt aufs Feld
lief.

Einer der Spieler blieb liegen und umklammerte sein
Knie.

George MacLachlan neben ihr fluchte gottesläster-
lich.

Verwirrt verengte Hanna die Augen, um besser erkennen zu können, was sich weit unter ihr auf dem Spielfeld
abspielte. Die pure Hektik brach aus, als vier Sanitäter mit
einer Trage hinzukamen.

«Es hat Cahill erwischt», murmelte der Teambesitzer
besorgt. «Das hat uns gerade noch gefehlt!»

«Mitch Cahill ist der Quarterback, richtig?»

Stirnrunzelnd nickte ihr Begleiter und seufzte auf. «Er
ist unser Kapitän und Spielführer. Schlechter kann es gar
nicht kommen.»

«Aber es gibt doch einen Ersatz, nicht wahr?»

«Ja. Brian Palmer ist unser Ersatz – ein junger Quarterback, der selbst ziemlich lange verletzt war. Für die Titans
hat er noch nie gespielt.»

«Das hört sich nicht gut an.»

George MacLachlan ließ sich auf seinen Sitz fallen und
erklärte angespannt: «Palmer ist ein begnadeter Spieler,
aber wir sind besorgt, dass er sich übernehmen könnte.
So ein Mist! Das hätte nicht passieren dürfen! Hoffentlich
lässt sich John etwas einfallen.»

Hanna drückte sich fast die Nase an der Glasscheibe
platt und beobachtete John, der sich rasch mit seinen Assistenten besprach, während Mitch Cahill vom Platz getragen wurde und sich vor Schmerzen wand. Ihr Magen
zog sich zusammen.

Das ganze Publikum wurde von der Panik auf dem

190

Spielfeld angesteckt, und die Geräuschkulisse nahm immer mehr zu.

Hanna sah, wie ein schwarzhaariger Spieler mit dem Helm unter dem Arm auf John zulief und neben ihm stehen blieb.

«Drücken Sie die Daumen, dass Palmer Johns Anweisungen umsetzen kann, Hanna. Wir waren auf dem besten Weg, heute einen weiteren Sieg einzufahren.»

Im Gegensatz zu George MacLachlan, der sich hingesetzt hatte und sich sorgenvoll über die Halbglatze fuhr, blieb Hanna stehen und fixierte John, der seinem neuen Quarterback irgendwelche geheimnisvollen Anweisungen gab und intensiv auf ihn einredete. Sie hielt den Atem an, als sich das Feld wieder leerte und beide Teams Aufstellung nahmen.

Da sie immer noch Schwierigkeiten mit dem Ablauf des Spiels hatte, achtete sie auf George MacLachlan, dessen Jubelschreie und Flüche ihr sagten, ob die Titans einen Raumgewinn gemacht hatten oder nicht. Ihre Augen dagegen verfolgten jede von Johns Bewegungen und fixierten seine konzentrierte Miene, während sie das Spielgeschehen nicht weiterverfolgte.

Anscheinend musste Brian Palmer seine Sache sehr gut gemacht haben, denn als die Fans frenetisch zu jubeln begannen und die New Yorker Spieler wie wild aufs Spielfeld rannten, während John unzählige Hände drückte und erleichtert sein Headset herunterriss, registrierte Hanna, dass das Spiel vorbei war und sie gewonnen hatten.

«Großartig. Einfach großartig!» George MacLachlan ließ seiner Begeisterung und Erleichterung freien Lauf, als er Hannas Schulter drückte. «Ihr Freund ist mein Jackpot. Ich wusste, dass der Junge nicht versagt!»

Den Jungen sah Hanna erst etwas später wieder, als sie nach unten gebracht wurde, wo die ausgelassenen Spieler Interviewfragen beantworteten und anschließend mit ihren Kameraden den Sieg feierten. John wurde immer noch von Reportern umzingelt, die ihm dutzende Fragen stellten. Sie beobachtete, wie er in völlig entspannter Pose mit einem blauen Titans-Cap auf den blonden Haaren vor den Umkleiden stand und gutmütig auf die Fragen antwortete. Er war ganz in seinem Element, strahlte vor Zufriedenheit und erschien wie ein rundum glücklicher Mann.

Jetzt verstand Hanna auch, was George MacLachlan ihr heute erzählt hatte. John liebte seinen Job und hatte etwas gefunden, was ihn erfüllte und vor Begeisterung übersprudeln ließ. Die meisten Menschen gingen ihr ganzes Leben lang einem Beruf nach, um ihren Lebensunterhalt zu finanzieren, obwohl sie nicht glücklich damit waren, aber John hatte seine Berufung gefunden, eine Beschäftigung, die ihn glücklich machte. Hanna fand das wunderbar und lächelte stolz, während sie einige Worte mit den ebenfalls vor Freude strotzenden Spielern wechselte.

Als John endlich das letzte Interview beendet hatte, kam er mit einem Lächeln auf sie zu und drückte sie so fest an sich, dass sie leise aufschrie. Er war völlig aufgedreht und benahm sich wie auf einem Kindergeburtstag.

«Das war ein großartiges Spiel!» Sie zeigte ihm stolz das Trikot, das sie unter ihrer Jeansjacke trug. In der letzten Woche hatte sie es gekauft und mit seiner alten Spielernummer sowie seinem Nachnamen bedrucken lassen, um ihre Loyalität zu zeigen. «Zwar habe ich nichts verstanden, aber dein Chef hat mir alles erklärt, und ich habe die ganze Zeit die Daumen gedrückt.»

«Dann konnte ja nichts schiefgehen!» Er gab ihr einen heißen Kuss, der ihr vor den grölenden Footballspielern ein wenig peinlich war. John dagegen ignorierte die Anfeuerungsrufe seiner Spieler und sah sie mit gerunzelter Stirn an, als er den Kopf wieder hob.

«Ich möchte ins Krankenhaus fahren und nach Mitch sehen. Das wird sicher etwas dauern, und ich weiß nicht, wann ich zu Hause bin.»

Hanna nickte verständnisvoll und strich ihm über die Stirn. «Kümmere dich um deinen Spieler. Ich nehme mir ein Taxi und fahre zu dir.»

«Danke, Schatz. Warte nicht auf mich. Es kann später werden.»

Lachend küsste sie ihn auf die Wange. «Mach dir keine Sorgen. Wenn du nach Hause kommst, erwarte ich dich mit Sandwiches im Bett und gebe dir eine Rückenmassage.»

«Womit habe ich dich nur verdient?», murmelte er und gab ihr einen Abschiedskuss.

Hanna lächelte immer noch, als sie in ein Taxi stieg und dem Fahrer die Adresse nannte.

Ohne einen Blick in den Rückspiegel zu werfen, dröhnte er laut und fröhlich: «Scheiße, das war ein geiles Spiel!»

«Kann man laut sagen», erwiderte Hanna amüsiert und lehnte sich zufrieden in das Polster, während sie auf die erleuchtete Skyline Manhattans inmitten der nächtlichen Schwärze schaute.

«Der Coach ist ein Genie! Wir können froh sein, dass er nach New York zurückgekommen ist.»

Hanna murmelte eine Zustimmung und verbarg ihr Grinsen im Kragen ihrer Jeansjacke.

«Oh! Die Berichterstattung läuft gerade. Macht es Ihnen was aus, wenn ich lauter stelle?» Der aufgeregte Taxifahrer deutete auf sein Radio und wartete ihre Antwort gar nicht ab.

«Nach einigen Schreckminuten, weil Mitch Cahill an seinem bereits lädierten Knie schwer getroffen wurde, nahm Coach Brennan den kürzlich aus Pittsburgh gekommenen Brian Palmer ins Spiel. Palmer, der wegen einer Innenbandverletzung selbst einige Monate ausfiel, stand das erste Mal für die Titans auf dem Spielfeld und wurde von Coach Brennan vorher aufs genaueste instruiert. Eine Taktikänderung, die Palmers Talent für schnelle und präzise Passspielkombinationen in den Vordergrund rückte, sorgte dafür, dass die Titans souverän mit einem 38 zu 24 gegen die Oakland Raiders gewannen. Wie ernst die

Verletzungen von Mitch Cahill sind, lässt sich noch nicht sagen, doch Brian Palmer erscheint ein adäquater Ersatz für den verletzten Kapitän zu sein. Eine weitere Premiere war die Anwesenheit von Coach Brennans neuer Freundin, die zusammen mit George MacLachlan das Spiel aus der Besitzerloge verfolgte. Obwohl sie kein Footballfan ist, trug sie ein Titans-Trikot mit Brennans alter Spielernummer und feuerte das Team an. Sobald wir mehr über Mitch Cahill erfahren, werden wir dies sofort berichten.»

Verdattert darüber, dass sie und ihre heutige Kleidung in dem Bericht eines Sportsenders erwähnt wurden, verschränkte Hanna die Arme vor der Brust. Zwar war sie dieses Mal ungeschoren davongekommen, aber ihr war nicht wohl bei dem Gedanken daran, dass wieder über sie berichtet wurde. Momentan war das Chaos an der Universität vergessen, da die Semesterferien begonnen hatten und John für eine Verstärkung der Sicherheitskontrollen gesorgt hatte, auch wenn sie nicht wissen wollte, wie er das angestellt hatte. Aber es war ihr wichtig, dass Ruhe einkehrte, damit sie im nächsten Semester weiter ihrer Arbeit nachgehen konnte.

«Ich mag sie nicht.»

«Hm?» Die unwirsche Stimme des Taxifahrers riss sie aus ihren Gedanken. Fragend blickte sie auf den dunklen Hinterkopf vor sich. «Bitte?»

«Coach Brennans Freundin», erklärte er leichthin. «Ich mag sie nicht.»

Hanna schluckte und wusste nicht, was sie erwidern sollte. Also schwieg sie.

«Mir kommt das alles nicht koscher vor», schnaubte er ungehalten und warf ihr einen kurzen Blick im Rückspiegel zu, bevor er sich wieder auf die Straße konzentrierte. «Mal ehrlich, Miss! Mir ist egal, dass sie ein bisschen mollig ist – jedem das Seine. Wenn es der Coach so mag, bitte schön. Aber für mich riecht sie nach einer Goldgräberin!»

«Goldgräberin?», stotterte Hanna betroffen.

Der Fahrer nickte entschlossen. «Der Coach ist ein berühmter und sehr reicher Mann. Plötzlich taucht eine ausländische Studentin auf, die ihm wie eine Zecke im Pelz sitzt und sich bei ihm einschmeichelt.» Er stieß ein hämisches Schnauben aus. «Ein Trikot mit seiner alten Nummer! Dass ich nicht lache. Das Leben an der Seite eines Promis scheint ihr wohl zu gefallen. Ich wette mit Ihnen, dass sie sich von ihm ein Kind machen lässt, um ausgesorgt zu haben. Er wäre nicht der erste reiche Mann, der auf diese Masche reinfällt.»

«Du bist heute so still.»

«Mir geht nur viel durch den Kopf.»

John sah Hanna besorgt an und schob seine Pizza beiseite, um ihr die Hand auf die Stirn zu legen. «Kommt deine Grippe wieder?»

Hanna schüttelte den Kopf.

John beugte sich über den Tisch in seiner Lieblingspizzeria und musterte sie nachdenklich. «Hoffentlich hast du dir gestern beim Spiel nicht zu viel zugemutet, schließlich warst du in der letzten Woche krank.»

Die kleine Herbstgrippe war nicht besonders schlimm gewesen und hatte sie lediglich zwei Tage ans Bett gefesselt, aber John hatte einen riesigen Aufstand gemacht und einen Arzt kommen lassen. Ihre heutige Schweigsamkeit rührte eindeutig von der unangenehmen Taxifahrt am gestrigen Abend her. Zwar versuchte sie verzweifelt, Johns Rat zu beherzigen und nichts auf die Meinung des Taxifahrers zu geben, aber dass wildfremde Menschen sie für eine Goldgräberin hielten, machte ihr zu schaffen. Sie wollte nicht, dass irgendjemand – auch John nicht – dachte, dass sie nur seine Freundin war, weil sie sich davon irgendwelche Vorteile oder Reichtum versprach. Der Gedanke war abscheulich.

«Nein, ich bin wieder gesund», widersprach sie und zwang sich zu einem Lächeln. Da er sie immer noch eingehend musterte, tischte sie ihm eine Notlüge auf. «Ich habe mit Mom telefoniert, die mir von Connors schlechten Noten und Claras Kreischorgien erzählt hat.»

«Kreischorgien? Wie kam es denn dazu?»

Hanna zuckte mit der Schulter und konzentrierte sich auf ihre Pizza, die jedoch wie Pappe schmeckte.

«Wir sollten deine Familie zu uns einladen, Hanna. Ich bin extrem gespannt, deine kleine Schwester kennenzulernen.»

Sie zog eine Augenbraue in die Höhe und fragte mit ironischem Unterton: «Du meinst Chaos-Clara?»

«Unbedingt!» Lachend rutschte er auf seinem Hocker herum, bevor er sich lässig zurücklehnte. «Es ist jedes Mal ein Erlebnis, wenn du mit ihr telefonierst.»

Seufzend schüttelte Hanna den Kopf und antwortete gespielt verzweifelt: «Ich würde an deiner Stelle noch warten.»

«Und worauf?»

«Darauf, dass die Saison vorbei ist, John. Sollte Clara uns vorher besuchen, müsste man dich anschließend in die Psychiatrie bringen, und damit stünden die Titans ohne ihren Coach da.»

Amüsiert lachte er und nahm einen Schluck seiner Coke. «Nun gut. Aber warum laden wir nicht wenigstens deine Mom zu uns ein? Als du letztens mit ihr gesprochen hast, hat sie doch erwähnt, dass sie im Winter nach New York kommen will, um dich zu besuchen.»

Bevor Hanna ihm antworten konnte, standen plötzlich zwei ältere Männer an ihrem Tisch, die John in ein Gespräch über das gestrige Spiel verwickelten. Hanna nutzte die Zeit, um auf die Toilette zu gehen und sich dort kurz zu sammeln. Sie sollte diesen albernen Kommentar des Taxifahrers einfach vergessen, redete sie sich selbst ein, als sie wieder den Gästeraum der Pizzeria betrat.

Der Kellner Luigi, der sie immer bediente und ein netter Zeitgenosse war, warf ihr einen entschuldigenden Blick zu, da sich die Anzahl an Johns Gesprächspartnern mittlerweile verdoppelt hatte. Hanna schnitt ihm eine fröhliche Grimasse und kehrte zu ihrem Platz zurück.

Nach weiteren zehn Minuten, in denen sich die fünf Männer über die Aufstellung der Defense, Interceptions und Quarterbackqualitäten unterhalten hatten, waren John und Hanna wieder allein.

Sie beobachtete, wie er mit einer zufriedenen Miene sein Portemonnaie zückte.

«Dein Chef hatte schon recht. Du bist in New York wohl das, was Superman in Metropolis ist.»

Seine Augenbrauen fuhren in die Höhe. «Was?»

Hanna warf einen Blick zur Seite, wo zwei der älteren Männer, die ihn in ein Gespräch verwickelt hatten, John mit regelrechter Gottesanbetung beobachteten.

«Überall, wo wir hinkommen, wirst du wie ein Held empfangen und gefeiert.»

Er winkte verlegen ab. «Du übertreibst...»

«John!» Sie musste lachen. «Das braucht dir doch nicht peinlich zu sein! Du solltest stolz sein.»

Jetzt wurde er sogar rot und murmelte: «Ich mache nichts Besonderes, Hanna. Es ist ja nicht so, als würde ich Krebs heilen.»

Sie schob ihren Teller beiseite und lehnte sich zurück. «Ein gefeiertes Idol und dennoch bescheiden. Das gibt es nicht oft.»

«Ha, ha.»

Ernster sagte sie nun: «Du hast einen Job, den du liebst und der andere Menschen glücklich macht.»

«Ich coache ein Footballteam», widersprach John leichthin. «Das ist keine große Sache.»

Ihr Lächeln wurde ironisch. «Gut, du musst nicht zugeben, was dir deine Arbeit bedeutet. Ich weiß es auch so.»

Das Aufblitzen seiner Augen sagte ihr, dass sie recht hatte.

«Lass uns noch einmal auf den Besuch deiner Mom zurückkommen.» Er grinste. «Ich weiß, dass sie Urlaub hat, wenn wir Thanksgiving feiern.»

«Thanksgiving?»

«Unser Erntedankfest», erklärte er gutmütig.

«Ich weiß, was Thanksgiving ist», erwiderte sie mit gestresster Stimme. «Aber woher weißt du, wann meine Mom Urlaub hat?» Entgeistert blinzelte sie, doch er hob unschuldig beide Hände.

«Das bleibt mein Geheimnis. Also, Thanksgiving ist in ein paar Wochen. Warum machen wir nicht gleich ein Familienessen daraus und laden auch meine Eltern ein? Genug Platz haben wir ja in unserer Wohnung.»

Mit dem Gefühl, von einem Hurrikan überrollt zu werden, starrte sie ihn verwirrt an. «Du willst unsere Eltern gemeinsam einladen? In unsere Wohnung?» Sie schluckte und wiederholte ironisch: «In *unsere* Wohnung?»

John zuckte mit der Schulter und legte zwei Zwanzigdollarscheine auf den Tisch. «Wieso nicht? Für mich klingt der Plan sehr nett. Deine Eltern, meine Eltern und wir. Sicherlich will deine Mom sehen, wie du wohnst.»

«Ja, aber ich wohne in *meiner* Wohnung.» Hanna verdrehte die Augen.

«Wenn du endlich dazu bereit wärst, deine Bücher zu packen und zu mir zu ziehen, wäre meine offiziell auch deine Wohnung. Deine anderen Sachen haben sowieso schon ihren Weg zu mir gefunden.»

Hanna biss sich auf die Unterlippe und fragte kleinlaut: «Soll das die versteckte Frage sein, ob ich zu dir ziehen will, John?»

«Wenn du es eine *versteckte* Frage nennst, soll es mir recht sein, mein Schatz.» Mit einem Seufzen hob er beide Schultern. «Eigentlich hatte ich gedacht, dass ich mich klar ausgedrückt habe.»

Als sie für einen Moment schwieg, fragte er deutlich ernster: «Was sagst du?»

Mit klopfendem Herzen wollte sie schüchtern wissen: «Willst du denn wirklich, dass ich zu dir ziehe?»

«Nein, ich habe nur gefragt, weil ich gerne Umzugskartons schleppe ...»

«John!»

Er stieß ein ungeduldiges Schnauben aus. «Natürlich will ich, dass du zu mir ziehst, Hanna.»

«Wir kennen uns noch nicht lange ...»

«Darf ich dir widersprechen, Liebling?» Er legte den Kopf schief. «Im Februar habe ich dich kennengelernt, und jetzt haben wir Oktober.»

«Das sind gerade einmal acht Monate, John.»

«Tja», antwortete er flüsternd. «In meinem Alter weiß ich eben, was ich will.»

10. Kapitel

Hanna eilte aus dem Kaufhaus und sah nervös auf ihre Uhr, denn sie hatte nur noch wenig Zeit, um pünktlich zu ihrer Verabredung mit Andie zu kommen, die in einer halben Stunde bei ihr zu Hause sein wollte. Die beiden hatten sich vorgenommen, das Spiel der Titans zu schauen und währenddessen Hannas restliche Sachen, die noch nicht in Johns Wohnung waren, zusammenzupacken. Darunter fiel auch Hannas Lieblingsgeschirr, das sie von ihrer französischen Großmutter geschenkt bekommen hatte, weshalb sie noch einmal aus dem Haus hatte gehen müssen, um Luftpolsterfolie zu besorgen. Leider hatte sich herausgestellt, dass erst im dritten Geschäft, das Hanna aufgesucht hatte, solche Folie zu haben war. Nun war sie ziemlich spät dran und wollte Andie nicht durch ihre Unpünktlichkeit verärgern.

Da John bereits die meisten Kartons in seine Wohnung gebracht hatte, wartete nur noch wenig Arbeit auf sie, worüber Hanna extrem froh war. Sie hasste Umzüge, freute sich aber sehr darauf, endlich auch offiziell bei John zu wohnen. Als er heute Morgen die Wohnung verlassen hatte, um mit seinem Team nach Philadelphia zu fahren,

hatte er noch Scherze über ihre geblümte Bettwäsche gemacht, die sie gestern aufgezogen hatte. Mit einem fre-
chen Grinsen hatte Hanna entgegnet, dass er in der vergangenen Nacht wenig gegen ihr Bettzeug einzuwenden
gehabt hatte, als er über sie hergefallen war.

Lächelnd schwenkte Hanna nach links, um zum Eingang der U-Bahn zu gelangen, als plötzlich jemand ihren
Arm packte und sie herumriss.

Sie stieß einen erschrockenen Schrei aus und ließ die
Einkaufstasche fallen.

«Schlampe! Du dreckige Hure!»

Zu Tode erschrocken, sah Hanna eine Hand auf sich
zukommen und hob den freien Arm vor ihr Gesicht, um
sich zu schützen. Die Faust traf dennoch ihr Kinn und
hätte sie vermutlich nach hinten taumeln lassen, wenn
sie nicht grob festgehalten worden wäre.

«Hilfe!» Sie schrie auf, als ihr heftig gegen das Bein getreten wurde.

Die Unbekannte kreischte los und schüttelte sie so
grob, dass Hannas Zähne aufeinanderschlugen. Verzweifelt versuchte sie, sich zu befreien, erntete dabei jedoch
einen harten Schlag gegen das Brustbein, der sie nach
Luft schnappen ließ. Sie klappte zusammen und ging in
die Knie.

«Ich hasse dich, du Hure! Du verlogene Hure!»

«Lassen Sie mich los! Hilfe!» Panisch sah sich Hanna
um und bemerkte die entsetzten Gesichter von Passanten. «Hilfe! Helfen Sie mir!»

Ihre Angreiferin rastete nun völlig aus und trat ihr in die Rippen, bevor sie Hanna wieder hochriss. Für solch eine kleine Frau war sie unglaublich kräftig, schoss es der benommenen Hanna durch den Kopf.

«Sie da! Lassen Sie die Frau los!»

Hanna hörte die fremde Stimme und stieß ein Dankgebet aus, während sich die Krallen der Frau schmerzhaft in ihre Arme bohrten. Sie sah durch ihre zerzausten Haare eine beängstigende Grimasse aus Wut und Hass, die ihr ins Gesicht spuckte.

«Wenn Sie nicht sofort die Frau loslassen, rufe ich die Polizei!»

Da die Frau nicht reagierte, sondern Hanna mit dunklen Augen fixierte, schrie sie ängstlich: «Rufen Sie die Polizei! Bitte, schnell!»

«Ich hasse dich! Ich bringe dich um, du Hure!» Wieder kreischte die Frau völlig irre auf und schüttelte sie. Hanna nahm alle Kraft zusammen und stieß ihre Gegnerin von sich. Dabei stolperte sie über ihre eigene Tasche, fing sich jedoch schnell, nur um einen harten Tritt im Rücken zu spüren. Sie versuchte noch, sich irgendwo festzuhalten, fiel jedoch hilflos nach vorn und sah die Treppenstufen der U-Bahn auf sich zukommen.

Als Hanna wieder wach wurde, war das Erste, was sie wahrnahm, der sterile Krankenhausgeruch, bevor sie das monotone Piepsen eines Gerätes hörte. Gleich darauf bemerkte sie den dumpfen Schmerz in ihrer Hand und ihrem Unterarm. Verwirrt schlug sie die Augen auf und sah sich orientierungslos um.

«Hanna!» Johns krächzende Stimme kam von links, also drehte sie schwerfällig den Kopf in diese Richtung. Irgendetwas stimmte nicht, überlegte sie angestrengt, während ihre Gedankengänge und Bewegungen wie in Zeitlupe geschahen.

«Hanna … es tut mir so leid!» John saß auf einem Stuhl neben dem Bett, nahm ihre unverletzte Hand in seine Hände und zog sie an seine Wange. Verwirrt stellte sie fest, dass er Tränen in den Augen hatte. «Es tut mir leid, dass ich nicht auf dich aufgepasst habe.»

«Was … was ist denn passiert?» Sie fuhr sich über ihre trockenen Lippen und hob langsam den Kopf. Schlagartig fiel ihr alles wieder ein – der Kaufhausbesuch, der Schrei einer Frau, die Tritte und die hassverzerrte Grimasse. Erschrocken sah sie ihn an und versuchte panisch, sich aufzusetzen, aber John hielt sie sanft zurück.

«Bitte bleib liegen, mein Schatz, du bist in Sicherheit. Alles wird gut.»

Ihre Gedanken waren wie in Watte gepackt, außerdem fühlte sich ihr Körper an, als sei er gelähmt. Mit schwerer Zunge murmelte sie: «Ich fühle mich so seltsam …»

«Du hast eine Gehirnerschütterung, eine Unterarmfraktur und Prellungen.» Er war heiser und küsste ihre Hand. «Sie haben dir Schmerzmittel gegeben. Du musst dich ausruhen.»

Leise bat sie um etwas Wasser, das er ihr vorsichtig an

die Lippen hielt. Sein Gesicht war zu einer bedauernden Miene zusammengeschrumpft, als er murmelte: «Es tut mir so leid, Hanna, so leid. Das wäre nie passiert, wenn ich . . .»

«John?» Fragend blickte sie aus müden Augen zu ihm auf. «Wer war diese Frau? Ich . . . ich verstehe nicht . . .»

Finster starrte er ins Leere. «Die Polizei hat sie festgenommen. Anscheinend ist sie ein verrückter Fan . . . o Gott, Hanna. Es tut mir so leid.» Er holte tief Luft und gestand mit gequälter Stimme: «Sie haben Bilder und Fotos in ihrer Wohnung gefunden . . . Fotos von mir.»

«Von dir?»

Er nickte und umklammerte ihre gesunde Hand. «Die Polizei ist der Meinung, dass sie mich seit Monaten verfolgt.»

Verwirrt schluckte Hanna gegen ihre trockene Kehle an.

«Du musst keine Angst mehr haben, Liebling. Sie wurde sofort verhaftet. Ich bleibe die ganze Nacht bei dir, okay?»

«Aber das Spiel», flüsterte sie verzagt. «Ihr spielt doch heute in Philadelphia.»

Er schüttelte den Kopf. «Ich bin sofort zurückgefahren, als der Anruf der Polizei kam. Gott, ich bin so froh, dass dir nichts Schlimmeres passiert ist!» Er vergrub das Gesicht in ihrer Hand und stöhnte herzzerreißend. «Sie hat dich die Stufen zur U-Bahn hinuntergestoßen! Du hättest dir das Genick brechen können!»

«John …» Sie murmelte mit einem Flehen in der Stimme: «Du darfst das Spiel nicht verpassen.»

«Das Spiel ist mir egal! Nur du bist wichtig. Ich lass dich nicht allein …»

«Bitte.» Sie schluckte. «Bitte … mit mir ist alles okay … aber du … du musst zu deinem Team.»

«Hanna!» Eindringlich sah er sie an. «Mit dir ist nicht alles okay … und das ist meine Schuld.»

«Unsinn», widersprach sie, bevor sie schluchzte: «Jetzt geh! Geh endlich!»

John runzelte die Stirn. «Hanna, was hast du?»

Schluchzend riss sie ihre Hand fort. Schmerz, Panik und Angst rauschten durch ihren Kopf. «Lass … lass mich allein! Geh! Das Spiel … bitte, ich will nicht schuld sein, dass du das Spiel verpasst.»

Bestürzt beugte er sich vor und legte eine Hand auf ihren Oberschenkel. «Brauchst du etwas? Hast du Schmerzen? Soll ich jemanden holen?»

«Nein!»

«Hanna, es ist nur ein Spiel, und es ist mir egal.» Er holte tief Luft. «*Meinetwegen* hat dich eine Verrückte auf offener Straße angegriffen! Bevor so etwas noch einmal passiert, kündige ich lieber.»

«Nein!» Sie schüttelte den Kopf und sah ihn durch einen Tränenschleier an. «John … das Spiel ist wichtig.» Zitternd schloss sie die Augen.

«Du redest Unsinn», brauste er auf. «Was interessiert mich das Spiel, wenn du im Krankenhaus liegst!»

«Aber...»

«Nein.» Entschlossen schüttelte er den Kopf. «Mich bringen keine zehn Pferde hier raus.»

Hanna lehnte sich erschöpft zurück und kämpfte gegen die panische Atemnot.

Es würde ihre Schuld sein, redete sie sich ein und merkte, wie sie sich innerlich verkrampfte. Der ganze Spießrutenlauf würde wieder von vorn beginnen...weil John nun bei ihr war, anstatt am Spielfeldrand zu stehen und sein Team zu coachen. In ihrer momentanen Verfassung würde sie das nicht überstehen. Sie liebte John, aber sie wurde von der Angst geschüttelt, dass er eines Tages befand, sie sei den Aufwand nicht mehr wert. Er würde sie verabscheuen, wenn er ihretwegen seine Karriere aufgegeben hätte – wenn er seinen Traum begraben hätte, als Coach den Superbowl zu gewinnen. Er würde ihr Vorwürfe machen, dass sein Karriereende ihre Schuld gewesen war. Das könnte sie nicht ertragen. Sie konnte nicht ertragen, dass John diesen wichtigen Teil seines Lebens wegen ihr aufgab und vielleicht daran zerbrach.

«John...» Zitternd blickte sie in sein besorgtes Gesicht, wobei sich ihr Herz zusammenzog. «Ich kann das nicht mehr.»

Sein Ausdruck wurde noch eine Spur besorgter. «Ich werde einen Arzt holen.»

«Nein.» Sie wandte sich ab. «Nein, darum geht es nicht.»

«Worum denn dann?»

«Ich...ich kann das mit uns nicht mehr.» Hanna schüttelte bedauernd den Kopf und konnte vor lauter Tränen nichts sehen. «Das ist zu viel für mich. Und ich halte es nicht mehr aus –»

«Hanna», unterbrach er sie mit erstickter Stimme.

«John ... es funktioniert einfach nicht.»

«Es funktioniert durchaus», widersprach er aufgebracht. «Es funktioniert wunderbar, verdammt, morgens war alles noch wunderbar!»

Weinend schüttelte sie den Kopf. «Das war es nicht ... jedenfalls nicht so, wie es sollte. Du stehst in der Öffentlichkeit ...»

Er beugte sich über sie. «Es geht hier nur um dich und mich, Hanna!»

«Tut es nicht», erwiderte sie heftig. «Ich traue mich kaum mehr auf die Straße – und wenn ich es tue, passiert so etwas wie heute.»

Er sah sie entsetzt an. «Bitte, Hanna! Du weißt, was du mir bedeutest, ich würde niemals wollen, dass dir etwas passiert!»

Schluchzend vergrub sie das Gesicht im Kissen, und hilflos sah John sie an. «Hanna ... was soll ich tun? Soll ich kündigen? Sollen wir umziehen? Soll ich einen Personenschützer einstellen?»

«Bitte, fahr zum Spiel.»

«Nein! Ich lass dich nicht allein!»

«Doch, das machst du.» Sie sah ihn mit zitternder Unterlippe an. «Und ich ... ich sollte zurück nach London fliegen.»

Er wurde bleich wie ein Gespenst. «Was?»

Sie nickte langsam. «Wenn ich hier rauskomme, fliege ich zurück.»

«In Ordnung», sagte er langsam. «Bei deiner Mom kannst du dich erholen, und ich überlege mir in der Zwischenzeit eine Lösung.»

Hanna schüttelte wieder den Kopf und musste innerlich die Zähne zusammenbeißen, denn im Grunde wollte sie um alles in der Welt nicht, dass sie sich trennten. Aber es war die beste Lösung. Wenn es sie in seinem Leben nicht gab, konnte er sich ohne Zwischenfälle seiner Karriere widmen. «Ich verlasse New York – für immer.»

«Aber …» Er schnappte nach Luft. «Das kannst du nicht tun!»

«Ich muss», erwiderte sie leise.

Johns Stimme überschlug sich beinahe. «Was ist mit deinem Projekt?»

«Hier kann ich mich nicht darauf konzentrieren – nicht bei diesem Stress und deinen Fans.»

«Und was ist mit uns?»

Bedauernd sah sie ihn an.

Aufgebracht sprang er auf die Füße. «Das lasse ich nicht zu! Hörst du?» Er ballte die Fäuste und öffnete sie wieder. «Wir sind gerade zusammengezogen. Wir gehören zusammen! Ich liebe dich … und ich weiß, dass du mich auch liebst!»

Sie erwiderte erst nichts, bevor sie leise zu bedenken gab: «Liebe ist nicht genug.»

Wütend marschierte er auf und ab. «Sag mir einfach, was du willst, und ich tue es!»

«Wirklich?»

Er blieb stehen, der ganze Körper starr vor Anspannung, das Gesicht eine Mischung aus verletztem Stolz, Wut und Verzweiflung. John nickte.

Hanna schluckte. «Bitte ... geh einfach.»

Er schien etwas sagen zu wollen, schüttelte dann jedoch nur den Kopf und verließ den Raum. Unglücklich sah Hanna ihm hinterher und brach in Tränen aus.

11. Kapitel

Als ihr Handy klingelte, hatte Hanna einige Mühe, die große Einkaufstüte nicht fallen zu lassen, sich vor dem stetigen Regen in Sicherheit zu bringen und gleichzeitig das Telefon aus ihrer Tasche zu ziehen, das unaufhörlich und sehr laut schrillte. Unter dem Vordach einer Bäckerei blieb sie stehen und stellte die Einkaufstüte und ihre schwere Aktentasche auf dem noch trockenen Bordstein ab. Die übrigen Passanten musterten sie finster, während sie sie mit ihren großen Regenschirmen umrundeten. Hanna sah auf das Display: ihre Mom – natürlich.

Der Arbeitstag war anstrengend gewesen, und sie hatte eigentlich gehofft, zuerst nach Hause kommen zu können, ihre mittlerweile durchnässten Schuhe auszuziehen und einen Happen zu essen, bevor sie sich wieder einmal mit ihrer Mutter auseinandersetzen musste. Die dauernden Anrufe drehten sich um nichts und wieder nichts und dienten nur dazu, ihr ein schlechtes Gewissen zu machen. Nachdem Hanna New York vor sechs Monaten Hals über Kopf verlassen hatte, war sie erst einmal zu ihrer Familie nach London gegangen. Wochenlang hatte sie nur im Bett gelegen, geweint und Johns ständige Anrufe ignoriert. Anfangs hatten sie alle liebevoll umsorgt. Auch wenn sie nicht hatten verstehen können, warum Hanna sich stur weigerte, mit John zu sprechen. Ihrer Familie hatte sie lediglich erzählt, dass sie sich von ihm getrennt hatte, weil sie beide nicht zueinander passten und sein Leben als Prominenter zu anstrengend für sie gewesen war.

Je mehr Zeit jedoch vergangen war, desto weniger Verständnis hatte ihre Mom gehabt. Immer wieder hatte sie Hanna gedrängt, sich mit John auszusprechen. Irgendwann hatte Hanna die guten Ratschläge und die mehr oder minder versteckten Vorwürfe nicht mehr ausgehalten, sie hatte ihr Stipendium gekündigt, sich einen neuen Job gesucht und war in die Nähe von Bristol gezogen. Schließlich war sie eine erwachsene Frau, sie musste einfach ein wenig Abstand zwischen ihre überfürsorgliche Mutter und sich selbst bringen, zu unterschiedlich waren ihre Meinungen in Bezug auf Hannas Leben – und vor allem in Bezug auf John.

Ihre Mom war ihm nie persönlich begegnet, und trotzdem lobte sie ihn über den Klee. Dauernd warf sie ihrer Tochter vor, eine perfekte Beziehung einfach weggeworfen zu haben. Für Hanna war das Thema abgeschlossen, sie wollte nicht über John sprechen. Ständig von ihrer Mom an ihn erinnert zu werden riss nur alte Wunden auf. Es war schon so schwer genug, nicht an ihn zu denken und mit ihrem Leben weiterzumachen, da brauchte es nur einen kleinen Anruf ihrer Mom, um anschließend

eine schlaflose Nacht zu verbringen und in Tränen auszubrechen.

In den letzten Monaten hatte sie sich ein Leben ohne
John aufgebaut. Sie hatte sich in einer neuen Stadt und
einem neuen Job eingerichtet und alle Brücken nach New
York abgebrochen. Natürlich wusste ihre Mom nicht,
dass sie dies alles nur *für* John getan hatte. Sie liebte ihn
zu sehr, um ihm Steine in den Weg zu legen. Sie wollte
ihn nicht unglücklich machen – und das würde er werden, wenn er ihr zuliebe seine Karriere beendete. Er hatte
immer davon geträumt, ein erfolgreicher Footballcoach
zu sein. Er sollte nicht aus falsch verstandener Loyalität
ihr gegenüber gezwungen sein, seinen Traum aufzuge-
ben.

Natürlich vermisste sie ihn, aber niemals hätte sie es
ertragen, Enttäuschung und eventuell sogar Abneigung
in seinen Augen zu sehen, wenn ihm klargeworden wäre,
was er ihretwegen aufgegeben hatte. Die Entscheidung,
sich von ihm zu trennen, hatte ihr eine solche Situation
erspart.

Niemand hätte ihre wahren Beweggründe verstanden,
daher war sie ihrer Familie und ihren Freunden gegenüber bei der Version geblieben, dass sie nicht zueinander
passten.

Mit Andie hatte sie seit ihrer überstürzten Abreise nach
London nicht mehr gesprochen. Andie hatte John schon
immer gemocht und keine Hemmungen gehabt, Hanna
als Idiotin zu bezeichnen, weil sie so verrückt war, sich

von diesem wunderbaren Mann zu trennen. Hanna hatte es einfach nicht ertragen, dass ihr neben ihrer Mutter auch noch ihre beste Freundin ständig in den Ohren lag. Am Telefon hatte sie sich verleugnen lassen, bis Andie es irgendwann aufgab und gar nicht mehr anrief. Hanna redete sich ein, dass es besser so war. Ein klarer Schnitt, das war es doch, was sie gewollt hatte?

Nur ihre Mutter konnte das einfach nicht akzeptieren. Seufzend nahm Hanna den Anruf entgegen. «Hallo, Mom.»

«Hallo, Schatz. Wie geht es dir?»

«Abgesehen davon, dass meine Schuhe völlig durchnässt sind und ich ohne Schirm im Regen stehe, geht es mir ganz gut.»

Sofort war ihre Mutter alarmiert: «Nicht dass du dir eine Erkältung holst! Bei dem Wetter geht das ganz schnell. Du musst wirklich auf dich aufpassen.»

«Mir geht es gut», erwiderte sie rasch, um den typisch mütterlichen Anweisungen zu entgehen. «Außerdem bin ich gleich zu Hause und mache es mir dann vor dem Kamin gemütlich, bevor ich fünfundzwanzig Klassenarbeiten korrigieren darf.»

«Ich könnte deinen Stiefvater immer noch erwürgen, dass er dir diese Stelle so weit weg von uns besorgt hat.»

Und Hanna hätte ihn dafür küssen können. Glücklicherweise hatte Gordon Verständnis für ihre Situation gehabt. Ein alter Bekannter von ihm arbeitete als Direktor an einer Schule in Bristol, und so hatte Hanna hier als

Politiklehrerin anfangen können. Der Umzug war das einzig Richtige gewesen. In London hatte sie es einfach nicht länger ausgehalten. Zwar war sie in ihrem neuen Zuhause meistens allein, denn außer einigen Arbeitskollegen und ihrer älteren Nachbarin kannte sie hier niemanden, dennoch fühlte sie sich wohl ... auch wenn sie sich dies selbst immer wieder vorbeten musste.

Auch ihre Dissertation hatte sie vorerst auf Eis gelegt. Es gab wichtigere Dinge als den Drang, einen Titel vor ihrem Namen stehen zu haben. Sie hatte nicht die Absicht, an die Universität zurückgehen, sondern war zufrieden mit ihrer jetzigen Tätigkeit. Zwar benahmen sich besonders die Achtklässler manchmal furchtbar, aber das Unterrichten war gar nicht schlecht und hatte den Vorteil, dass man währenddessen keine Zeit hatte, ins Grübeln zu kommen.

«Ich wohne doch nicht wirklich weit weg, Mom. Du kannst dich jederzeit ins Auto setzen und mich besuchen.» Auch wenn Hanna im Grunde nicht hoffte, dass sie diesem Vorschlag folgte. Natürlich liebte sie ihre Mom, das war keine Frage, aber die überfürsorgliche Art, die sie in letzter Zeit entwickelt hatte, nahm ihr die Luft zum Atmen.

«Du könntest auch öfter vorbeischauen. Wie wäre es mit dem nächsten Wochenende?»

«Ach», wiegelte Hanna schnell ab. «Ich muss die Klassenarbeiten korrigieren. Außerdem haben wir bald Konferenzen und ...»

«Übernimm dich bloß nicht, du ...»

«Ja, ich weiß, Mom», unterbrach Hanna sie mitten im Satz. «Aber meine Arbeit macht mir großen Spaß, und die Kinder sind nett.»

Ein Seufzen war die Antwort. «Du solltest jetzt wirklich nicht allein sein. Ich bin mir sicher, dass du auch hier in unserer Nähe einen Job finden könntest. Außerdem tut es mir in der Seele weh, dass du deine Dissertation nicht beenden wirst.»

«Momentan bin ich sehr zufrieden, so, wie es ist.»

«Das redest du dir doch ein!»

Sehr gerne hätte Hanna laut gestöhnt, stattdessen schüttelte sie unmerklich den Kopf und trat einen Schritt zur Seite, als ein Mann im Regenmantel hastig die Bäckerei betreten wollte. «Ich muss mir nichts einreden. Der Job macht mir Spaß, und ich genieße meinen ruhigen Alltag.»

«Aber du bist immer allein», erinnerte ihre Mom sie mit sanfter Stimme, die bewirkte, dass sich Hannas Herz für einen Augenblick schmerzhaft zusammenzog.

«Mom, könnten wir das vielleicht ein anderes Mal besprechen?»

«Ich bin deine Mutter, Hanna, und ich mache mir große Sorgen um dich.»

«Das musst du nicht», erwiderte sie nachdrücklich. «Ich bin erwachsen und sehr wohl in der Lage, mich um mich zu kümmern.»

«Darum geht es doch gar nicht. Ich denke nicht, dass

du glücklich bist, aber du benimmst dich derart unvernünftig und stur. Warum siehst du nicht endlich ein, dass du einen Fehler begangen hast?»

Hanna biss die Zähne zusammen und starrte auf die regennasse Straße vor sich, einige Autos fuhren vorbei und spritzten dabei Wasserfontänen auf die Gehwege. «Darüber haben wir doch schon gesprochen, Mom. Ich habe eine Entscheidung getroffen, die du akzeptieren musst.»

«Aber ich ...»

«Nein», unterbrach sie ihre Mom mühsam beherrscht. «Du musst aufhören, dich ständig in mein Leben einzumischen. Natürlich bin ich dir dankbar, dass du dir Sorgen um mich machst, aber es ist unnötig. Ich bin glücklich ...»

«Ach, Hanna. Du musst mit John sprechen und ihm ...»

«John und ich sind seit Monaten getrennt, Mom», erklärte sie scharf. «Könntest du bitte aufhören, ihn immer wieder zum Thema zu machen?»

«Hanna, er ist ein Thema und wird es immer sein, so wie die Dinge liegen.»

Aufgebracht fasste sie sich an die Stirn. «Du verursachst mir Kopfschmerzen!»

«Du verursachst mir seit Monaten Magenschmerzen. Das scheint ausgleichende Gerechtigkeit zu sein. Ich finde es nicht richtig, dass du dich nicht bei John meldest.»

«Du solltest eigentlich auf meiner Seite stehen, Mom.»

«Aber ich stehe doch auf deiner Seite, Schatz. Ich will nur das Beste für dich!»

«Das Beste für mich wäre momentan eine heiße Dusche und meine trockene Wohnung», entgegnete sie. «Mom, ich muss jetzt wirklich nach Hause. Können wir morgen telefonieren?» *Wenn nicht die Gefahr besteht, dass ich mitten auf der Straße in Tränen ausbreche?* «Grüß Gordon und die Zwillinge von mir.»

Schnell beendete sie das Gespräch und schob ihr Handy zurück in die sperrige Aktentasche. Heute würde sie alle weiteren Anrufe rigoros ignorieren, beschoss sie. Mit ihren Einkäufen und der schweren Aktentasche beladen, machte sie sich auf den Heimweg. Als sie endlich zu Hause ankam, war sie bis auf die Haut durchnässt. Eine heiße Dusche klang von Minute zu Minute verlockender.

Bevor sie die Treppen zur zweiten Etage erklomm, klopfte sie bei ihrer Nachbarin und wartete geduldig, bis Mrs. Abernathy öffnete, die alte Dame brauchte immer ein Weilchen, um von ihrem Sessel vor dem Fernseher aufzustehen. Bereits am ersten Tag nach ihrem Umzug hatte sich Mrs. Abernathy ihr mit einem selbstgebacke nen Kuchen vorgestellt, der zwar grauenvoll geschmeckt, doch Hanna ein Lächeln auf die Lippen gezaubert hatte. Seitdem kümmerte sie sich ein wenig um die ältere Dame, deren Verwandte in Leeds wohnten und nur sehr selten zu Besuch kamen.

Oft saß Hanna bei ihr in der Wohnung, und sie hielten ein Schwätzchen. Hanna hatte Mrs. Abernathy mittlerweile wirklich ins Herz geschlossen. Nach den anstrengenden letzten Monaten war es eine nette Abwechslung, jemanden über die Herstellung von Marmelade oder die

Zubereitung von Aufläufen reden zu hören. Ab und zu erledigte sie außerdem Besorgungen für Mrs. Abernathy, schließlich war ihre Nachbarin nicht mehr sehr gut zu Fuß.

Auch heute hatte sie ihr etwas aus der Apotheke mitgebracht und lächelte, als der graue Lockenkopf in der Tür erschien.

«Hallo, Mrs. Abernathy.»

«Hanna, meine Liebe», sie zwinkerte ihr freundlich zu. «Entschuldigen Sie die Wartezeit. Ich schaue gerade Downtown Abbey und muss eingenickt sein.»

«Das ist schon in Ordnung», amüsiert griff Hanna in die Einkaufstasche und reichte ihrer Nachbarin die kleinere Plastiktasche aus der Apotheke. «Das habe ich Ihnen mitgebracht.»

«Oh ... das ist sehr nett von Ihnen, meine Liebe.» Durch ihre Brillengläser musterte sie Hanna eingehend. «Sie sind ja von oben bis unten durchnässt. Wollen Sie nicht hereinkommen? Ich habe gestern Hühnerbrühe gemacht ...»

«Das ist sehr nett», erwiderte sie rasch. «Aber ich hatte einen langen Tag und bin sehr müde.» Der Grund lag vielmehr in Mrs. Abernathys Kunst, alle Speisen zu versalzen, aber das behielt sie lieber für sich.

«Sie sollten wirklich nicht so schwer tragen und ganz sicher nicht bei diesem Regen draußen herumlaufen», ihre Nachbarin schnalzte missbilligend mit der Zunge.

«Ich werde es mir merken», antwortete Hanna gespielt ernst und nahm die Einkaufstasche wieder auf.

«Wenn Sie doch etwas Brühe möchten, kommen sie jederzeit vorbei. Sie sollten sich wirklich nicht erkälten.»

«Darauf komme ich zurück.»

In ihren eigenen vier Wänden machte Hanna erst einmal Licht und genoss die wohltuende Stille um sich herum. Doch dann fiel ihr Blick auf den Anrufbeantworter. Die Tatsache, dass keine einzige Nachricht angezeigt wurde, ließ sie für einen Moment schwermütig werden.

Sie ließ die Taschen zu Boden sinken und lehnte den Kopf gegen die Wand. Nicht allein zu sein konnte dennoch sehr einsam sein.

12. Kapitel

Als es an ihrer Haustür klingelte, speicherte Hanna die Datei und ging gähnend durch den Flur. Sie erwartete niemanden und vermutete, dass es Mrs. Abernathy war, der ständig Zucker, Salz oder etwas anderes fehlte. Zwar sagte sie der älteren Dame immer wieder, dass sie die zwei Stockwerke nicht nach oben laufen musste, doch anstatt sie einfach anzurufen, damit Hanna ihr etwas nach unten brachte, erklomm Mrs. Abernathy regelmäßig die steilen Treppenstufen.

Hanna seufzte, setzte ein fröhliches Gesicht auf und griff nach der Türklinke. Eigentlich wollte sie gleich ein kleines Nickerchen machen, da sie heute einen freien Tag hatte und furchtbar müde war. Deshalb hoffte sie, dass Mrs. Abernathy nicht allzu lange bleiben würde.

Doch als sie die Tür öffnete, stand nicht ihre Nachbarin vor ihr.

«Hallo!»

Hanna starrte ihren Gast verwirrt an und riss dann vor lauter Entsetzen die Augen auf, als sie Christine Shaw erkannte. Diese stand in einen Wintermantel gekleidet vor ihrer Tür und lächelte verlegen.

«Sie müssen Hanna sein. Ich bin Chrissy.»

«Ich … ich weiß.»

«Es tut mir leid, dass ich Sie überfalle, aber … Himmel!»

Hanna wollte bei Chrissys erschrockenem Ausruf die Tür zuschlagen, doch diese war schneller und zwängte sich hindurch. Zitternd verschränkte Hanna die Arme vor der Brust und hatte das Gefühl, gleich ohnmächtig zu werden. Tausend Gedanken rasten durch ihren Kopf. Das Erste, was ihr in den Sinn kam, war: «Sie dürfen es John nicht sagen! Bitte … schwören Sie mir, dass Sie es John nicht sagen!»

«Aber …»

«Ich will nicht, dass er es erfährt.»

«Aber es ist doch auch sein Baby!» Chrissy war blass geworden und starrte Hannas deutlich gerundeten Bauch an.

Hanna zog verlegen ihre Strickjacke über die Rundung. «Das geht nur John und mich etwas an.»

«Dann sollten Sie ihm etwas davon sagen», forderte Chrissy aufgebracht.

Hanna biss die Zähne zusammen und spürte, wie ihr der Schweiß ausbrach. Erst gestern hatte ihre Mutter genau das Gleiche gesagt und damit einen wunden Punkt getroffen. Hanna wusste, dass John es erfahren musste, aber sie hatte panische Angst, ihn wiederzusehen.

Chrissy hob die Hände und ließ sie mutlos wieder sinken. «Sie brauchen einen Tee und ich auch. Können wir uns setzen?»

Nach einem Augenblick nickte Hanna widerstrebend, weil sie fürchtete, die fremde Frau nicht ohne Protest loszuwerden, und führte Chrissy in ihr Wohnzimmer. Diese sah sich interessiert um, betrachtete die frisch tapezierten Wände und die unzähligen Bücherregale, bevor sie den Mantel auszog, sich auf die Couch setzte und Hanna einen freundlichen Blick schenkte.

Hanna entschuldigte sich rasch und ging in die Küche, um Tee zu kochen. Als sie wenige Minuten später zurückkam, hatte sie sich einigermaßen gesammelt, starrte Chrissy jedoch misstrauisch an. Sie servierte den Tee und setzte sich in einen Sessel. Die blonde Frau sah in ihrem beigefarbenen Hosenanzug und mit der eleganten Frisur wie auf den zahlreichen Bildern, die Hanna von ihr kannte, wunderschön aus, während sie sich aufgeschwemmt und hässlich vorkam. Kein Wunder, dass sie damals rasend vor Eifersucht gewesen war, als sie in der Presse von Johns Treffen mit seiner Exfreundin gelesen hatte, dachte Hanna bekümmert.

«Was führt Sie nach England?»

«Sie sind sehr direkt.» Chrissy lächelte. «Das gefällt mir. Um ebenso direkt zu antworten: John.»

Hanna spürte einen Stich im Herzen und sagte gespielt lässig: «Wir sind getrennt. Ich bin mir sicher, dass Sie und er sehr glücklich miteinander werden.»

Chrissy starrte sie fassungslos an, bevor sie zu lachen begann. Hanna wusste nicht, wie sie auf die schöne Frau auf ihrer Couch reagieren sollte.

«Was finden Sie so lustig?»

Kichernd schüttelte Chrissy den Kopf. «Dass Sie glauben, John und ich ...»

«Ich habe die Fotos gesehen», presste Hanna zwischen den Zähnen hervor. «Sie scheinen ihn sehr zu lieben und ...»

«Natürlich liebe ich John», antwortete Chrissy etwas ruhiger. «Aber nicht so, wie Sie denken.»

«Ach nein?»

Chrissy lächelte weich. «John ist mein bester Freund. Ich habe selten jemanden kennengelernt, der so liebenswert und integer ist wie er. Aber ich würde niemals wieder eine Beziehung mit ihm führen können.»

Hanna sah sie verblüfft an und wusste im ersten Augenblick nicht, was sie sagen sollte. «Ich ... ich verstehe das nicht. Sie ...» Sie räusperte sich. «Sie waren doch zusammen und ...»

«Ja, das waren wir», Christine verdrehte die Augen. «Es ist schon einige Jahre her. Als wir Schluss machten, war ich sehr erleichtert. John auch, falls Sie das wissen möchten.»

«Das verstehe ich überhaupt nicht.» Hanna lehnte sich verwirrt zurück. «Die Presse hat Sie beide als das perfekteste Paar der USA verkauft.»

«Hören Sie bloß mit der Presse auf!» Chrissy seufzte. «Die dämliche Presse hat in John einen Helden gefunden und jede Frau als nicht gut genug für ihn abgestempelt, einschließlich meiner Wenigkeit.»

«Aber» – Hanna zögerte kurz, bevor sie frustriert weitersprach – «als John und ich zusammen waren, wurde ich ständig mit Ihnen verglichen. Dabei hieß es dann, ich könnte Ihnen niemals das Wasser reichen.»

«Sie dürfen sich diesen Müll nicht zu Herzen nehmen! Während unserer Beziehung wurde ich ständig zerrissen, beleidigt und beschuldigt, falls John ein Wurf misslang, er stolperte oder mal nicht lächelte. Als er sich verletzte, führte man es sogar auf unsere Trennung zurück, obwohl die über drei Jahre zurücklag.»

Hanna musste das erst verdauen und schwieg nachdenklich.

«Wissen Sie, Hanna, John und ich ähneln uns zu sehr. Wir sind fast wie Geschwister, aber als Paar war es eine Katastrophe.»

«Warum?»

Chrissy zuckte mit der Schulter und legte den Kopf schief. «Nun, ich weiß nicht, woran es genau lag, aber oft haben wir uns angeschwiegen, weil wir kein Gesprächsthema fanden. Meist waren wir einer Meinung und konnten nicht einmal über etwas diskutieren. Um ehrlich zu sein, fanden wir uns irgendwann langweilig.»

Hanna hob fassungslos die Augenbrauen. «Langweilig?»

«Ja, irgendwie schon.» Chrissy holte Luft. «Wissen Sie, dass wir uns nie gestritten haben? Und es ist mir nicht einmal aufgefallen. Mit meinem Mann streite ich mich ständig – es fliegen die Fetzen –, und so muss es auch sein.

Wenn er richtig wütend auf mich ist, schreit er mich an, und ich brülle zurück.» Sie wurde rot. «Und sicherlich ahnen Sie, was am Ende darauf folgt.»

Verwirrt zwinkerte Hanna und fragte: «Wollen Sie damit sagen, dass John bei Ihnen nie ausgerastet ist?»

«Nein, bei Ihnen etwa? Ich dachte, das läge einfach nicht in seiner Art.»

Hanna war etwas ratlos. «John ... ich würde ihn nicht streitlustig nennen, und ganz sicher ist er nicht aufbrausend, aber ...» – sie schluckte – «gestritten haben wir uns schon das eine oder andere Mal.»

Chrissy grinste. «Das gefällt mir. Noch heute werde ich wahnsinnig, wenn er lammfromm ist und sich nicht aufregt.»

«Chrissy, ich wusste gar nicht, dass Sie verheiratet sind.»

«Oh ...» Sie lächelte vergnügt und erklärte: «Mein Mann und ich haben vor fast zwei Jahren geheiratet. John war unser Trauzeuge.»

Hanna klappte der Mund auf. Ganz automatisch fuhr ihre Hand über ihren Bauch, als sich das Baby mit einem Tritt bemerkbar machte. «Das verstehe ich nicht. Ständig habe ich in den Medien etwas über Sie erfahren. Dass Sie verheiratet sind, wurde nie erwähnt.»

«Ich habe mittlerweile gelernt, wie ich mit der Presse umgehen muss.» Chrissy schwieg für einen Moment. «Wegen meiner Eltern stand ich bereits im Kleinkindalter im Mittelpunkt des öffentlichen Interesses. Ständig zerbrachen Freundschaften und Beziehungen daran. Meinen Mann lernte ich in Chile kennen. Dort heirateten wir auch, und wir haben da ein Haus. Wenn ich in den Staaten bin, reise ich meistens allein. Niemand ist uns bisher auf die Schliche gekommen.»

«Oh.»

Ernst fuhr Chrissy fort: «Hanna, Sie müssen sich wirklich keine Sorgen machen. John ist mein liebster und bester Freund, außerdem ist er mit meinem Mann Javier befreundet. Falls wir einmal Kinder bekommen, wäre John der erste Mensch, der als Patenonkel in Frage käme, aber wir würden in hundert Jahren kein Paar mehr werden.»

Hanna schluckte schwer und gestand nach einer Weile: «Wissen Sie, dass John mir dasselbe erklären wollte, als ich wegen Ihnen eifersüchtig war? Ich habe es ihm nur nicht wirklich geglaubt.»

«John lügt nie.»

Verlegen zuckte Hanna mit der Schulter und griff nach ihrer Teetasse. «Das habe ich auch nie angenommen, aber ich war verwirrt und verunsichert.» Sie seufzte. «Es gab schließlich diese Fotos von Ihnen und John.»

«Aha.»

Nachdenklich rührte sie in ihrer Tasse. «Ja, und ... und der Artikel war alles andere als schmeichelhaft mir gegenüber. Jedenfalls war ich sehr verletzt.»

«Was ich gut verstehen kann.»

Hanna schwieg.

«Wie weit sind Sie?» Chrissy deutete auf ihren Bauch

228

und fuhr auf Hannas panischen Blick hin mit ruhiger Stimme fort: «Keine Sorge, von mir erfährt er kein Wort. Das sollten Sie ihm unter vier Augen sagen.»

«Ich bin im sechsten Monat.» Verlegen strich sie sich über den Bauch. Hanna spürte, dass sie feuchte Augen bekam, als das Baby wieder gegen die Bauchdecke trat. «Ich kann es ihm nicht sagen.»

Chrissy seufzte tief auf. «John würde sich freuen, wenn er von dem Kind erfährt.»

«Ich weiß!» Hanna wischte sich über die Augen. «John ist ... ich weiß, wie John ist. Es hat nichts damit zu tun.»

«Er hat schreckliche Schuldgefühle wegen Ihnen.»

Hanna schüttelte den Kopf. «Das ist kompletter Unsinn. Es ist nicht seine Schuld gewesen, dass diese verrückte Frau auf mich losgegangen ist. Außerdem ist mir gar nichts passiert.»

«Hanna, er leidet.» Chrissy beugte sich vor. «Er ist verzweifelt, dass Sie ihn verlassen haben, und er denkt, dass es wegen dieses Angriffs war. John gibt sich die Schuld daran und denkt, dass Sie ihn deswegen verabscheuen.»

Entsetzt sah Hanna sie an und rief laut: «Aber ... aber ... ich liebe ihn doch!» Sie unterbrach sich hastig und spürte brennende Röte in ihre Wangen steigen, weil sie sich verraten hatte. «Ich ... ich meine damit nur, dass der Angriff nichts mit der Trennung zu tun hatte.»

«Warum haben Sie sich dann von ihm getrennt? Warum, wenn es nichts mit dem Angriff und Johns Ausraster zu tun hatte?»

Hanna stockte und verengte verwirrt die Augen. «Welchen Ausraster meinen Sie, Chrissy?»

«Sie wissen das gar nicht?» Chrissy schluckte. «Dann möchte ich es Ihnen nicht sagen.»

«Doch!», warf Hanna entschieden ein. «Sie müssen es mir sagen! Was meinen Sie mit Ausraster?»

Chrissy machte ein unglückliches Gesicht. «Hören Sie, Hanna, es wäre John bestimmt nicht recht...»

«John wäre es sicher auch nicht recht, dass Sie als seine beste Freundin hinter seinem Rücken zu mir geflogen sind – und ihm dann das Baby verschweigen.» Hanna sah sie provozierend an.

Chrissy blieb beinahe die Luft weg, und sie starrte verblüfft auf Hanna. «Moment mal! Sie sind gar nicht so schutzbedürftig und hilflos, wie ich Sie eingeschätzt habe!»

Lächelnd schüttelte Hanna den Kopf. «Hat John Ihnen das etwa gesagt?»

«Ehrlich gesagt: John sagt in letzter Zeit sehr wenig, und über Sie redet er mit mir überhaupt nicht.»

«Chrissy, bitte. Ich weiß nicht, was passiert ist, nachdem ich New York verlassen habe.» Hanna sah sie flehentlich an.

Die Blondine verzog das Gesicht und verschränkte die Hände ineinander. «John ist wegen Ihnen völlig durchgedreht und hat einen Reporter verprügelt.»

Hanna schnappte nach Luft. «Wie bitte?»

Chrissy nickte. «Es gab glücklicherweise keine Anzeige, da John dem Mann ein Schmerzensgeld zahlte, außerdem war die Öffentlichkeit der einhelligen Meinung, dass dieser schmierige Zeitungsfuzzi es verdient hatte, dennoch hatte irgendjemand die Prügelei gefilmt und ins Netz gestellt.»

Immer noch fassungslos, starrte Hanna in das hübsche Gesicht ihres Gastes, der sich gezwungen fühlte fortzufahren. Zögernd strich sich Chrissy eine blonde Strähne hinter das Ohr. «Einen Tag nachdem Sie New York verlassen hatten, hielt John mit seinen Spielern ein offenes Training ab. Er sah schrecklich aus, hatte dunkle Ringe unter den Augen und schien abwesend zu sein – bis er die Pressevertreter entdeckte.»

«Und?» Ungeduldig beugte sich Hanna vor.

«Dann beging dieser Journalist den Fehler, John ein Foto von Ihnen zu zeigen, das Sie bei Ihrem Abflug mit eingegipster Hand, Pflastern und Abschürfungen im Gesicht zeigte. Er rief, dass John froh sein könnte, Sie los zu sein, und noch einige andere Kommentare ...» Chrissy schluckte. «Da ist John ausgerastet.» Sie schüttelte den Kopf. «Ohne Vorwarnung ist er auf den Journalisten losgegangen und hat auf ihn eingeprügelt. Es gab einen riesigen Tumult. Einige der Footballspieler mussten John von dem Journalisten wegziehen.»

«O mein Gott», flüsterte Hanna entsetzt.

«Irgendein anwesender Fan buhte und warf John vor, das Spiel wegen Ihnen verpasst und dem Team geschadet zu haben. Daraufhin beschimpfte John ihn als Arschloch und musste regelrecht vom Platz gezerrt werden.» Chrissy seufzte.

Hanna musste das erst einmal verdauen. «Erzählen Sie mir wirklich kein Märchen?»

«Sie können es sich selbst anschauen, wenn Sie es im Internet anklicken. Tagelang war es eines der meistangeschauten Videos.»

«Himmel!» Hanna schüttelte den Kopf. «Was passierte mit John?»

«John hat am nächsten Tag gekündigt.»

Fassungslos starrte Hanna sie an. «Er hat *was* getan?»

Chrissy wirkte nun sogar ein wenig empört. «Natürlich hat er gekündigt! Denken Sie tatsächlich, dass er keine Konsequenzen aus der Tragödie zieht, die Ihnen passiert ist? Er hat sogar eine kurze Pressekonferenz gegeben, in der er verkündete, dass er nicht länger für New York als Coach arbeiten könne, da er wütend und enttäuscht darüber sei, wie man sein Privatleben und seine Angehörigen behandele.»

Verwirrt schaute Hanna ins Leere.

«Hanna, was haben Sie denn gedacht, was er täte?»

Hanna schluckte. «Er hat wegen mir gekündigt? Warum hat er das nicht erzählt?»

Chrissy schnaubte ironisch auf. «Nach meinem letzten Telefonat mit John hatte ich den Eindruck, dass Sie seine Anrufe ignoriert haben.»

«Das stimmt.» Hanna vergrub ihre Stirn in der linken Hand und kniff die Augen zusammen. «Verstehen Sie mich nicht falsch», krächzte sie, «aber ich … ich wollte und konnte ihm nicht zuhören oder mit ihm sprechen, weil ich dann ganz sicher meine Meinung geändert hätte.»

«Das wäre gut gewesen.» Chrissy seufzte. «Warum haben Sie ihn im Krankenhaus abgewiesen? Er war völlig fertig mit den Nerven.» Ihre Stimme klang anklagend.

Hanna sah sie mit feuchten Augen an. «Ich habe es nicht mehr ausgehalten – deshalb! Ständig schrieb jemand eine Verleumdung oder Beleidigung über mich. Fotos wurden mit ziemlich verletzenden Botschaften über mich gedruckt, oder ich las, dass John schon längst eine andere, bessere, hübschere und passendere Freundin hätte, was mich extrem verunsicherte. Ich konnte nicht mehr zur Arbeit gehen, weil sich Journalisten in meine Vorlesung schmuggelten und mich belästigten. Fans nannten mich eine Goldgräberin und warfen mir vor, John einfangen zu wollen, indem ich ihm ein Kind anhängte. Dann werde ich von dieser verrückten Stalkerin angegriffen und verprügelt. Im Krankenhaus werde ich mit einem gebrochenen Unterarm und einer Gehirnerschütterung wach, während John an meinem Bett sitzt und weint» – Hanna schluchzte auf –, «und alles, woran ich in Panik denken kann, ist, dass er das Spiel verpassen wird und wegen mir vielleicht seinen Traumberuf aufgeben könnte. Wegen mir sollte er sich nicht gezwungen fühlen, seinen Job an den Nagel zu hängen!»

Chrissy sah sie nach diesem Gefühlsausbruch schockiert an. «Warum haben Sie es ihm denn nicht gesagt?»

«Verdammt, ich wollte nicht mit seinem Beruf konkurrieren! Ich weiß genau, wie viel ihm seine Arbeit bedeutet.»

«Also haben Sie ihn gar nicht wählen lassen und sind einfach fortgegangen?» Chrissy schüttelte den Kopf. «Das war dumm.»

«Es war vernünftig!» Hanna sah sie trotzig an.

«Ich glaube, ich verstehe.» Chrissy fixierte sie ernst. «Sie hatten Angst, dass er sich nicht für Sie entscheiden würde!»

Verzweifelt schüttelte Hanna den Kopf. «Sie sind nicht die einzige Person auf dem Planeten, die John kennt, Chrissy. Ich *weiß*, dass er sich für mich entschieden hätte, weil er der verantwortungsvollste Mensch ist, den ich kenne.»

«Und was war dann Ihr Problem?»

Sie schluckte die beißenden Tränen hinunter. «Ich hätte es nicht ertragen, wenn er mich irgendwann einmal für diese Entscheidung verabscheut hätte.»

«Sind Sie verrückt?» Chrissy schüttelte ungläubig den Kopf. «Wie können Sie das nur gedacht haben?»

Mit trauriger Stimme gestand Hanna: «Er soll glücklich sein. Ich will einfach nur, dass er glücklich ist.»

Chrissy schnaubte trocken auf. «Dann haben Sie einen entscheidenden Fehler gemacht, Hanna, denn er ist alles andere als glücklich.»

Nachdem Chrissy gegangen war, wollte sich Hanna endlich hinlegen und den aufreibenden Nachmittag vergessen. Doch stattdessen saß sie an ihrem Computer und starrte verwundert auf die Bilder vor ihr, die John zeigten, der relativ gefasst, aber mit mörderischer Wut in den Augen ein Interview gab, in dem er seinen Rücktritt erklärte.

Gespannt saß sie im Schneidersitz auf ihrem Sessel und stützte sich mit den Ellbogen auf der Tischplatte ab, während das Video lief: John saß neben dem Pressesprecher des Vereins, dem Besitzer und seinen Co-Trainern. Auch wenn niemand richtig glücklich aussah: John schien jeden Moment zu explodieren. Hanna war deshalb noch immer ziemlich irritiert, denn so kannte sie ihn kaum.

«Eine Frage an Sie, John», wollte ein seriös wirkender Reporter wissen. *«Nehmen Sie Ihren Abschied als Konsequenz für Ihren gestrigen Ausbruch, oder hat er etwas mit der Niederlage im letzten Spiel zu tun?»*

Gewitterwolken schienen über Johns Miene zu ziehen. *«Weder das eine noch das andere.»*

Dies war wohl keine zufriedenstellende Antwort, denn der Reporter versuchte es ein weiteres Mal: *«Gab es bereits Gespräche über Ihren Abschied vor dem Spiel am letzten Sonntag?»*

Der Pressesprecher beugte sich vor und erklärte: *«Der Abschied von John Brennan kam nach internen Gesprächen zwischen allen Beteiligten zustande.»*

«Also können wir davon ausgehen, dass Coach Brennan

als Strafe für sein Fernbleiben während des Spiels gefeuert wurde?», fragte ein weniger seriös wirkender Journalist.

George MacLachlan beugte seinen fast kahlen Kopf nach vorn. *«John ist ein phantastischer Trainer. Jeder innerhalb dieses Vereins hat vollstes Verständnis dafür, dass er am vergangenen Spiel nicht teilnehmen konnte.»*

«Die Fans sehen das jedoch anders. Sie meinen, dass der Cheftrainer Schuld an der Niederlage war, da er nicht anwesend war. Hat der Vorstand der Verärgerung Rechnung getragen?»

Wieder erklärten der Pressesprecher und der Besitzer, wie wertvoll John als Trainer war und dass es ein Abschied in guter Freundschaft und er nicht gefeuert worden sei.

«Die Fans verstehen nicht, weshalb der Trainer bei einem entscheidenden Spiel fehlte. Dass er nun das Handtuch wirft, stößt ebenfalls böse bei ihnen auf. Dann dieser aus der Luft gegriffene Angriff auf einen Reporter ...»

John beugte sich vor und gab seinen Mitstreitern ein Zeichen, dass er diese Frage beantworten würde: *«Wollen Sie wissen, weshalb ich das Handtuch werfe, wie Sie es so schön ausgedrückt haben? Nun gut, ich liebe diesen Sport, und ich habe diesen Verein jahrelang geliebt, aber wenn diejenige beleidigt, beschämt und verletzt wird, die ich am meisten liebe, muss ich Konsequenzen ziehen. Dazu gehört, dass ich die Titans von nun an nicht mehr coachen werde, weil die Fans, von denen Sie ständig sprechen, mich zutiefst enttäuscht haben. Ich bin zwar der Trainer dieses Vereins gewesen, doch das gibt niemandem das Recht, über mein Privatleben zu entscheiden oder zu richten.»*

«Aber...»

«Ich bin noch nicht fertig» – er zog die Augenbrauen zusammen –, *«hinter mir steht ein großartiges Team. Sowohl der Vorstand als auch alle Mitarbeiter des Vereins leisten großartige Arbeit, jedoch weigere ich mich weiterhin, hier zu arbeiten, wenn diejenigen, die mir nahestehen, nicht mehr auf die Straße gehen können, ohne dass sie von sogenannten Fans attackiert oder ausgebuht werden. Mir selbst ist es ziemlich egal, ob es den Anhängern böse aufstößt, dass ich am Sonntag nicht da war – Tatsache ist, dass meine Freundin verletzt ins Krankenhaus kam, weil sie von einem verrückten Fan angegriffen wurde. Das wäre nicht passiert, wenn man in den vergangenen Monaten mein Privatleben respektiert hätte. George MacLachlan hat sich bei mir für die Vorfälle entschuldigt, was überhaupt nicht nötig war, schließlich ging die Hetzkampagne gegen meine Freundin nicht auf das Konto des Vereins. Es waren Journalisten und einige Fans, die für die Beleidigungen verantwortlich waren. Leider muss ich mich mittlerweile schämen, jemals für New York gespielt zu haben.»* Er lehnte sich etwas zurück. *«Mehr gibt's dazu nicht zu sagen.»*

Zwischen Rührung und Trauer hin- und hergerissen, schluckte Hanna schwer und klappte das Laptop zu.

Ein Blick auf die Uhr sagte ihr, dass in New York jetzt früher Nachmittag war, daher nahm sie ihr Telefon und wählte beklommen Johns Nummer. Er nahm jedoch nicht ab. Auf seinem Handy hatte sie ebenfalls kein Glück, da es abgestellt war. Nach einigen Augenblicken des Nachdenkens rief sie Maggie an und hatte Mühe, sie zu verstehen, weil ihr Herz so laut klopfte.

«Hallo, Schätzchen, das ist aber eine nette Überraschung! Wie geht es dir?»

Hanna atmete zittrig ein. «Gut … nein, das heißt, mir geht es nicht gut. Maggie, ich muss mit John sprechen. Weißt du, wo er steckt?»

«John ist in New York.» Maggie klang ein wenig ratlos. «Was ist denn los? Du klingst ziemlich aufgebracht.»

«Es ist nichts passiert.» Hanna biss sich auf die Unterlippe und versuchte das Zittern ihres Kinns zu unterdrücken. «Aber … aber ich habe bemerkt, dass ich einen Fehler gemacht habe. Deshalb muss ich mit ihm reden.»

«John war letzte Woche mit einem Freund im Norden zum Skifahren. Aber ich habe vorgestern mit ihm gesprochen, als er wieder in New York war.»

«Oh … Und wie … wie geht es ihm?»

Maggie seufzte und erklärte nach einer Weile: «Na ja, John ist eben John. Er zeigt es nicht, aber ich glaube, dass er momentan nicht sehr glücklich ist.»

Hannas Herz krampfte sich zusammen, und sie krächzte heiser in den Hörer: «Das ist meine Schuld.»

«Ach, Liebes …»

«Maggie, was ich getan habe, tut mir so leid!» Hanna sackte in sich zusammen. «Ich habe alles falsch gemacht und nicht mit ihm geredet …»

«Oh, Hanna, du hast nichts falsch gemacht. Du und John, ihr hattet es mit seinem Job und dem ganzen Druck, unter dem ihr standet, nicht einfach. Dann kam der Vorfall mit dieser Verrückten . . . das war zu viel für dich. John hat vollstes Verständnis dafür.»

«Darum geht es gar nicht.» Sie starrte aus dem Fenster in die dunkle Nacht und wischte sich über die Nase, bevor sie die Hand auf ihren Bauch legte.

Es hatte ewig gedauert, bis sie bemerkt hatte, dass sie schwanger war. Während der ersten Wochen in London hatte sie lethargisch im Bett gelegen und ständig geschlafen, wenn sie nicht gerade wie ein Schlosshund heulte. Erst im dritten Monat war ihr aufgefallen, dass nicht nur ihr Liebeskummer an ihrer permanenten Müdigkeit und Heulerei Schuld war. Tagelang war sie schrecklich durcheinander gewesen, hatte sich geweigert, der Wahrheit ins Auge zu blicken, und ihre Schwangerschaft verleugnet. Erst beim ersten Ultraschallbild hatte sie auch an das Baby gedacht und war prompt in Tränen ausgebrochen. Bei jedem Tritt fragte sie sich heute, wie man jemanden so sehr lieben konnte, den man noch gar nicht kannte.

«Das musst du mir nicht sagen», erwiderte Maggie sanft und riss Hanna damit aus ihren Gedanken. «Es reicht, wenn du es John sagst.»

13. Kapitel

Hanna kam ein wenig übernächtigt und ziemlich angespannt in New York an, als es dort gerade früher Abend war. Sie hatte kaum Gepäck dabei, da sie in aller Eile einen Flug gebucht und wenig später bereits im Taxi zum Flughafen gesessen hatte. Sie fühlte sich erschöpft und müde, außerdem hätte sie jetzt gern geduscht, denn sie sah sicher furchtbar aus. Ihr Haar war zu einem losen Zopf geflochten. Sie trug schlabberige Jeans, einen weiten Pulli, einen dunklen Mantel und Turnschuhe. Sie wollte John nicht sofort auf die Nase binden, dass sie schwanger war, befürchtete aber, dass es sich nicht vermeiden ließ, wenn er sie sah. Vielleicht hielt er es einfach für Winterspeck, betete sie.

Mit ihrem kleinen Trolley bewaffnet, ließ sie sich vor Johns Apartmenthaus absetzen und schlich nervös in die Lobby. Der Concierge erkannte sie sofort und öffnete ihr die Tür, bevor sie zum Aufzug eilte. Nach einem gemurmelten Dank für seinen Willkommensgruß betrat sie den Aufzug und beobachtete mit einem üblen Würgegefühl, wie der Aufzug der 10. Etage immer näher kam. Als Hanna vor Johns Tür stand, wusste sie nicht, ob sie hoffen sollte, dass er daheim war, oder nicht. Sie wäre am liebsten geflohen. Stattdessen hob sie die Hand und klopfte an die Tür. Kaum war sie einen winzigen Schritt nach hinten getreten, öffnete John die Tür und starrte sie fassungslos an.

Im ersten Augenblick stand sie einfach nur da und sog seinen Anblick in sich auf. Sein blondes Haar war kürzer als früher, dafür bedeckte ein Dreitagebart seine Wangen und die Grübchen. Seine blauen Augen hatten sich geweitet und blickten sie verwundert an.

«Hallo, John.» Hanna versuchte ein Lächeln, das eher zittrig ausfiel, und holte stockend Luft. Sie betrachtete mit klopfendem Herzen sein Gesicht, das nicht viel verriet, außer dass er durch ihre Anwesenheit völlig aus der Bahn geworfen war.

«Hanna...»

Plötzlich erscholl aus dem hinteren Teil der Wohnung eine Frauenstimme: «Ist das Taxi etwa schon da, John? Hattest du es nicht für halb acht bestellt?»

Hanna starrte auf eine wunderschöne dunkelhaarige Frau, die in Johns Bademantel und mit feuchtem Haar aus seinem Schlafzimmer kam. Ihr drehte sich angesichts der langbeinigen Schönheit mit dem perfekten Gesicht der Magen um. Die Frau war stehen geblieben, um sie unverhohlen zu betrachten. John stand wie zur Salzsäule erstarrt in der Tür und fixierte plötzlich Hanna.

«Ich...ich störe wohl.» Ihr fiel einfach kein anderer Satz ein, während eine eiskalte Faust ihr Herz umklammerte und ihr den Atem stocken ließ. Mit einem schmerzverzerrten Gesicht drehte sie sich um und wollte weglaufen.

«Moment mal!» John setzte sich in Bewegung und ergriff ihre Hand.

«John ... lass mich los.» Hanna verzog das Gesicht und versuchte, ihm die Hand zu entreißen, da sie fürchtete, jeden Moment in Tränen auszubrechen – und die Blöße wollte sie sich nicht geben, nicht nachdem er diese Traumfrau erwählt hatte und Hanna wie eine Vogelscheuche mit einem Koffer in der Hand vor ihm stand.

«Bitte, John», brach es aus ihr heraus. «Lass mich gehen.»

«Nicht bevor du erklärt hast, weshalb du schwanger bist!» Seine Stimme klang fassungslos.

Mit einem Schluchzen riss sich Hanna los und stolperte in Richtung Fahrstuhl, der glücklicherweise noch offen war. John, nur mit T-Shirt und Boxershorts bekleidet, folgte ihr auf dem Fuße. Im Fahrstuhl angekommen, drückte sie sofort den Knopf für das Erdgeschoss, doch John zwängte sich durch die sich schließenden Türen. Da ihr die Tränen über die Wangen liefen, drehte sie sich um und schlang die Arme um sich.

«Um Gottes willen, Hanna», krächzte John schwer atmend. «Was ist los? Was ... was tust du hier?»

«Bitte», schluchzte sie und lehnte den Kopf gegen die Aufzugwand. «Bitte lass mich zufrieden.»

John schluckte, bevor er unbeherrscht rief: «Hanna ...

du stehst nach Monaten ... nach fast sechs Monaten vor meiner Tür ... und du bist schwanger!»

Noch immer verharrte sie mit dem Rücken zu ihm. «John ... könntest du bitte einfach gehen ... bitte.» Sie schluchzte unbeherrscht auf und biss sich auf die Lippe.

«Verdammt, Hanna! Rede mit mir!»

Aufgebracht drehte sie sich um und starrte ihn aus tränenden Augen an. «Also gut. Ich bin hier, weil ich mit dir reden wollte!» Wütend wischte sie sich über die Augen und senkte den Blick. «Ja, ich bin schwanger. Und falls du fragen willst: Es ist von dir! Ich –»

«Habe ich dich etwa gefragt, ob es von mir ist?», brüllte er unbeherrscht zurück.

«Es tut mir leid. Ich ... ich ...» Sie schüttelte kurz den Kopf, während Tränen wieder und wieder über ihre Wangen rannen. «Geh zurück zu ihr! Ich ... ich bin gleich weg, und du kannst ihr sagen, dass ...»

«Was?» Er sah sie erstaunt an. «Was redest du da?»

Als Hanna schluckte, brannte ihr Hals wie Feuer. Doch sie wollte jetzt nicht zusammenbrechen. «Gratuliere ... sie sieht toll aus. Keine Sorge, ich werde dich nicht mehr belästigen und ... und das Baby ...»

Erst jetzt merkte sie, dass John erschreckend bleich geworden war. Weinend kehrte sie ihm wieder den Rücken zu und klammerte sich an den Handlauf des Aufzugs.

«Hanna!» Sie spürte, dass er genau hinter ihr stand.

«Du hast eine neue Freundin ... das habe ich nicht gewusst.»

«Nein, Hanna...»

«Bitte», flehte sie, «bitte geh und lass mir noch ein wenig Stolz.»

Er seufzte tief, und dann fühlte sie, dass er die Arme von hinten um sie schlang. Auch er schien zu zittern. Hanna konnte nicht anders und schluchzte noch heftiger los, als er sie zu sich umdrehte und sie an seine Brust zog. Sein Kopf senkte sich zu ihr herab, und er erklärte mit heiserer Stimme: «Ich habe dich schrecklich vermisst, Hanna, ich habe es fast nicht mehr ohne dich ausgehalten.»

Sie konnte nichts erwidern, sondern bemühte sich darum, nicht völlig die Kontrolle zu verlieren und zusammenzubrechen. Sie war nie auf den Gedanken gekommen, dass John eine neue Freundin haben könnte. Wie naiv sie gewesen war!

«Kommst du bitte mit in die Wohnung, damit wir reden können?»

Hanna japste nach Luft. Bestimmt ging sie nicht zurück in die Wohnung, wo der Traum aller Männer im Bademantel auf John wartete! Sie wischte sich zitternd die Tränen aus dem Gesicht und erklärte mit gebrochener Stimme: «John, ich nehme mir ein Hotelzimmer und rufe dich später an.»

Er drehte sie sanft um und versuchte, ihr ins Gesicht zu schauen. «Ich verstehe nicht.»

Während sie den Kopf weiterhin gesenkt hielt, stammelte sie: «Komm am besten ins Hotel, damit wir über das Baby reden können.»

«Du willst mit mir über das Baby reden?» Er klang ungläubig.

«Natürlich!» Sie holte stockend Atem. «Sorgerecht, Umgangsrecht … wenn … wenn du willst, vereinbaren wir einen Termin wegen eines Vaterschaftstests.»

Schockiert umfasste er ihre Schultern. Hanna sah ihn unschlüssig an und bemerkte, dass sein bleiches Gesicht plötzlich rot vor Zorn wurde. «Erklärst du mir bitte, was das alles zu bedeuten hat? Wir stehen im Aufzug, ich habe vor einer Minute erfahren, dass wir Eltern werden – und du schlägst tatsächlich einen Vaterschaftstest vor? Und warum faselst du etwas von einem Hotel?»

Unglücklich sah sie ihn an. «John! Bitte!»

«Was?»

«Du machst es nicht gerade leichter.»

«Leichter?» Er schüttelte den Kopf. «Wie weit bist du?»

Hanna biss sich auf die Unterlippe und wich seinem Blick aus. «Im sechsten Monat.»

«Hättest du dich nicht früher melden können?», wollte er aufgebracht wissen.

«Können wir das bitte in Ruhe besprechen?» Ihre Augen schweiften im Aufzug umher, als John den Knopf für die 10. Etage drückte.

«John!» Sie sah ihn panisch an. «Nicht! Ich will nicht in deine Wohnung!»

«Warum nicht?»

Sie schluckte aufgebracht und suchte nach Worten, bis

245

es aus ihr herausbrach: «Ich will das nicht vor *ihr* besprechen.»

«Sie wollte sowieso gehen», erwiderte er ruhig und ließ keinen Widerspruch zu.

Schweigend und unglücklich lief sie neben ihm her, nachdem er ihr den Trolley abgenommen hatte und hinter sich herzog. Hanna umschlang ihren Oberkörper mit beiden Armen. John öffnete die Tür und ließ ihr den Vortritt. Die Traumfrau war nirgends zu sehen, und doch fühlte sich Hanna so unbehaglich wie nie zuvor, weil sie wusste, dass Johns neue Freundin sich irgendwo in dieser Wohnung aufhielt, in der sie selbst so viel Zeit verbracht hatte.

«Du siehst müde aus», kommentierte John, während er ihren Koffer an die Wand stellte. Daneben befanden sich bereits drei große Koffer und ein Suitcase, die gepackt zu sein schienen.

«Ja.» Sie seufzte innerlich. «Der lange Flug hat mich angestrengt.»

«Setz dich.» Seine Stimme klang merklich sanfter als zuvor. «Ich mach dir einen Tee.»

«Oh …» Hanna folgte ihm langsam in Richtung Küche und murmelte betreten: «Mach dir keine Umstände …»

John überging dies und fragte ruhig: «Wie immer Kamille mit Limone und einem Stückchen Zucker?»

Ihr traten die Tränen in die Augen, also nickte sie einfach. Dann beobachtete sie John, der Tassen hervorholte und das Wasser zum Kochen brachte. Hanna fühlte sich mehr als unbehaglich und setzte sich vorsichtig auf den Barhocker. Seine Wohnung sah wie immer aus – sie bemerkte keine einzige Veränderung. Bald stellte er ihr eine duftende Tasse mit Tee hin und nippte selbst an seiner Tasse.

«Was macht die Arbeit?»

Hanna stellte die Tasse wieder ab und blickte in das dampfende Gebräu. Sie schwieg und kam sich wie ein Wrack vor.

Beide drehten die Köpfe, als es an der Wohnungstür klopfte. John verschwand im Flur, von wo Hanna eine fremde männliche Stimme hörte. «Ist Kate endlich so weit? Ich werde noch verrückt, wenn wir wegen ihr den Flug verpassen!»

«Es kann sich nur noch um Stunden handeln», erklärte John amüsiert.

«Verdammt, das Taxi wartet schon!»

Neben John betrat ein dunkelhaariger Mann den Raum, der Jeans und Sweatshirt trug und stehen blieb, als er Hanna entdeckte. «Oh, hallo.»

Sie lächelte verkrampft, während John erklärte: «Hanna, das ist Hugh Lindsay. Wir haben früher zusammen in Dallas gespielt.»

«Schön, Sie kennenzulernen», erwiderte Hanna scheu.

«Ebenfalls! John hat viel über Sie erzählt. Leider kann ich nicht lange bleiben, wir müssten eigentlich schon auf dem Weg zum Flughafen sein.»

«Hugh und seine Frau Kate hatten einen Tag Aufenthalt in New York», erklärte John und fixierte Hanna. «Die beiden haben mich kurz besucht.»

«John hat uns bei sich übernachten lassen, damit wir nicht ins Hotel mussten.» Grinsend schlug Hugh John auf die Schulter. «Du musst bald mal nach Texas kommen, damit wir uns ein bisschen länger sehen.»

«Ich denke darüber nach.»

Hugh zuckte mit der Schulter und ging in Richtung Schlafzimmer, bevor er brüllte: «Kate! Jetzt mach schon, das Taxi wartet nicht ewig!»

Hanna starrte John an, der die Arme vor der Brust verschränkt hatte und sie schweigend betrachtete. Sie wusste nicht, was sie sagen sollte – sie verspürte einfach eine gewaltige Woge der Erleichterung. Diese Frau war nicht seine neue Freundin, sie war nur die Frau eines Freundes.

«John ...»

Er schüttelte kurz den Kopf und legte ihr anschließend die Hand auf die Schulter. «Trink erst einmal deinen Tee aus. Wir können gleich reden.»

Hanna nickte, und als er in den Flur ging, sah sie ihm nach. Kurz darauf kamen Hugh und seine Frau Kate in die Küche, während John mit der Rezeption telefonierte.

«Nun hetz mich nicht so», beschwerte sich Kate Lindsay bei ihrem Mann.

«Wir sind total spät dran, weil du ewig mit deinem Make-up zu tun hattest», meckerte Hugh.

John legte auf. «Der Gepäckträger ist in einer Minute hier und das Taxi abfahrbereit.»

Kate ignorierte das und hielt Hanna die Hand hin. «Hallo, ich hoffe, ich habe Sie nicht erschreckt.»

«Nein ... schon gut.» Hanna lächelte verkrampft.

«Kate», warnte Hugh. «Das Taxi ...»

«Ja, ja.» Kate verdrehte die Augen und wandte sich an John. «Es war total lieb, dass wir bei dir schlafen durften.»

«Immer wieder gern, Kate.» Er küsste sie auf die Wange. «Aber das nächste Mal müsst ihr länger bleiben.»

«Gern.» Hugh klopfte ihm kurz auf den Rücken. «Und du überlegst dir wirklich, ob du mal nicht wieder Urlaub in Texas machen willst.»

«In Ordnung.»

Als der Gepäckträger kam, scheuchte Hugh seine Frau aus der Wohnung. John schloss die Tür hinter ihnen und seufzte innerlich. Er wartete einen Moment und atmete tief durch. Es war erst wenige Minuten her, dass Hanna ohne Vorankündigung in seine Wohnung geplatzt war und ihn völlig aus der Bahn geworfen hatte. Die letzten Monate waren eine emotionale Talfahrt gewesen und hatten ihn an den Rand des Wahnsinns gebracht, weil er nicht gewusst hatte, wie er sich aus diesem Schlamassel wieder befreien sollte.

In den ersten Wochen nach ihrer Abreise war er verzweifelt gewesen und bei dem Gedanken daran, dass sie ernstlich hätte verletzt werden können, schier verrückt geworden. Er hatte ihr Zeit geben wollen, damit sie sich in Ruhe bei ihrer Mutter erholen konnte. Damals war er sich sicher gewesen, dass sie ihre Worte, die sie im Krankenhaus von sich gegeben hatte, nicht ernst gemeint hatte. Sicherlich würde sie nach ein paar Tagen oder Wochen in London wieder zur Besinnung kommen. Doch es kam anders, und John hatte begriffen, dass sie wirklich und wahrhaftig Schluss gemacht hatte. All seine Instinkte hatten ihm geraten, in den Flieger zu steigen und sie zurückzuholen, aber dann hatte er befürchtet, dass sie ihm die Schuld an dem ganzen Desaster gab. Die Vorwürfe, die er sich selbst gemacht hatte, hatten dazu geführt, dass er in New York blieb und sie nach einer Weile nicht mehr anrief. Hanna verdiente ein ruhiges und sorgenfreies Leben, das er ihr wohl nicht bieten konnte.

Und nun stand sie schwanger in seiner Wohnung und wollte mit ihm reden. Er wusste nicht, wo ihm der Kopf stand.

Langsam und mit wackligen Beinen betrat er wieder die Küche, in der sie am Tresen saß und so bleich aussah, wie er sich fühlte. Sein Blick klebte förmlich an ihrer rundlichen Leibesmitte, die durch einen Strickpulli kaschiert werden sollte. John leckte sich über die Lippen und versuchte das Kribbeln in seiner Hand zu ignorieren. Er hätte alles gegeben, um sie genau dort zu platzieren. Himmel, sie bekam ein Kind vom ihm!

«Solltest du nicht lieber die Füße hochlegen? Du siehst erschöpft aus.» Besorgt trat er näher.

Sie schüttelte stoisch den Kopf. «Mir geht es gut. Der Flug war nur etwas anstrengend.»

«Du solltest dich ausruhen», wiederholte er ruhig. «Es ist weder gut für dich ... noch für das Baby.»

Zögernd blickte sie ihn an. «John, ich möchte lieber mit dir sprechen.»

Er schüttelte entschlossen den Kopf. «Wir können später noch reden.»

«Okay», murmelte sie und biss sich unsicher auf die Lippe. «Würdest du mir ein Hotelzimmer buchen?»

Obwohl John wieder aufbrausen wollte, beruhigte er sich und nahm ihre linke Hand. «Ist es wirklich schon so weit gekommen, dass du nicht bei mir schlafen möchtest?»

Hanna musste schlucken und schüttelte ebenfalls den Kopf. «Nein, aber angesichts der Situation wäre es vernünftiger.»

«Angesichts welcher Situation?»

Hilflos hob sie eine Schulter und murmelte: «Ich habe dich mit meinem Kommen überfallen. Vielleicht hast du schon eine Verabredung.»

John knirschte mit den Zähnen. «Wenn du wissen willst, ob ich jemanden treffe, dann frag doch einfach.»

Ihre bleichen Wangen wurden vor Verlegenheit rot. «Nein, das meinte ich nicht.»

Er ignorierte ihren Einwurf und fuhr fort: «Dann könnte ich dir nämlich antworten: Nein, Hanna. Ich treffe keine andere Frau. Seit ich dich kennengelernt habe, gab es keine andere.»

Ihr war die Erleichterung anzusehen. Beinahe hätte

er gelächelt, konzentrierte sich jedoch auf das Naheliegende. «Ich habe dich nicht einmal gefragt, wie es dir geht.»

«Mir geht es gut.» Ihr müder Gesichtsausdruck war schlagartig wie weggewischt, und sie schenkte ihm ein ehrliches Lächeln. «Und ihr geht es auch wunderbar.»

«Ihr?» Plötzlich wurde seine Kehle eng, und er musste gegen einen Kloß im Hals ankämpfen.

Hanna nickte. «Beim letzten Ultraschall konnte es mir die Ärztin endlich sagen. Die Kleine war furchtbar stur und hatte sich bis dahin immer abgewendet.» Gedankenverloren strich sie sich über den Bauch. «Du hast immer von Söhnen geredet. Ich möchte nicht, dass du enttäuscht bist.» Verzagt sah sie ihn an.

John starrte sie sprachlos an und merkte, dass der Drang, sie zu berühren, übermächtig wurde. Wenn er sich nicht am Riemen riss, würde er jeden Moment wie eine Heulsuse losflennen.

«Hanna ... wie kommst du bloß auf diese Idee? Es gibt nichts Schöneres als ein Babymädchen.» Er krächzte heiser. «Kleine Mädchen sind wundervoll.»

«Hier ...» Sie nahm seine Hand und legte sie auf ihren Bauch, als hätte sie seine Gedanken gelesen. John hielt die Luft an und trat einen winzigen Schritt näher, während sie seine Hand mit ihrer führte und verlegen gestand: «Am Anfang war ich überfordert und wollte nicht wahrhaben, dass ich schwanger war.»

Er konzentrierte sich völlig auf den Babybauch und

räusperte sich nach einer Weile des Schweigens. «Warum?»

«Weil ich Angst hatte», flüsterte sie. «Wir hatten zwar im Scherz über das Thema Kinder gesprochen, aber als sich der Teststreifen verfärbte und niemand bei mir war ...» Sie seufzte auf. «Da fühlte ich mich einsam und wusste nicht, was ich tun sollte. Eine Woche später war ich bei einer Ärztin und sah das Ultraschallbild.»

«Und du warst nicht mehr allein.»

«Richtig», flüsterte sie unglücklich. «John, kannst du mir verzeihen, dass ich einfach gegangen bin und dich ständig abgewiesen habe?»

Seine Gedanken stoben in alle Richtungen. Er ließ seine Hand auf ihrem Bauch liegen und murmelte düster: «Du hast mir schon wieder nicht vertraut, Hanna.»

Sie senkte den Kopf und wischte eine ungebetene Träne fort. «Das stimmt nicht, John.»

«Dann sag mir doch bitte, warum du mich in den letzten Monaten durch die Hölle geschickt hast.»

Hanna zuckte unter seinen Worten, auch wenn sie ruhig ausgesprochen wurden, merklich zusammen.

«Das wollte ich nicht, John. Ich habe gedacht, du ... du könntest ohne mich eher glücklich werden.»

Steif richtete er sich auf und nahm seine Hand von ihrem Bauch. «Willst du mich für dumm verkaufen?»

Tränenblind sah sie ihn an. «Du warst so glücklich als Footballcoach und bist in deiner Arbeit aufgegangen.» Hanna holte tief Luft. «Als du bei mir im Krankenhaus

warst, hast du gesagt, dass du wegen dieser verrückten
Frau kündigen würdest. Ich hatte solche Angst, dass du
deine Stelle wegen mir aufgeben würdest und es irgendwann bereust. Da dachte ich, dass ich es lieber vorher be-
ende...»

Er sah sie schockiert an. «Das war doch nur ein Job!
Wie kannst du glauben, dass mir der Job wichtiger sein
könnte als du!»

Mit erstickter Stimme erwiderte sie: «Du liebst deine
Arbeit, John. Ich wollte nicht deinen Traum zerstören, in
die Hall of Fame zu kommen.»

Das Geräusch, das John vor lauter Erstaunen von sich
gab, war eine Mischung aus Lachen und Stöhnen. «Die
Hall of Fame? Du denkst, mein Lebensziel wäre die Hall
of Fame?»

«Aber jeder Spieler träumt von der Hall of Fame!»

Unter lautem Gelächter schüttelte er den Kopf und
beugte sich nach vorn.

«John», sagte sie verwirrt und unter Schluchzern.
«Mr. MacLachlan hat mir erzählt, dass du auf dem besten
Wege wärst...»

«O Gott.» Er stützte sich auf dem Küchentresen ab und
schaute in ihr verheultes Gesicht. «Du hast dich wegen
der Hall of Fame von mir getrennt?»

Ihre Unterlippe bebte.

Fassungslos ächzte er: «Von jetzt an gibt es keine
Nachhilfe von selbsternannten Footballexperten mehr
für dich.»

«Aber...»

John umfasste ihre Ellbogen und zog sie näher, bis ihr Bauch im Weg war. Er war wieder ernst und verengte die Augen. «*Du* bist mir wichtig, Hanna, nicht der Football. Du bist mir wichtiger als alles andere.»

«John», erwiderte sie bedrückt. «Ich will nicht schuld sein, dass du...»

Er knirschte mit den Zähnen und unterbrach sie. «Ein Job als Footballcoach macht mich nicht glücklich, wenn ich dich dafür verliere, Hanna. Weißt du denn nicht, was du mir bedeutest? Soll ich einsam alt werden, während mein Konterfei in der Hall of Fame hängt? Inwiefern macht mich das zu einem glücklichen Menschen?»

Sie sah ihm lange in die Augen und flüsterte dann: «Ich weiß es nicht.»

«Ich auch nicht.»

Lächelnd beugte er den Kopf und gab ihr einen süßen Kuss auf den Mund. «Außerdem werde ich in nächster Zeit genug zu tun haben.»

Ihre grünen Augen blickten fragend in seine.

«Als Erstes müssen wir den Umzug deiner Sachen zurück nach New York organisieren, dann gilt es ein Kinderzimmer einzurichten, und die Planung einer Hochzeit steht auch noch an.»

«Hochzeit?» Ihre Wangen röteten sich unvermittelt.

«Hm.» Er nickte mit beinahe finsterer Miene. «Du hast mir nämlich einen Strich durch die Rechnung gemacht, mein Schatz. Der Antrag war längst geplant.»

Mit großen Augen starrte sie ihn an, bevor sie vor lauter Erleichterung in Tränen ausbrach. «Es tut mir leid.»

Stöhnend legte er beide Arme um sie und bemerkte, wie das Baby gegen seine Hüfte trat. John lachte gequält auf. «Von jetzt an will ich keine absurden Ideen mehr von dir hören, sonst lasse ich Tante Moira samt der gesamten Katzenbesetzung von *Vom Winde verweht* bei unserer Hochzeit antanzen. Verstanden?»

Hanna nickte und schmiegte sich glücklich an ihn.

Epilog

Zwei Monate später erlebte Hanna, die mittlerweile mit Nachnamen Brennan hieß und wie ein Walfisch aussah, dass John dem Begriff Sturheit eine völlig neue Definition gab.

Wie ein Rumpelstilzchen hatte er sich vor ihr aufgebaut und beide Hände in die Hüften gestützt. «Hanna, ich hatte dich gewarnt! Es war mein völliger Ernst, als ich gesagt habe, dass du deine absurden Ideen vergessen sollst!»

Sie ignorierte seine wütende Miene und löffelte selig das Bananeneis, das er ihr gerade in einem Supermarkt besorgt hatte. Sie konnte nicht genug davon bekommen und musste es immer zur Verfügung haben. Mit vollem Mund nuschelte sie zufrieden: «Du hast deine Verhandlungsbasis verloren, John.»

«Was soll das schon wieder heißen?»

Sie zog den Löffel aus ihrem Mund und versenkte ihn im beinahe leeren Eisbecher. «Du hast mir damit gedroht, Tante Moira und ihre verkleideten Katzen zu unserer Hochzeit einzuladen. Darf ich dich daran erinnern, dass wir längst geheiratet haben?» Sie grinste wie eine Hexe. «Also kannst du mir damit nicht mehr drohen.»

Frustriert fuhr er sich durchs Haar. «Das ist gar nicht lustig, Hanna.»

«Irgendwie schon, wenn man bedenkt, dass Tante Moira ihre Fotos mittlerweile per Mail an die ganze Familie schickt», entgegnete sie trocken. «Gestern durfte ich Kater Milo bewundern, den Tante Moira in einem Bonny-Kostüm auf ein Schaukelpferd gesetzt hat. Er hatte sogar eine schwarze Lockenperücke auf dem Kopf.»

John versuchte ernst zu bleiben, scheiterte jedoch kläglich und gab ein schnaubendes Prusten von sich.

Hanna streckte sich zufrieden und legte eine Hand auf ihren Achtmonatsbauch. Sie flüsterte der stetig wachsenden Kugel zu: «Bitte, du musst ein Hundetyp werden.»

Ungeduldig rückte John einen Hocker neben die Couch, auf der seine Frau saß. «Was soll also dieser Unsinn?»

«Das ist kein Unsinn», widersprach sie ruhig und gab ihm den Eisbecher, damit er ihn auf den Couchtisch stellte, schließlich konnte sie sich kaum rühren. «Seit einem Monat will ich schon mit dir darüber reden, aber du blockst immer ab. Dabei sind meine Argumente durchaus stichhaltig.»

«Hanna!» Er schien sich um Geduld zu bemühen und zog am Kragen seines Pullis. «Dein Gedächtnis lässt dich im Stich. Oder weißt du nicht mehr, was alles passiert ist? Bist du deshalb nicht sogar nach London geflohen?»

«Das war nur ein Missverständnis», winkte sie ab und streichelte zärtlich sein Knie. «Damals wusste ich noch nicht, dass du mich so sehr liebst, dass du sogar zum wilden Berserker wirst und arme Journalisten zusammenschlägst.»

John errötete peinlich berührt. Er wusste, dass sein damaliges Verhalten nicht sehr glanzvoll gewesen war. Normalerweise hatte er ein besonnenes Gemüt und kannte Jähzorn nur dem Namen nach, doch damals hatte er rotgesehen. Seine liebe Frau dagegen fand die Prügelattacke sogar romantisch und erwähnte sie ständig. Hormone!

Er räusperte sich vernehmlich. «Darum geht es jetzt nicht. Wir kommen sehr gut ohne diesen Stress aus. Ich muss mir den harten Druck und die fiesen Presseberichte nicht antun, um ...»

«Oh, John!» Sie kicherte amüsiert los und verdrehte die Augen. «Du musst mir nichts vormachen. Ich bin nicht blind und sehe genau, dass dir das Coachen fehlt. Wenn wir beide Nachrichten schauen und die Titans erwähnt werden, willst du dir zwar nichts anmerken lassen, aber du bist so gespannt wie ein Flitzebogen und kriechst regelrecht in den Fernseher hinein.» Sie war noch nicht fertig und redete ihm mit ernster Miene ins Gewissen. «Das Team braucht dich. Sie haben Thompson nach der katastrophalen Saison entlassen und suchen händeringend einen Nachfolger. Vergiss nicht, das sind *deine* Spieler, die dich jetzt brauchen.»

Ärgerlich runzelte er die Stirn und schwieg, bevor er seufzend erwiderte: «Mir ist der Preis einfach zu hoch, wenn ich darüber nachdenke, was alles passiert ist. Ich will nicht das Risiko eingehen, dass dir oder dem Baby etwas passiert, weil ich Footballspielern erkläre, wie sie zu rennen haben, Hanna.»

Mit ruhiger und vernünftiger Stimme antwortete sie: «Trenn bitte eine verrückte Frau von all den netten Fans, die uns in letzter Zeit diese lieben Nachrichten geschickt und uns viel Glück mit dem Baby gewünscht haben.»

«Und was ist mit der Presse?» Entschlossen schüttelte er den Kopf. «Ich hatte entschieden, meinen Trainerposten an den Nagel zu hängen. Es wird nichts nutzen, dass du das halbe Team hierher eingeladen hast, Hanna. Wenn sie gleich kommen, kannst du sie sofort wieder wegschicken.»

«Hast du mir nicht einmal gesagt, dass du dir dein Leben nicht von der Presse diktieren lassen willst?» Verständnisvoll lächelte sie. «Dein Herz hängt am Coachen, deshalb solltest du diese Chance nicht einfach wegwerfen, John.»

«Mein Herz hängt vor allem daran, dass meine Frau nicht ständig ein nervliches Wrack ist, weil mir irgendwelche Affären unterstellt werden.»

Hanna schnitt eine Grimasse. «Ich habe gelernt, dass es immer Idioten gibt, die für eine Schlagzeile alles tun. Deren Nachrichten sind heiße Luft und mehr nicht. Damit werde ich umgehen können, John. Womit ich aber nicht umgehen kann, ist, dass du deinen Traumjob aufgibst, weil du meinst, mich damit zu schonen.»

«Wie du schon sagtest: Es ist ein *Job*. Mehr nicht.»

Hanna runzelte die Stirn. «Das ist nicht wahr, John. Du bist ein großartiger Coach, dem seine Arbeit riesigen Spaß macht. Du bist mit dem Herzen dabei und liebst es, früh aufzustehen und zur Arbeit zu fahren – weißt du eigentlich, wie selten so etwas ist? Wie wundervoll es ist, dass du genau das gefunden hast, was dir Freude bereitet?»

«Andere Dinge bereiten mir auch Freude», widersprach er. «Meine Stiftung –»

«... ist eine großartige Sache», unterbrach sie ihn sofort. «Doch diese Arbeit wird dich nicht auf Dauer auslasten.»

«Wir bekommen in einem Monat ein Kind, mein Liebling. Du willst deine Dissertation beenden und wieder an die Uni gehen.»

Sie verdrehte die Augen. «Damit werde ich warten, bis das Baby alt genug ist.»

«Trotzdem werden wir ausgelastet sein.»

Ärgerlich seufzte sie auf, weil er sich einfach nicht umstimmen ließ, dabei wollte sie doch nur sein Bestes. Wie sie jedoch selbst vor einigen Monaten von ihm gelernt hatte, führte eine Taktikänderung oftmals zum Sieg, weil sie den Gegner verwirrte und im entscheidenden Moment schwächte.

Also blickte sie ihn theatralisch an und streichelte mit beiden Händen über ihren Babybauch. «Du wirst Jilian und mir tierisch auf den Geist gehen, wenn du den ganzen Tag zu Hause bist. Deshalb *musst* du dir einfach eine Beschäftigung suchen.»

«Jilian?» Wie sie es vorhergesehen hatte, war er nun abgelenkt und blinzelte eulenartig.

«Hm.» Lächelnd deutete sie auf ihren Bauch. «In der letzten Nacht konnte ich nicht schlafen. Sie hat mich ohne Unterlass getreten und wurde erst ruhiger, als ich in die Küche ging, um ein paar Käsestangen zu essen.» Sie ignorierte absichtlich Johns zweifelnden Blick und fügte vergnügt hinzu: «Du lagst auf dem Bauch und hast selig geschnarcht, daher stach mir deine Tätowierung ins Auge. Plötzlich wusste ich, welchen Namen wir unserer Tochter geben. Dieses Kind wird Jilian heißen.»

Sie bemerkte, dass er kaum ein Wort herausbrachte, und hätte ihn am liebsten umarmt, doch er fragte nun mit krächzender Stimme: «Ärzte können sich irren. Was machen wir, wenn es doch ein Junge wird?»

Gespielt dramatisch hob sie die Hände. «Dann wird unser Sohn namens Jilian in die Fußstapfen von Tante Moira treten müssen und Katzenkleider schneidern.»

«O Gott, Hanna. Ich ...»

Glücklicherweise klingelte es in diesem Moment, und Hanna kämpfte sich unter Mühen von der Couch hoch, um zur Haustür zu watscheln und John dadurch einen Moment zu geben, sich wieder zu fangen. Sie hatte bereits vor drei Monaten entschieden, ihre Tochter nach Johns verstorbener Schwester zu nennen, doch John hatte bis gerade eben noch nichts davon gewusst.

Unter lautem Getöse stolperten einige von Johns ehemaligen Spielern herein, die sich vor einem Monat bei

Hanna gemeldet hatten, um ihr ein Babygeschenk zu schicken. Bei dieser Gelegenheit hatte sie erfahren müssen, dass George MacLachlan mehrfach an John herangetreten war, um ihn zu bitten, seine Arbeit wiederaufzunehmen. John, dieser Dickschädel, hatte ihr kein Wort davon erzählt. Sie hatte vier Wochen lang probiert, ihn davon zu überzeugen, es wenigstens zu versuchen – erfolglos. Deshalb hatte sie nun einige seiner Spieler zu sich nach Hause eingeladen und hoffte, John damit umstimmen zu können.

Hanna wollte, dass ihr Ehemann rundum glücklich war und nicht nur ein erfülltes Privatleben hatte, sondern auch einer Arbeit nachging, die ihm Freude bereitete. Vielleicht war ihr Beharren darauf, dass er die Titans wieder coachen sollte, auch darauf zurückzuführen, dass sich das Mediengetöse in letzter Zeit etwas gelegt hatte. Es gab keine Artikel mehr, in denen sie als Goldgräberin oder Alibifrau dargestellt wurde. Merkwürdigerweise hatte die Nachricht, dass John und Hanna ein Baby bekamen, die Fans und auch die Presse versöhnt. Stattdessen hatten sich die Journalisten auf Brian Palmer eingeschossen, der von sich reden machte, weil er einen Eklat bei einer Modenshow verursacht hatte, als sich zwei seiner ehemaligen Bettgenossinnen mitten auf dem Laufsteg beinahe die Augen ausgekratzt hätten. Fotos von zwei langbeinigen Models, die sich einen Kampf lieferten und von einem völlig verzweifelten Designer sowie einem genervten Quarterback voneinander getrennt wurden,

263

hatten es auf die Titelseiten aller lokalen Zeitungen geschafft.

«O Mann!» Der stiernackige Eddie Goldberg schluckte schwer, als er Hannas Bauch mit einem nervösen Blick taxierte und mitten im Weg stehen blieb, worüber sich seine Kameraden Al und Brian beschwerten, die den massiven Footballspieler einfach zur Seite stießen, um in die Wohnung zu gelangen. Ihnen folgte Mitch Cahill, der immer noch ein wenig humpelte.

Auch Brian Palmer betrachtete mit einer Mischung aus Panik und Nervosität Hannas Bauch.

Sie verdrehte die Augen und fragte genervt: «Habt ihr noch nie eine schwangere Frau gesehen?»

«Doch.» Der Quarterback grinste verschmitzt. «Diese Situation ist allerdings völlig neu für mich. Normalerweise verlangen die schwangeren Frauen, die ich kenne, Alimente von mir.»

«Keine Sorge, Rabbit.» John war neben sie getreten und legte einen Arm um Hannas Schulter. «Für das hier bin ich verantwortlich.»

«Da bin ich aber erleichtert, Coach!» Er stieß einen gespielt dramatischen Seufzer aus.

John sah den ehemaligen Quarterback Mitch fragend an und hob eine Augenbraue. «Was machst du inmitten dieses Gesindels, Mitch? Du bist doch in Rente und solltest längst in Chicago sein, um deiner Ex nachzustellen.»

Mitch lachte auf, drückte Hanna einen Kuss auf die Wange und verkündete gut gelaunt: «Ich will meinen

Brüdern nur etwas Rückendeckung geben. Also lass uns schon rein und besorge uns ein Bier, John.»

Kurz darauf fand sich Hanna auf der Couch wieder, während ihre Gäste sich um sie herum verteilt hatten, dabei jedoch einen Sicherheitsabstand zu ihr wahrten. Es war zu putzig, dass diese furchteinflößenden Kerle beim Anblick einer hochschwangeren Frau nervös wurden.

Gespannt beobachtete sie John, der ein wenig widerwillig Bier an seine Gäste verteilte, die gleich mit der Tür ins Haus fielen und über die kommende Saison sprachen.

«Wir kriegen Julian Scott aus Florida.» Brian Palmer nickte sichtlich zufrieden. «Einen guten Wide Receiver hatten wir bitter nötig. Er wird auf der rechten Flanke spielen. MacLachlan und er haben vor fünf Tagen den Vertrag unterschrieben.»

Eddies Gesicht glühte vor Begeisterung. «Und wir kriegen einen neuen Tackle...»

«Bärenstark und trotzdem blitzschnell», fügte Al hinzu.

«Sein Name ist Dupree Williams...»

«Ich bin topfit, Coach. Mein Knie macht mir keine Probleme mehr.» Hoffnungsvoll blickte der jungenhafte Quarterback zu John auf. «Wir brauchen nur noch einen Coach, der uns zu nehmen weiß.»

Hanna spürte, dass John mit sich rang, und blickte ihn vorsichtig von der Seite an. Er hatte die Lippen zusammengepresst und warf Mitch Cahill nach einer Weile einen Blick zu. Mitch thronte gut gelaunt auf einem Sessel und hatte sichtlich Spaß an der Situation.

«Hast du nichts dazu zu sagen?»

Mitch zuckte mit der Schulter und erwiderte gespielt neutral: «Wie du schon sagtest – ich bin in Rente.»

John seufzte tief und erklärte streng: «Jungs, es ist nett, dass ihr so großes Vertrauen in mich setzt, aber ich bleibe bei meiner Meinung. Für die nächste Saison wünsche ich euch viel Erfolg. Scott ist ein begnadeter Spieler. Das packt ihr auch ohne mich.»

Enttäuscht stöhnten die Jungs auf und redeten weiter auf John ein, der jedoch seinen stursten Gesichtsausdruck aufsetzte und schwieg.

Hanna biss sich frustriert auf die Unterlippe und überlegte fieberhaft, wie sie Johns Meinung noch ändern konnte. Seine besitzergreifende Hand an ihrer Schulter brachte sie auf eine Idee. Es gab etwas, das ihn in den Wahnsinn treiben würde …

Sie holte tief Luft, zwinkerte Mitch zu und erklärte mit gespielt gleichgültiger Stimme: «Du wirst sicher recht haben, John. Die Titans werden auch mit Ford Wilmington viel Erfolg haben.»

«Ford Wilmington?» Er fuhr zusammen und blickte sie gereizt an. «Wie kommst du darauf, dass ausgerechnet Wilmington meinen Job übernehmen wird?»

Unschuldig sah sie ihm ins Gesicht. «Ich habe es in einem Internet-Blog gelesen.»

«Hanna!» Seine Nasenflügel bebten vor Zorn, während sie innerlich jubelte. «Wie oft noch? Du darfst nicht immer darauf hören, was im Internet geschrieben wird! Niemand, der bei Verstand ist, würde Wilmington diesen Job anbieten –»

«Da muss ich dir widersprechen, John.» Mitch sah ihn ruhig an. «George hat mit Wilmington bereits gesprochen und ihm den Trainerposten angeboten.»

«Was?» Entsetzt und fassungslos machte sich John von Hanna los und raufte sich die Haare. «Wilmington ist ein absoluter Dilettant! Der Mann ist so mies, dass er einen Kicker in die Defense schicken würde! Wie kann George überhaupt darüber nachdenken, Wilmington nach New York zu holen?»

Mitch zuckte mit der Schulter und erwiderte lapidar: «Er hat keine andere Wahl. Aber du hast schon recht – mit der guten Verstärkung durch Julian Scott und Dupree Williams sowie mit Brian als Quarterback können es die Titans trotzdem wieder nach oben schaffen.»

«Das ist Schwachsinn, Mitch! Das weißt du genauso gut wie ich!»

Auch die anderen Spieler schienen begriffen zu haben, was Hanna und Mitch bezweckten. Brian Palmer murmelte betroffen: «Ich habe schon mit ihm telefoniert, weil er mich darüber informiert hat, dass ich während der Pause gezielte Laufübungen machen soll. Anscheinend plant er für die Offense ausgedehnte Laufspielzüge ...»

«Ist der Mann nicht bei Trost? Wie kann er seine Taktik auf Laufspielzügen aufbauen, wenn wir Julian Scott bekommen und du immer noch an dein Bein denken musst! Weiß er denn nicht, dass dein Arm überragend ist?» John war in Rage und brüllte beinahe. «Dieser Mann sollte nicht einmal ein Highschool-Team coachen! Er wird mein ganzes Team kaputt machen. Das lasse ich nicht zu, ich werde ...» Er brach ab, als er in die zufriedenen Gesichter vor sich sah.

«Was?»

Hanna lachte auf und drückte voller Erleichterung seine Hand. «Ich gehe in die Küche und mache euch ein paar Snacks. Anscheinend habt ihr noch einiges zu besprechen, bevor die Saison anfängt.»

Poppy J. Anderson bei rororo

Titans of Love

Verliebt in der Nachspielzeit

Touchdown fürs Glück

(erscheint im Februar 2015)

Make love und spiel Football

(erscheint im April 2015)

Das für dieses Buch verwendete FSC®-zertifizierte Papier
Creamy liefert Stora Enso, Finnland.